EINE
GESCHICHTE
ÜBER
DAS REICH DES JENSEITS

BRAUT
DES
TODES

USA-TODAY-BESTSELLER-AUTORIN
LEXI C. FOSS

Braut des Todes

Copyright © 2025 Lexi C. Foss

Englische Bearbeitung durch: Outthink Editing, LLC

Englisches Lektorat: Katie Schmahl

Titelblattgestaltung: Sanja Balan of Sanja's Covers

Herausgegeben von: Ninja Newt Publishing, LLC

Print-Edition

ISBN: 978-1-68530-425-6

AI Disclaimer: Dieses Buch enthält keine KI-Inhalte. Alle künstlerischen Elemente in diesem Buch wurden von echten Künstlern entworfen, und alle Texte wurden vom Autor geschrieben.

Für Poseidon, weil er immer schon mein Lieblingsgott war. Sag das aber bloß nicht Hades.

BRAUT DES TODES

EINE GESCHICHTE ÜBER
DAS REICH DES JENSEITS

**Eine Neuerzählung von Persephone und Hades
mit einem feetastischen Twist, in der Hades
lernen muss, mit seinem liebsten Vollstrecker und
dem Gott der Träume zu teilen.**

Der Gott des Todes meint, dass ich seine längst verloren
geglaubte Braut bin.
Seine Seelenverwandte.
Eine Omega, die ihn vor zweitausend Jahren hintergangen
hat.

Er glaubt, dass meine Erinnerungen der Schlüssel zu
unserem Überleben sind.
Aber die erwähnten Erinnerungen besitze ich nicht mehr.
Denn ich bin nicht die, für die er mich hält.

Ich bin Serapina, nicht Persephone.
Eine Sterbliche, keine Omega.
Und dieser Knoten, von dem er immer wieder spricht?
Jepp, den behält er besser bei sich.

Aber Hades ist nicht der Einzige, der droht, mich mit seinem Knoten zu beanspruchen. Morpheus, der Gott der Träume, sagt, dass ich auch ihm gehöre.

Und von Maliki – dem heißen Feenwächter, der mich gefangen hält – will ich gar nicht erst anfangen. Die tödliche Fee hat einen sündhaft schönen Körper und ein Grinsen, das mich um den Verstand zu bringen droht.

Alle drei Männer wollen in mein Nest. In mein Herz. In meinen Kopf.

Es ist Letzteres, wovor ich mich am meisten fürchte. Denn wenn ich wirklich die Omega bin, die mein eigenes Volk verraten hat, dann bin ich nicht würdig, eine Göttin zu sein. Geschweige denn, *ihre* Göttin zu sein. Und was passiert dann?

Anmerkung der Autorin: *Braut des Todes* ist das erste Buch der Feen-des-Jenseits-Trilogie und endet mit einem Cliffhanger. Es handelt sich um eine dunkle Neuerzählung von Persephones und Hades' Geschichte mit einer Warum-wählen-Wendung.

WILLKOMMEN IM KÖNIGREICH DES JENSEITS

Persephone gehört mir, lasst euch von meinem Cousin nichts anderes einreden. Er scheint der Auffassung zu sein, dass er einen Anspruch auf meine Gefährtin hat, doch er irrt sich.

Sie gehört schon tausende Jahre mir.

Sie ist meine Seelenverwandte.

Meine Blume. Meine Omega. *Meine*.

Aber vor langer, langer Zeit hat sie mich hintergangen. Die gesamte Mythosfeenart hinters Licht geführt. Die Omegas vor ihren Alphas versteckt. Die Welt *zerstört*, die wir einst unser Zuhause genannt haben.

Vielleicht werde ich ihr nie vergeben.

Aber ich liebe sie.

Meine Gefühle für sie sind meine Schwäche. Mein Fluch. Mein *Segen*.

Ach, Persephone, mein Schatz. Du magst in einer sterblichen Hülle feststecken, aber ich werde dich befreien. Auch wenn ich dich zuerst brechen muss.

Wie ihr euch bestimmt bereits denken konntet, ist die

Geschichte ganz schön vielschichtig. Dunkel und verdreht. Voller Mythen und Lügen.

Ich war nicht immer der Gott der Jenseitsfeen, aber ich bin nicht hier, um euch eine Geschichtslektion zu erteilen, sondern um euch einen Einblick in das zu schenken, was euch erwartet.

Denn jetzt seid ihr in meinem Universum, ihr Süßen.

Und das Einzige, was ihr wissen müsst, ist, dass meine Persephone endlich zu mir zurückgefunden hat. Vielleicht nicht bewusst, aber sie ist hier. Wenn ich eines weiß, dann, dass das Schicksal am Ende immer seinen Willen bekommt.

Willkommen im Jenseits, meine Seelenverwandte.

Das Reich ist randvoll mit Tod, Dunkelheit und Trübsal – alles, was einen leiden lässt.

Ich werde deine Lichtquelle sein. Dein Retter. Dein Zuhause.

Zusammen werden wir deine vergangenen Sünden reinwaschen.

Zusammen werden wir leiden.

Und zusammen werden wir aufblühen.

Am Ende wirst du dich daran erinnern, wie es ist … mir zu gehören.

Untenstehend habe ich euch aufgelistet, was euch in der Trilogie über die Jenseitsfeen erwartet. Bitte beachtet, dass die Liste für die gesamte **Trilogie** gilt, die Inhalte aber vielleicht nicht in Braut des Todes auftauchen. Trotzdem wollte ich mit euch teilen, was ihr von dieser dreiteiligen Serie erwarten dürft.

Inhaltsangabe:

✓ Slow-Burn-Romance (Überrascht es euch genauso wie mich, dass ich eine Slow-Burn-Romance geschrieben habe?)

✔ Hades-und-Persephone-Neuerzählung mit einem „Warum-wählen"-Twist (sehr zu Hades' Missfallen)

✔ Kein M/M, aber ihr dürft euch auf Gruppenszenen freuen (in einigen dieser Szenen könnte es zugunsten der Heldin zu M/M-Spiel kommen.)

✔ Einverständnis zwischen Heldin und ihren Gefährten

✔ Psychotischer Held (Maliki)

✔ Keuscher Held (Hades) – aber er schaut gern zu …

✔ Held, der auf CNC und Schlafspiele steht (Morpheus)

✔ Kein Drama mit anderen Frauen oder Männern (kein Fremdgehen)

✔ Besitzergreifende Over-the-top-Alphamänner

✔ Touch-Her-and-Die-Vibes

✔ Alpha/Omega-Dynamiken

✔ Verknoten, Nestbau, Schnurren & Knurren (denn … ja, bitte …!)

Viel Spaß! <3

PROLOG

„Was für ein Spiel treibst du jetzt schon wieder?",
will mein Cousin wissen, als er sich auf mein Lieblingssofa
sinken lässt.

„Was machst du hier?", kontere ich mit
zusammengekniffenen Augen. Der hat vielleicht Nerven.
Er ist ohne Vorwarnung und komplett uneingeladen in
meinen persönlichen Gemächern aufgekreuzt.

Und das nicht zum ersten Mal. In den vergangenen
Monaten ist das zu einer Gewohnheit geworden, die mir
überhaupt nicht gefällt.

„Du weißt, warum ich hier bin", flötet er und legt seine
kostspieligen Schuhe auf meinen Schreibtisch.

Ein Schreibtisch, der aus uraltem Lavagestein besteht.

Ein Schreibtisch, der nicht als Unterlage für Schuhe
gedacht ist.

Ein Schreibtisch, der zum Anschauen und nicht zum Anfassen gemacht ist.

Ich beiße die Zähne zusammen. „Hör auf, dir Sorgen über Dinge zu machen, die dich nichts angehen, Morpheus", sage ich meinem Cousin. „Sei so gut und verzieh dich."

Er stößt ein höhnisches Lachen aus. „Müssen wir dieses Gespräch wirklich noch einmal führen?"

„Du bestehst doch immer wieder darauf, alle paar Tage unangemeldet hereinzuschneien und über meine Gefährtin zu sprechen", erwidere ich und gieße mir einen Höllenfeuer-Shot ein.

Und biete ihm keinen an.

Weil er nicht lange bleiben wird.

„Geh zurück in deine Traumwelt, Cousin", murmle ich. „Das ist der einzige Ort, an dem du deinen Einbildungen frönen kannst."

„Mmmh, Träume. Ein wahrhaftig interessantes Gesprächsthema." Er neigt den Kopf zur Seite, sodass sein langes, silberfarbenes Haar über seine Schulter fällt. „Unsere Gefährtin hält dich immer noch für ein Wesen, das ihrer Fantasie entsprungen ist. Warum ist das so?"

Ich erstarre mitten im Schluck, das Höllenfeuer an meinen Lippen. „Woher weißt du das?", will ich wissen und stelle mein Getränk langsam auf die Bar neben mir, bevor ich meinem Cousin meine ungeteilte Aufmerksamkeit schenke.

Morpheus grinst mich bloß an. „Willst du raten?"

Ich mache einen Schritt nach vorn. „Halt dich aus ihrem Kopf heraus, verdammt." Ich formuliere die Worte verständlich, langsam, *überlegt*. „Sie gehört nicht dir."

„Und dir genauso wenig", erwidert er, plötzlich mit ganz ernster Miene. *Zu* ernst. „Sie weiß nicht einmal, dass du existierst. Nicht wirklich. Du lässt sie glauben, dass diese erste Nacht hier ein Traum war, und die vergangenen verdammten dreizehn Monate hast du darauf verwendet, darüber zu brüten, was du mit deiner kostbaren kleinen Blume machen sollst."

Ich kneife die Augen noch fester zusammen und will eine Warnung von mir geben.

Aber mein Cousin ist noch nicht fertig.

„Bisher habe ich es amüsant gefunden." Die kostspieligen Schuhe treffen auf den Boden und Morpheus lehnt sich, die Unterarme auf die Knie gestützt, nach vorn. „Jetzt aber nicht mehr, Hades."

Ich starre auf ihn hinab und mustere ihn. Denn seinen Worten hat gerade eine Drohung mitgeschwungen. Eine Drohung, von der ich nicht sicher bin, ob sie mir gefällt. „Was willst du damit sagen, Cousin?"

Er wirft mir einen vielsagenden Blick zu und steht auf. „Verwandtschaftsgrade retten dich heute nicht, *Cousin*."

„Mich wovor retten?", hake ich nach.

In seinen blaugrünen Augen schwirrt ein Gefühl, das ich ihm nur zu gut nachfühlen kann. *Besitzgier.*

Serapina ist meine Persephone. Meine längst verloren geglaubte Gefährtin. Ihre Seele kennt meine, auch wenn ihre menschliche Hülle sich derzeit verwirrt gibt. Unsere Beziehung ist vom Schicksal bestimmt – ein Alpha mit seiner Omega.

Das Problem ist, dass mein Cousin sie auch für seine Omega zu halten scheint.

„Alphas formen aus einem triftigen Grund Zirkel", sagt er und geht um meinen Schreibtisch herum, damit er näher an mich herantreten kann. „Ich schlage vor, du erinnerst dich daran."

Das lässt mich eine Augenbraue hochziehen. „Soll das eine Drohung sein?"

„Noch nicht", erwidert er mit tödlichem Tonfall. „Aber

wenn du so weitermachst, schon." In seiner Hand materialisiert sich ein Buch, das ich als Register der Jenseitsfeen erkenne. Er schleudert es gegen meine Brust. „Führ dir die Seite viertausendsieben zu Gemüte."

Ich lege die Stirn in Falten. „Wozu?"

Er schaut mich mit seinen leuchtenden Augen an. „Weil ich die Angelegenheit richten werde, wenn du es nicht tust." Er tritt zurück. „Du hast fünfundvierzig Tage, Hades." Bevor ich etwas darauf erwidern kann, löst er sich in Luft auf und seine Essenz lässt ein penetrantes Aroma im Zimmer zurück, als hätte er mein verdammtes Büro mit seinem Mal versehen.

Das ist eine Drohung. Genau wie seine Worte auch. *Fünfundvierzig Tage.*

„Wofür?", frage ich die leere Stelle, an der er eben noch gestanden hat.

Ein Teil von mir will das Grimoire dahin zurückschicken, wo es hingehört: ins Herz des Jenseits-Weilers. Aber jetzt ist meine Neugier geweckt.

„Elender Morpheus", sage ich zähneknirschend und laufe zu meinem Schreibtisch, um das Buch darauf zu legen, ehe ich zu meinem Getränk greife. Mir ist sonnenklar, dass ich den Drink jetzt brauchen werde. Ich bringe ihn zu meinem Stuhl. Er besteht aus einem Schiefer-Mahagoni-Stein, dessen Textur sich ähnlich wie Holz anfühlt, aber hart wie Stein ist. Ein Produkt einzigartiger Handwerkskunst, die ich aus meinem Heimatreich mitgebracht habe.

Den Blick auf den ominösen Folianten gerichtet, setze ich mich hin. Die Seiten sind in seidenen, lederähnlichen schwarzen Stoff eingefasst – *Netherit*. Ein Einband von höchster Qualität, wie ich weiß, weil ich ihn selbst geschaffen habe.

Ich lasse meine Hand über den Totenkopf wandern,

der in den Buchdeckel eingelassen ist, taste nach der harten Kante des Deckels und schlage das Buch vorsichtig auf, um die feurigen Schriftzeichen und magisch verstärkten Seiten offenzulegen.

Ganz unten tauchen Zahlen auf, die sich vor meinen Augen bewegen, ohne dass sich die Seiten bewegen. Das Buch weiß, wonach ich suche: Seite viertausendsieben.

Als die Buchstaben auf der Seite auftauchen, wird klar, was mein Cousin mir zeigen will. Die roten Buchstaben legen einen Namen offen, den wir beide gut kennen.

Serapina Everheart.

„Lügner", murmle ich, doch mein Blick verweilt eine winzige Sekunde lang auf ihrem falschen Namen, bevor ich die Details mustere, die sich auf der Seite ausbreiten. Sie hat angegeben, dass *Alina Everheart* ihre nächste Verwandte ist, was ebenfalls eine Lüge ist. Sie sind nicht blutsverwandt. Trotzdem lasse ich meinen Blick vorbeistreifen und fokussiere mich auf die nächste Zeile.

Die mein Herz einen Schlag aussetzen und mir das Blut in den Adern gefrieren lässt.

Gefährtenstatus: Unverpaart.

Mir geht ein Knurren durch die Brust, das von den Wänden widerhallt.

„Unverpaart?", wiederhole ich mit tiefer, gutturaler und *wütender* Stimme. „Du bist *nicht* unverpaart, verdammt."

Plötzlich verstehe ich die Drohung meines Cousins. Er gibt mir fünfundvierzig Tage, um das zu *beheben*.

„*Verdammt!*"

Ich wollte Persephone Zeit geben, um sich an ihre Unterkunft zu gewöhnen, und ihrer Seele die Gelegenheit einräumen, zum Spielen herauszukommen. Sie ist eine Omega und ich ihr Alpha. Es ist nur eine Frage der Zeit, bevor sie läufig wird und nach mir ruft.

5

Doch es ist jetzt über ein Jahr her, seit sie mein Reich betreten hat, und es ist nichts geschehen.

Mal abgesehen *davon*.

Ein Eintrag im Register der Jenseitsfeen.

In dem sie sich als *unverpaart* bezeichnet.

Weil sie sich den Rängen des Königreichs des Jenseits anschließen will.

Ich beiße die Zähne zusammen. „Um was zu tun, meine süße Seelenverwandte?", frage ich mich laut, während ich die Seite ein weiteres Mal mustere. „Im Weiler des Jenseits leben?" Ich stoße ein humorloses Lachen aus. „Das muss ein verdammter Scherz sein, Liebste." Eine Göttin – *meine* Göttin – gehört nicht in den Weiler.

Nein, ich habe lange genug gewartet. Es ist Zeit, zur Tat zu schreiten. Und ich weiß ganz genau, was ich tun werde.

„Wenn ich mit dir fertig bin, werden sämtliche Reiche deinen Gefährtenstatus kennen", verspreche ich meiner Seelenverwandten. „Denn ich werde dich als meine verdammte Braut markieren."

SERA

Einige Wochen später

Ich balle die Hände zu Fäusten und verspüre das Verlangen, diesem toten Kerl vor mir ins Gesicht zu schlagen.

Eigentlich bin ich keine gewalttätige Person. Tatsächlich hat man mich schon oft als zaghaft bezeichnet. Reserviert. *Scheu*, sogar.

Dieser Kerl aber scheint noch keine Bekanntschaft mit dem neuen Ich gemacht zu haben.

Sera, wie ich mich den Bewohnern hier vorgestellt habe.

Das alte Ich, *Serapina*, ist im Universum der Monsternacht gestorben.

„Hör zu, ich sage ja nur, dass du einen Gefährten wie mich gut brauchen könntest", flötet Totentyp, dessen Glas voller Tinte gefährlich nahe an den Rand schwappt, während er dramatisch auf sich zeigt. „Ich würde dich sehr gut behandeln, kleine Sterbliche."

Schon wieder dieser Begriff. *Kleine Sterbliche.* Er benutzt ihn immer wieder als eine Art Kosenamen.

Die einzige Sterbliche in der Todeshöhle zu sein, ist alles andere als angenehm. Ich könnte genauso gut ein T-Shirt mit der Aufschrift „Schwächling" tragen.

Natürlich ist das nicht so. Dass ich das Oberteil trage, meine ich.

Ich trage ein Tanktop.

Und Jeans.

Ein Schaudern durchfährt mich. Wer auch immer diesen Stoff erfunden hat, verdient ein Date mit dem Blutfluss.

Ich hätte nie gedacht, dass ich die Kleidung aus meinem Zuhause vermissen würde – oder irgendetwas davon. Aber jetzt stehe ich hier und sehne mich nach den langen Röcken und den geschnürten Miedern.

Regency-Ära-Mode, wie der Gefährte meiner Schwester es nennt. Mit dieser Mode waren Alina und ich aufgewachsen, aber seit sie ins Königreich des Jenseits gezogen ist, hat sie mir zusehends die Kleidung dieser Welt aufgedrängt.

Darunter auch die berühmt-berüchtigten Skinny Jeans, die ich jetzt trage.

Ätzend.

„Ich kann dich vor den Brautspielen retten", leiert der Totentyp weiter. „Du weißt ja, dass sie euch alle einziehen werden, oder? Sie werden euch auf einem Silbertablett servieren, von dem wir uns eine aussuchen können."

Ich starre ihn an. „Von was für Brautspielen redest du da?", erwidere ich auf den Stuss, den er da von sich gibt.

„Die Gefährtenspiele", erwidert er und wackelt mit den Augenbrauen, die über den rotbraunen Iriden entlanglaufen. „Habt ihr noch gar nichts von König Onyx’ Plänen für die unverpaarten Bräute gehört?“

Unverpaarte Bräute.

Ich bin nicht sicher, ob er von den Frauen spricht, die von den abgebrochenen Höllenfeenbrautspielen übrig geblieben sind, oder den Unschuldigen, die man an der Nacht der Monster letztes Jahr entführt hat.

Viele der Stammgäste der Todeshöhle gehen davon aus, dass ich von der Nacht der Monster stamme. Weil das in gewisser Hinsicht stimmt, korrigiere ich sie nicht. Sie brauchen nicht zu wissen, dass ich ein Wohlfahrtsfall bin, der von meiner Schwester und ihren übermäßig großzügigen Gefährten hierhergebracht wurde.

Und noch weniger müssen sie wissen, dass ich von was auch immer für einem Ereignis, das König Onyx womöglich plant, ausgenommen bin. Alinas Männer würden nie zulassen, dass ich mitmache. Heiliger Sternenstaub, sie haben mir letzten Monat kaum erlaubt, meine eigene Wohnung zu beziehen. Ich will mir gar nicht vorstellen, was sie sagen würden, wenn ich ihnen mitteilte, dass ich an den *Gefährtenspielen* mitmachen will.

Obwohl … Es sollte nicht ihre Entscheidung sein.

Ein Gedanke für später.

„Es sind keine Spiele“, unterbricht eine tiefe Stimme am Ende der Bar. Ich kneife die Augen zusammen und sehe zum Neuankömmling, der in den Schatten kaum auszumachen ist. Aber er ist da und seine goldfarbenen Augen scheinen wie die Flammen, die die Bar beleuchten, zu tanzen.

Die Todeshöhle macht ihrem Ruf mit ihrem Ambiente und ihrer gruftartigen Einrichtung alle Ehre.

Obsidiangranit voller Knochen säumt den Bartresen, und auf den elfenbeinfarbenen Säulen – bei denen es sich möglicherweise auch um Knochen handeln könnte –

liegen solide schwarze Marmorsteine, die als Tische genutzt werden. Die Nischen wie auch die Barhocker sind aus schwarzem Holz gefertigt.

Die Wände erinnern an eine Höhle und die Kerzenleuchter sind die einzige Lichtquelle. Die Böden sind aus dunkelgrauem Schiefer gefertigt.

Als ich diesen Ort vor ein paar Wochen zum ersten Mal betreten hatte, bekam ich das kalte Grausen.

Aber ich brauchte den Job hinter dem Tresen.

Der Manager der Todeshöhle – eine Leichenfee namens Gnarls, mit hübschen grünen Augen und knallrotem Haar, hat mich von Kopf bis Fuß gemustert und mich sofort eingestellt.

Ich hatte mich für einen Glückspilz gehalten.

Diese Illusion war nach der ersten Nacht gewichen, nachdem Dutzende männliche Feen aufgetaucht waren, um den neuen ‚Hingucker' hinter dem Tresen zu bewundern.

Wie sich herausstellte, war ich meiner Oberweite wegen eingestellt worden.

Juhu.

„Nicht wirklich, meine ich", fährt die Stimme fort, deren sinnlicher Bariton meine Ohren ausfüllt. „Es handelt sich dabei eher um Proben, die aufzeigen sollen, ob einige der Frauen, die sich hier niedergelassen haben, ideale Gefährtinnen sind. Zwischen den beiden besteht ein Unterschied."

Ich blicke mit gerunzelter Stirn zur Schattenfigur. „Und sind diese *Proben* obligatorisch?" Denn bisher habe ich noch nichts von *Proben* oder *Gefährtenspielen* gehört. Und ich arbeite seit fast einem Monat jede Nacht hier.

· · ·

„So munkelt man", murmelt der Totenkerl. „Hab's heute mit eigenen Ohren gehört."

Ich habe es, korrigiere ich den Mann in Gedanken. Wie gern ich ihn lauthals zurechtweisen würde. Ich glaube, er ist eine Leichenfee – daher kommt auch mein Spitzname für ihn. Doch der Tintenfisch-Shot, den er vorhin verlangt hat, scheint unter den Todesfeen-Stammgästen beliebt zu sein. Vielleicht ist er also eine Mischfee.

„König Onyx hat es Lars gesagt, der es wiederum Munch erzählt hat, der dann zu mir gekommen ist und mir erklärte, uns stünde eine spaßige Zeit bevor", leiert der Totenkerl weiter. „Aber wie ich schon sagte … ich kann dir den ganzen Kram ersparen, wenn du auf der Suche nach einem guten Gefährten bist."

Der Schatten an der Bar grummelt. „Diese Umwerbung ist fast ein bisschen zu romantisch für meinen Geschmack." Er lehnt sich nach vorn und sieht mich mit den goldfarbenen Augen an, während das Kerzenlicht die hohen Wangenknochen erhellt. „Würdest du mir bitte einen Spinnenale zapfen, süßes Rätselchen? Wenn ich diesen schrecklichen Antrag überleben will, werde ich ihn brauchen."

Süßes Rätselchen.

Wo Spitznamen betroffen sind …, finde ich diesen gar nicht so schlecht. Viel besser als *Zuckertitten*, *Babe* und *kleine Sterbliche*. Mit denen man mich heute Abend schon allesamt angesprochen hat.

„Ach, fick dich, Ghost", murmelt Totentyp. „Dich hat keiner gefragt."

„Dank sei den Feen", flötet der Schattenmann und lehnt sich zurück in die Dunkelheit, die sich wie eine Decke um ihn zu schmiegen und wieder zu verbergen scheint.

Aber diese gut aussehende Kinnlinie werde ich so schnell nicht vergessen.

Sämtliche Männer hier sehen gut aus – sogar der tote Kerl, der am Bartresen sitzt. Offen gesagt bin ich mir ziemlich sicher, dass gutes Aussehen eine Voraussetzung für das Leben hier ist, aber *Ghost* verfügt zweifelsohne über die markantesten Züge, die ich je gesehen habe.

Zumindest außerhalb meiner Träume, geht mir durch den Kopf.

Mit einem mentalen Kopfschütteln streife ich die Gedanken ab, denn … *Nein*, ich werde jetzt keinen Gedanken *daran* verschwenden. Vielen Dank auch. Stattdessen konzentriere ich mich darauf, Ghost einen Spinnenale zu zapfen, wie er verlangt hat.

Die rauchige Flüssigkeit fließt aus einem Zapfhahn und sammelt sich auf seltsame Art und Weise im Glas, das ich in den Händen halte. Ich bin nicht ganz sicher, wie es funktioniert, aber ich habe schon lange damit aufgehört, die Magie in diesem Reich zu hinterfragen.

Sie ist komplett anders als jene in der Welt, aus der ich stamme, aber nicht unbedingt beunruhigend. Ich bin im Wissen aufgewachsen, dass es Übernatürliche und Monster gibt. Ich hätte nur nie erwartet, unter ihnen zu leben.

Das habe ich meiner Schwester und ihren Gefährten zu verdanken.

Es sei denn, man wählt mich für dieses Gefährtenspiel aus …

Mit krausgezogener Stirn und dem Spinnenale in der Hand laufe ich zu dem Kerl namens *Ghost* und stelle ihm das Getränk hin. „Was hast du über dieses Gerücht gehört?", frage ich ihn direkt. „Werden alle Frauen gezwungen, mitzumachen?"

„Nicht alle", murmelt er und nimmt mir das Glas ab.

„Nur die unverpaarten", fügt Totenkerl am Ende der Bar ein.

Mein Blick liegt aber nicht auf ihm. Stattdessen starre ich in zwei leuchtende, goldfarbene Iriden. „Nur ungebundene?", wiederhole ich fragend und will wissen, was er davon hält, weil er etwas über diese angeblichen *Gefährtenspiele* zu wissen scheint.

„Sämtliche unverpaarte Frauen werden als heiratswürdig betrachtet", erzählt er mir. „Vorausgesetzt, König Onyx und König Skull können sich vor den Bündnissen einigen."

Ich starre ihn an. „Die Bündnisse?"

„Ganz genau", murmelt er.

„Die Hochzeit unseres Herrn", erklärt Totenkerl. „Wie es scheint, hat er eine Braut gefunden. Habe ich erwähnt, dass ich zum Hauptereignis eingeladen wurde?" Als ich ihn endlich anblicke, wackelt er abermals mit den Augenbrauen. „Du kannst meine Begleitung sein, wenn du willst."

Ghost schnaubt höhnisch, dann nimmt er einen großen Schluck vom giftigen Getränk, das ich ihm gezapft habe.

Gnarls hatte mich, als ich anfing, gewarnt, nichts an der Bar zu mir zu nehmen. „Alles davon wird dich töten", hatte er mir mit ernster Miene gesagt. „Also sei einfach vorsichtig, okay?"

Das war auch schon das ganze Training gewesen.

Alles andere habe ich von Claws gelernt – einer Todesfee, die ihrem Namen alle Ehre macht.

„Ich bezweifle, dass sie verfügbar ist, Jacky-Boy", flötet Ghost, der mich nach wie vor ansieht. „Und interessiert ist sie auch nicht."

Ich sehe ihn mit gerunzelter Stirn an. Unrecht hat er nicht, aber ich kann meine Meinung selbst kundtun, vielen Dank auch. Und genau das will ich ihm gerade stecken, als Totenkerl ein Knurren ausstößt. „Warum kümmerst du dich nicht um deine eigenen Angelegenheiten, *Schoßhündchen?*"

Ghost stellt langsam sein Glas ab und dreht sich in den Schatten um. Der Blick in seinen leuchtenden Augen ruht jetzt auf Totenkerl. „Gibt es ein Problem, Jacky?"

Ich lege die Stirn in Falten. *Jacky-Boy.* Bisher habe ich keinen Gedanken an den Spitznamen verloren, aber jetzt, wo er ihn *Jack* genannt hat, wird mir bewusst, dass das der Name des Totenkerls ist. *Echt jetzt? Jack?*

„Es gab keines, bis du aufgetaucht bist", murmelt *Jack* – über diesen Namen werde ich nie hinwegkommen. „Ich habe eine nette Unterhaltung mit der kleinen Sterblichen geführt, bevor du angetanzt bist."

Und jetzt balle ich meine Hand schon wieder zu einer Faust.

„Hätte bestimmt gleich angenommen", fährt er fort, was mich meine Augenbraue hochziehen lässt. Nicht genug damit, dass er die Macht von Personalpronomen nicht versteht, zu allem Überfluss deutet er auch noch an, dass ich tatsächlich Interesse an ihm habe.

Was nicht der Fall ist.

Überhaupt nicht.

Ich will keinen Gefährten. Alles, was ich will, ist frei sein. Unabhängig sein. Etwas Zeit *allein.*

Mein ganzes Leben wurde immer fremdbestimmt. Seit meiner Geburt in Nightingale bis hin zur schicksalshaften Nacht der Monster, in der ich gerettet und hierhergebracht wurde, hat man mir nie eine Wahl gelassen.

Und jetzt will mir dieses Arschloch auch noch an meiner Stelle sprechen.

„Nein", sage ich und bereite dem Stuss, den er Ghost gerade erzählt hat, ein abruptes Ende. „Ich bin nicht interessiert an deinem Antrag. Ich bin nicht interessiert an Gefährtenspielen. Und wo wir gerade über Dinge sprechen, an denen ich kein Interesse habe: Es gefällt mir nicht, wenn man mich *kleine Sterbliche* nennt."

Er sieht mich unter seinen langen, dunklen Wimpern blinzelnd an. „Wenn die Gefährtenspiele zustande kommen, wirst du als unverpaarte Frau keine andere Wahl haben."

„Wer sagt, dass sie ungebunden ist?", fragt Ghost mit beiläufigem Tonfall, das Glas jetzt nahe an seinem Mund. Oder zumindest gehe ich davon aus. Er ist jetzt wieder fast gänzlich in Schatten gehüllt und nur das Funkeln des Glases im Licht, das er vermutlich an seine Lippen presst, verrät ihn.

Volle Lippen, denke ich, und rufe mir die Merkmale in Erinnerung, die ich vor wenigen Augenblicken gesehen habe. *In einem viel zu gut aussehenden Gesicht.*

Wie bei allen Feen hier.

Keiner wirkt älter als dreißig – zumindest, soweit das Aussehen betroffen ist. Und jeder ist attraktiv. Zumindest auf den ersten Blick.

Aber ich habe vor langer Zeit gelernt, dass der Schein trügen kann.

In einem Universum voller übernatürlicher Wesen ist nichts, wie es scheint.

„Das Register der Jenseitsfeen", sagt Jack. Seine Aussage jagt mir einen kalten Schauer über den Rücken.

Es … ist eine irrationale Reaktion. Ich habe meine Informationen und Klassifikationen bereits letzten Monat angegeben. Es war eine Bedingung gewesen, um im Jenseits-Weiler nach einer Wohnung suchen zu können.

Aber diese Liste ist nicht mit jener zu vergleichen, vor der ich mich als Kind gefürchtet habe. Der Liste von heiratswürdigen Kandidatinnen für den Auswahltag.

Und dieser verfluchte Kelch …

Der Gedanke lässt mich zusammenzucken und vor

meinem geistigen Auge zieht eine mir bestens bekannte Bühne auf. Der Viscount. Wie mein Name für die Nacht der Monster ausgewählt wird.

Die Verwirrung, die daraufhin folgte …

„Darin steht, dass sie kein Anhängsel hat", fährt Jack fort und reißt mich mit seinem Geschwafel zurück in die Gegenwart. „Heißt also, sie ist nicht beansprucht."

„Vielleicht hat derjenige, der einen Anspruch auf sie hat, diesen nicht klar kundgetan", murmelt Ghost, lehnt sich aus den Schatten. „Vielleicht erinnert sie sich nur nicht an ihn – oder sie?"

Ich lege die Stirn in Falten, denn seine Worte scheinen mir etwas zu bewusst gewählt. Ein bisschen zu *persönlich*. Als wüsste er etwas über mich. *Etwas über meine Vergangenheit …*

„Es ist aber auch möglich, dass das alles nur ein Spiel ist", fährt er achselzuckend fort. „Wie dem auch sei … das Register der Jenseitsfeen ist nicht allwissend. Und, was noch wichtiger ist, Jack, bezweifle ich, dass sie Interesse an dem hat, was du anzubieten hast. Höchste Zeit, dass du einen Abflug machst."

Jack erschaudert. „Das hier geht dich nichts an, Ghost."

„Leider stimmt das nicht ganz", flötet er, ehe sich etwas Metallenes in seiner Hand materialisiert und er die Klinge herumdreht. „Ich will dich nicht noch einmal bitten müssen, Jack. Die Erfahrung wird mir gefallen, dir aber ganz bestimmt nicht."

Totenkerl erblasst sichtlich, was aufgrund seiner kreidebleichen Haut eine echte Errungenschaft ist.

Ich schlucke nervös und mache einen Schritt zurück. Ghost hat dieses tödliche Etwas. Es ist nicht greifbar, nicht einmal eine Aura. Es … ist ganz einfach *er*. Er verströmt Gewalt. Und in seinen Augen kann ich eine Spur

Wahnsinn erkennen, die mir bisher nicht aufgefallen, jetzt aber klar zu sehen ist.

Oder vielleicht ist es viel eher Arglist als Wahnsinn. Gefahr. *Ein Verlangen, zu töten.*

Er sieht mich mit seinen goldfarbenen Iriden an und auf seinen Lippen taucht ein sanftes Grinsen auf, das über die Grausamkeit, die in seinen Augen zu erkennen ist, hinwegtäuscht. „Keine Sorge, kleines Rätsel. Jack wollte gerade gehen."

„Du bist ein Arschloch, Ghost."

„Ja, bin ich", bestätigt er. „Aber in diesem Fall versuche ich, dir das Leben zu retten."

„Indem du es bedrohst?", meint Jack mit einem abschätzigen Lachen, während er vom Stuhl rutscht. „Hättest es einfach sagen können, wenn du die Frau für dich willst. Kein Grund, so ein Drama abzuziehen."

Ghost leert sein Glas und wendet sich langsam Jack zu. „Ich liebe Gewalt, Jack, aber nicht einmal ich bin so selbstmordgefährdet, dass ich mit der Braut des Todes flirten würde."

SERA

Ich blinzle.

Braut des Todes.

„Wie bitte?", platzt mir heraus und Jack macht erschrocken einen Schritt zurück.

„Sie ist … sie ist …" Er reißt die Augen auf und seine Augen färben sich ganz schwarz. „Ich wusste es nicht, Maliki. Ich schwöre auf die Gruften, ich hatte keine Ahnung."

„Wie ich schon sagte: Ich habe nur versucht, dir das Leben zu retten", flötet Ghost, dann neigt er seinen Kopf zur Seite. „Du kannst jetzt gehen, Jack."

„Danke." Jack verbeugt sich und verduftet dann, und ich stehe perplex da.

Meine Verwirrung wächst, als mir bewusst wird, dass mich alle unverhohlen neugierig anstarren.

„Du solltest wirklich nicht mit deinen Stammgästen flirten, kleines Rätsel", sagt Ghost zu mir und stellt sein leeres Glas auf den Tresen. „Es sei denn, du willst deinem

Verlobten dabei zusehen, wie er sie an eurem Hochzeitstag alle umbringt, natürlich."

Ich gaffe ihn an. „Wie bitte?" Genau das habe ich eben erst von mir gegeben, aber ich ... ich weiß nicht einmal, wo ich anfangen soll. „Verlobter?" Das Wort scheint mir deplatziert. Und der Titel, den er erwähnt hat, auch. „Braut des Todes?" Ich schüttle den Kopf. „Ich glaube, du verwechselst mich mit jemandem."

Das ist die einzig plausible Erklärung.

Aber jetzt starren mich wegen Ghosts Bemerkung alle an.

Verdornt, denke ich mit einem mentalen Seufzer. *Das hat mir gerade noch gefehlt.*

Ich habe Alina gesagt, dass ich das allein packen werde. Dass ich ohne ihre Beaufsichtigung überleben würde. Wenn sie davon erfährt, wird sie ihre Gefährten in den Weiler schicken, um mich zu holen. Wäre das nicht ein Anblick?

Der Gedanke lässt mich beinahe ein Knurren ausstoßen.

Oder vielleicht kommt mir der Laut wirklich über die Lippen.

Denn Ghost sieht mich mit hochgezogener Augenbraue an, als hätte er das gehört. „Ich weiß ganz genau, wer du bist, Persephone", sagt er und lässt seinen Dolch verschwinden, bevor er sich zu mir lehnt und seine verschränkten Arme auf dem Tresen ausbreitet. „Aber wie ich höre, nennst du dich jetzt lieber Sera?"

Er formuliert es wie eine Frage, als versuchte er, eine höfliche Unterhaltung mit mir zu führen.

Die brutale Ader, die er gerade an den Tag gelegt hatte, ist komplett verschwunden. Jetzt scheint er wieder vollkommen harmlos. Normal. Und mustert mich mit diesen attraktiven Augen. Und lächelt.

Aber er hat mich gerade *Persephone* genannt. Ein Name, den ich jede Nacht in meinen Träumen höre.

Mit ihm, denke ich und erschaudere.

Meine schicksalshaften Träume mit dem mysteriösen, gottesähnlichen Alpha hatten angefangen, nachdem eine Frau, die behauptete, meine Mutter zu sein, mich vor der Nacht der Monster gerettet hatte.

Oder hat sie mich entführt?, frage ich mich zum ersten Mal.

Meine Erinnerungen an das Geschehene sind bestenfalls durchzogen. Ich erinnere mich noch lebhaft an den Auswahltag und wie der Viscount von Nightingale meinen Namen ausgerufen hat. Die nächste klare Erinnerung habe ich an Alina, wie sie mich im Palast aufweckte.

Ich erinnere mich nur bruchstückhaft daran, was zwischen diesen beiden Ereignissen geschehen ist. Zum Beispiel, wie Alina mich im Garten gefunden hat und an meine Träume von *ihm*.

Persephone, nennt er mich. Seine kultivierte Stimme lässt mich sogar jetzt noch erschaudern, als ich daran denke, wie sich seine tiefe Stimme in meinem Kopf angehört hatte.

„Woher kennst du diesen Namen?", frage ich Ghost im Flüsterton und wundere mich, wo er ihn aufgeschnappt hat.

„Ich habe gehört, wie du dich zahlreichen Feen in dieser Bar als *Sera* vorgestellt hast", erwidert er achselzuckend. „Für gewöhnlich direkt, nachdem sie dir einen Kosenamen wie *kleine Sterbliche* verpasst haben." Er wackelt mit den Augenbrauen. „Das stimmt doch nicht, oder?"

Ich schlucke nervös. „Von diesem Namen habe ich nicht gesprochen." Ich flüstere nach wie vor und kann meine eigene Stimme kaum wahrnehmen.

Er lächelt. „Ich weiß." Dann greift er nach seinem leeren Glas und mustert es eingehend. „Dein Verlobter hat mich damit beauftragt, dich zu deiner neuen Unterkunft zu geleiten. Sollen wir gehen?"

„Ich …" Ich lege die Stirn in Falten und der Nebel in meinem Kopf lichtet sich nur sehr langsam. „Nein. Mit dir gehe ich nirgendwohin."

Nicht, nachdem ich diese tödliche Seite von ihm gesehen und Jack zusammenfahren sehen hatte.

Nicht, nachdem er mich Persephone *genannt hat, wie der Mann in meinen Träumen …*

Kopfschüttelnd mache ich einen Schritt zurück.

Ich sollte … Der Gedanke verblasst und ich presse die Lippen aufeinander. Nein. *Ich werde Alina nicht anrufen.*

Mit dieser Angelegenheit muss ich allein zurechtkommen, anstatt mich auf die Hilfe meiner Schwester zu verlassen. Das hier ist *mein* Leben und ich habe es satt, im Schatten meiner Schwester zu stehen. Ich liebe sie – ja, wirklich – aber ich muss Verantwortung für mich selbst übernehmen.

Angefangen damit, dass ich dieses Königreich voller tödlicher Kreaturen überstehe.

Ghost zuckt mit der Schulter und lässt sich in den Stuhl zurückfallen. „Na gut", meint er. „Kann ich bitte noch einen Spinnenale haben?"

Ich starre ihn an. „Mit dir gehe ich nirgendwohin", wiederhole ich.

„Ja, ich habe dich schon beim ersten Mal gehört." Er deutet auf sein rundes Ohr. „Deine Abweisung ist angekommen."

„Und angenommen?", frage ich, weil er nicht näher darauf eingeht.

Auf seinen Lippen breitet sich ein Lächeln aus. „Für heute Nacht schon."

Ich kneife die Augen zusammen. „Ich weiß nicht, ob mir diese Antwort gefällt."

Er zuckt abermals mit den Achseln. „Nicht mein Problem, Rätselchen." Er lehnt sich abermals nach vorn. „Also, bekomme ich jetzt diesen Spinnenale oder nicht?"

„Du willst, dass ich dir ein Getränk serviere, nachdem du mir gedroht hast, mich zu meinem Verlobten zu verschleppen, dem ich noch nicht einmal begegnet bin?", grummle ich. „Nein danke."

Ich wende mich von ihm ab, um jemand anderen – *irgendjemanden* – an der Bar zu bedienen, und pralle gegen eine harte Brust.

Atemringend schrecke ich zurück und starre in zwei goldene Iriden.

Dieselben Iriden, die ich gerade eben noch hinter mir gesehen habe.

„Ich habe dich nicht bedroht", sagt Ghost gelassen. „Ich habe *angeboten*, dich in deine neue Unterkunft zu begleiten."

Er tritt näher, was mich einen weiteren Schritt zurückweichen lässt.

Aber er macht keinen Schritt weiter auf mich zu, sondern weicht zur Seite aus und greift nach einem Glas.

„Und du kennst deinen Verlobten", ergänzt er, während er den Zapfhahn für den Spinnenale aufdreht. Die rauchigen Schwaden fließen in Wellen hinaus und sammeln sich gefährlich nahe am Rand, doch er stoppt den Fluss, kurz bevor die Essenz überschwappt, dann dreht er das Glas herum und verschwindet.

Ich wirble herum und blicke an die Stelle, wo er vor wenigen Minuten gesessen hat, und stelle fest, dass er es sich wieder in seinem Stuhl gemütlich gemacht hat.

„Stößchen", sagt er und hebt das Glas in meine Richtung, bevor er einen Schluck nimmt und sich entspannt im Stuhl zurücklehnt. „Danke, dass du mir den heutigen Abend freigibst, Rätselchen. Ich hatte eine Pause bitter nötig."

Ich … ich weiß nicht, was ich darauf antworten soll. Ganz offensichtlich ist er verrückt. Psychotisch. *Und mächtig*, geht mir durch den Kopf. Seine penetrante Aura lässt mich erschaudern. Es ist, als hätte er mich mit sich in die Schatten gehüllt und als würde seine Essenz in meine Haut dringen.

Ein Blick nach unten verrät mir, dass ich mir das bloß einbilde.

Er spielt mit mir.

Wie alle anderen Feen auch.

Ich beiße die Zähne zusammen.

Das ist doch lächerlich. Ich wende mich abermals von ihm ab und widme mich wieder meinen Aufgaben hinter dem Tresen. Dieser Kerl kann sich in die Dornen setzen, wenn es nach mir geht. Ich habe keinen Verlobten. Ich hege kein Interesse an irgendwelchen Gefährtenspielen. Und ich werde nirgendwohin mit *ihm* gehen.

Ich blende Ghost aus und schenke den Stammgästen der Todeshöhle nach. Sie starren mich aber bloß an, als ich ihnen ihre Getränke bringe. Keine Anmachen. Keine Bemerkungen. Jetzt mustern sie mich bloß mit weit aufgerissenen Augen.

Ich bemühe mich, mir nichts anmerken zu lassen, und lächle, während ich die Gläser verteile, dann begebe ich mich zurück hinter die Bar und mache sauber, was ich kann.

Alles, während ich von sämtlichen Gästen angestarrt werde – darunter auch von dem Kerl, der mir den Abend ruiniert hat.

Es kostet mich alle Energie, vorzugaukeln, dass alles bestens ist, obwohl ich nichts lieber tun würde, als zu schreien. Ein paar wenige Worte dieses Fremden haben meinen Status komplett durcheinandergebracht. *Braut des Todes.* Was soll das überhaupt heißen? Glaubt er etwa, ich wäre mit einer Todesfee verlobt? Von denen gibt es hier Tausende. Zehntausende, sogar. Wie soll ich da herausbekommen, von welcher er spricht?

Nicht, dass das wichtig wäre.

Denn ich bin *nicht* verlobt.

Ende der Diskussion.

Ich will keinen Gefährten. Wollte ich nie. Darum ist mir damals, als der Viscount meinen Namen an diesem schicksalshaften Auswahltag ausgerufen hat, auch das Herz in die Hose gerutscht.

Serapina Everheart.

Meine Lider werden schwer und vor meinem geistigen Auge sehe ich mich in ein weißes Kleid gehüllt den Gang entlanglaufen und meinem Schicksal entgegentreten. Selbst über drei Jahre später ist es noch eine markerschütternde Erinnerung, die ich nie vergessen werde.

Erst recht nicht das, was geschehen war, nachdem ich in den Zug stieg.

Was als Nächstes passiert war, erinnerte an einen Traum. Wie ich in einen Garten gebracht und meiner Mutter vorgestellt wurde. Oder sollte ich sagen: meiner *Schöpferin*?

Ich … ich verstehe immer noch nicht, wie das alles echt sein konnte.

Es fühlte sich an wie ein Traum, der nicht enden wollte. Jedenfalls nicht, bis ich meine Augen öffnete und Alina durch die Blumen streifen sehen hatte. Dann war mir gewesen, als wäre ich wieder eingeschlafen und in einem Palastbett aufgewacht, das Aussicht auf das Königreich des Jenseits bot.

Kopfschüttelnd schlucke ich abermals und finde dann zurück zur Gegenwart, stelle jedoch fest, dass bis auf Ghost alle abgezogen sind. Er sitzt immer noch an der Bar und scheint ein frisches Getränk zu genießen.

„Für die bezahlst du!", sage ich mit zusammengekniffenen Augen.

„Tue ich das?", fragt er und zieht eine dunkle Augenbraue hoch. „Aber ich habe mich selbst bedient."

„Das heißt nicht, dass die Getränke kostenlos sind", erwidere ich.

Ein Lächeln. „Was, wenn ich dir sage, dass die hier laut dem Inhaber aufs Haus gehen?"

„Dann würde ich behaupten, dass du ein Lügner bist."

„Wirklich?", meint er mit spürbarer Belustigung. „Was bist du dann, Persephone? Eine Lügnerin? Eine vorzügliche Schauspielerin?" Er neigt seinen Kopf zur Seite, woraufhin sein widerspenstiges Haar in seine Stirn fällt. „Oder bist du ganz einfach ein Rätsel, das es zu lösen gilt?"

Ich schaue in seine leuchtenden Augen. „Woher kennst du diesen Namen?" Dieses Mal schwingt meiner Stimme ein befehlshaberischer, selbstbewusster Tonfall mit, obwohl ich mich überhaupt nicht so fühle. Genervtheit ist aber ein guter Antrieb. Und dieser Kerl hat sich meine Genervtheit absolut verdient.

Er mustert mich eine lange Zeit und seine Belustigung scheint von Neugier ersetzt zu werden. „Dein Verlobter nennt dich Persephone."

Mir läuft ein kalter Schauer über den Rücken. „Und wer soll dieser angebliche Verlobte sein?", will ich, jetzt etwas weniger selbstbewusst, wissen. Denn es gibt nur einen Mann, der mich *Persephone* nennt: die sexy Fee, die meine Träume heimsucht.

Der Mann, der sich als Hades bezeichnet hat.

Als ich am nächsten Morgen aufwachte, stellte ich fest, dass der Name wohl meiner neuen Umgebung entsprungen war. Meine Schwester hatte mich gerade aus einem Gartengefängnis gerettet und mich ins Heimatreich ihrer Gefährten gebracht: das Königreich des Jenseits.

Und *Hades* war ihr Gott, der von allen Feen verehrt wurde.

Zufälligerweise ist er auch mit dem Gefährten meiner Schwester verwandt.

Es war also nicht weiter verwunderlich, dass ich meinem Fantasiewesen diesen Namen gegeben habe. Ein dümmlicher Teil von mir wünschte sich offensichtlich, dass ich auf ähnliche Weise wie meine Schwester beansprucht werden könnte. Dass ich auch zu einer Omega mit einem Gefährtenzirkel würde.

Eine Fantasie, die nie Realität werden wird.

Weil ich keine Omega bin.

„Der Tod", erwidert Ghost, was meine Aufmerksamkeit zurück auf unser Gespräch zieht. „Offensichtlich."

Ich runzle die Stirn. „Wie bitte?"

„Hm, ja", summte er und stellt sein Getränk ab. „Von diesem Leiden habe ich schon gehört, es aber noch nie mit eigenen Augen bezeugt. Bis jetzt." Er wirft mir einen trübsinnigen Blick zu. „Ihr Sterblichen seid wirklich schwerhörig, was?"

Ich starre ihn kurz an, dann kneife ich die Augen zusammen. „Du bist ätzend wie ein Dorn."

„Ein Dorn?", wiederholt er mit hochgezogenen Augenbrauen.

„Ganz genau. Lästig, scharf und unangenehm." Und komplette Zeitverschwendung. Ich sehe mich um und fälle eine Entscheidung. „Die Höhle des Todes ist geschlossen. Du solltest gehen."

Er folgt meinem Blick, dann hebt er den Arm, der – wie ich erst jetzt feststelle – die ganze Zeit über von einem Umhang verhüllt war. Jetzt erhasche ich einen Blick auf die braun gebrannte Haut, die mit rauchähnlicher Tinte verziert ist, weil er Parade damit macht, auf sein Handgelenk zu blicken.

Mein Herz setzt einen Schlag aus, als ich die bekannten Tattoos sehe. Die sich schlängelnden Linien erinnern mich an Reaper, den Todesfeen-Gefährten meiner Schwester.

Er ist der totale Psycho. Tödlich. Und völlig besessen von Alina.

Zum Glück. Denn wenn er es nicht wäre, wäre er Furcht einflößend.

Was nichts Gutes für mich verheißt.

Wenn Ghost auch nur im Geringsten wie Reaper ist, stecke ich in Schwierigkeiten.

„Ich kann deine Angst riechen", murmelt Ghost, der mit seinen goldenen Augen zu mir hochsieht. „Ich habe dir gesagt, dass du nicht mit deinen Stammgästen flirten sollst, Rätselchen. Stehst du auf Blut?"

Ich starre ihn an. „Wirst du jetzt wohl für diese Getränke bezahlen?"

Er legt die Stirn in Falten und sein Blick wandert auf das Glas, das vor ihm auf dem Tresen steht, ehe er zu mir zurückblickt. „Vielleicht. Vielleicht aber auch nicht. Ich habe mich noch nicht entschieden."

„Dann weiß ich nicht, ob du ein Gast bist oder nicht", erwidere ich. „Deine Drohung ist also null und nichtig." Nicht, dass ich mit ihm geflirtet hätte.

Aber ich würde lügen, wenn ich sagte, dass ich mich nicht vor ihm fürchte.

Zugeben werde ich das aber nicht.

Ich war von meiner Schwester und ihren Gefährten

weggezogen, weil ich selbstständig in dieser Welt zurechtkommen musste.

Das beinhaltete auch, mit Feen wie Ghost klarzukommen.

Das gehört alles zum Leben als Sterbliche in einem übernatürlichen Königreich dazu.

Ich schaffe das.

Ich muss es schaffen.

Ich werde es schaffen.

Dieses Mantra habe ich in den vergangenen Wochen mehrmals wiederholt, und ich tue es auch jetzt wieder, während Ghost mich angrinst.

„Du gefällst mir, Sera", lässt er mich wissen und rutscht vom Hocker. „Schade, dass unsere nächste Begegnung nicht so angenehm verlaufen wird." Er holt mehrere schwarze Münzen hervor und legt sie auf den Tresen.

Wie sämtliche Münzen in diesem Königreich drehen sie sich und verschwinden in eine Art verzauberten Tresor im Hinterzimmer.

Schätze, jetzt ist er ein Gast, nörgle ich in Gedanken. *Nicht, dass das eine Rolle spielt.*

„Das nächste Mal, wenn wir uns sehen, versuche dich daran zu erinnern, dass du dich für die harte Tour entschieden hast", ergänzt er, lässt seine Hände in die Taschen seiner Jeans verschwinden und sein Umhang wogt um seine breiten Schultern. „Ich habe versucht, ein Gentleman zu sein, und du hast dich geweigert. Was als Nächstes passiert, ist nicht meine Schuld, verstanden?"

Er räumt mir keine Gelegenheit ein, zu antworten, und löst sich in einen leichten Nebel auf, der auf mich zuschwebt und sich wie eine Schlinge um meinen Hals legt. Sie zieht sich zu, bevor sie sich in einen leichten Sprühnebel verwandelt und sich schließlich in Luft auflöst.

Der Geruch von Leder und feuriger Glut kitzelt meine Nase und ich hasse es, dass mir der Geruch gefällt.

„Elende Feen", murmle ich vor mich hin. Alle müssen sie so hypnotisierend und sinnlich und *verspielt* sein.

Aber etwas an dieser Fee war anders. Die meisten Männer fragen nach einem Date oder tragen ihre Fähigkeiten zur Schau, mit denen sie mich in ihrem Königreich beschützen können.

Ghost hat keines von beidem getan.

Stattdessen hat er darauf hingewiesen, dass ich bereits beansprucht wurde.

Vom Tod.

Entweder hat Ghost das falsche Mädchen oder *der Tod* unterschätzt mich. Denn ich habe nicht die Version der Monstergefährtenspiele meines Heimatreichs überlebt, nur um zu einer Zwangsehe mit einer Fee verdammt zu werden.

Vor langer, langer Zeit habe ich mich einer höheren Macht gebeugt.

Und meine Lektion gelernt.

Nächstes Mal, wenn jemand versucht, mich sich zu unterwerfen, *werde ich kämpfen.*

MALIKI

Serapina Everheart ist gefährlich.

Ihr goldblondes Haar, die Schmolllippen und die leuchtend blauen Augen lassen sie wie den Inbegriff von Unschuld aussehen. Das und die perfekten Titten sowie der herzförmige Arsch machen sie zu einem Leuchtfeuer in einer sonst dunklen Welt.

Ein Leuchtfeuer, das jede ungebundene männliche Leichenfee und Todesfee im Reich des Jenseits zu sich zu locken scheint.

Sie in der Höhle des Todes arbeiten zu lassen, war ein verdammter Fehler. Zur Hölle, sie den Palast verlassen zu lassen, war ein elendes Verbrechen gewesen.

Zum Glück ist Hades endlich zu Verstand gekommen, denn ich habe es gehörig satt, Babysitter für ihn zu spielen. Oder vielleicht ist *Stalker* der passendere Begriff.

Ich folge dieser verlockenden Frau überallhin, schalte jede Fee aus, die versucht, sie anzurühren, und überrede mögliche Verehrer, sich anderswo umzusehen. Und außerdem stelle ich sicher, dass die Bäume in ihrem Lieblingshof sie nicht umgarnen.

Heilige Feen, sie ist zu unschuldig für diesen Ort.

Zu naiv. Zu süß. Zu *sterblich*.

Aber angeblich soll das alles bloß Fassade sein.

Das bezweifle ich bereits, seit Hades mir gesagt hat, dass ich nicht auf ihr Schauspiel hereinfallen soll. Denn wenn ihre Unschuld nur aufgesetzt ist, legt sie eine unglaubliche Show hin.

Ihr Ausdruck heute Abend, als ich sie die Braut des Todes genannt habe, deutete darauf hin, dass sie keine Ahnung gehabt hat, wovon ich sprach.

Aber das ist nicht mein Problem.

Sondern Hades'.

Und ich wünschte mir, dass er sich dieses Problems selbst annimmt.

Leider stehe ich jetzt hier, vor seinen persönlichen Gemächern, und warte darauf, dass er sich zu mir gesellt.

Er weiß, dass ich hier bin. Nicht nur, weil er allwissend ist, sondern weil Ossa warnend geknurrt hatte, sobald ich durch die Schatten auf die dunkle Pflasterstein-Terrasse gewandelt war. Sie mag mich nicht besonders. Und nachdem sie mein liebstes Paar Schuhe zerfetzt hatte, ich sie auch nicht.

Howl und Mort hingegen sind in Ordnung. Und sie sind auch der einzige Grund, warum ich in die Hocke gehe, als die dreiköpfige Bestie auf mich zurennt.

Ossa stößt ein tiefes Winseln aus, während die anderen beiden aufgeregt jaulen. Ich sehe ihr an, dass sie versucht, Kontrolle über die Beine zu nehmen, aber ihre beiden

Brüder überwältigen sie, sodass das flauschige Fellknäuel direkt in mich schießt.

Mit ausgestreckten Armen kraule ich ihre vielen Ohren und das Fell, während Ossa verärgert knurrt.

„Ich werde nie verstehen, warum du bei ihr in Ungnade gefallen bist", murmelt Hades, der durch seine wallenden dunklen Vorhänge streift. „Die meisten Frauen finden dich unwiderstehlich."

Ich tätschle Ossa lachend den Kopf. „Sie ist nur eifersüchtig auf Fleur."

Ossa schnappt nach meinen Fingern und versucht, zuzubeißen.

Was mich zum Lachen bringt, weil Mort und Howl sie daraufhin anknurren.

Die drei fangen sich zu balgen an, und kurz darauf schießt ein riesiges Fellknäuel mit tosender Kraft über den Steinboden.

Hinter ihnen schießen Flammen hoch und Hades sendet einen Kraftschub hinterher, um den Feuerschaden in Schach zu halten. „Komplett unnütz", murmelt er.

„Du hast sie adoptiert", gab ich zu bedenken.

„Ja, habe ich", seufzt er. „Sie sind Furcht einflößend, wenn sie es sein müssen."

„Wenn du das sagst", flöte ich und wende mich der Aussicht zu – dem Grund, aus welchem ich mir diese Terrasse für unser Treffen ausgesucht habe, anstatt in sein Büro oder seine Gemächer zu reisen.

Ich liebe es hier oben. Es ist still, die Luft ist rein und die schwach leuchtenden Monde scheinen so nahe, dass man glaubt, nach ihnen greifen zu können. Ihr schwacher gelber Schein hüllt das Tal darunter in ein ominöses Leuchten.

Ein Tal, das sämtlichen Leichenfeen und Todesfeen ein Zuhause bietet.

Das hier ist einer der wenigen Orte, an denen ich Frieden finde.

Ich bewundere die tiefroten Wasserfälle in der Ferne, deren zähe Flüssigkeit mit einer gewaltigen Kraft vom Jenseitsmassiv herabstürzt und in den Blutfluss darunter fällt.

Er ist tödlich. Unberechenbar. Und randvoll mit blutrünstigen Absichten.

Genau wie ich.

„Wo ist meine Gefährtin?", will Hades wissen.

„Sicher in ihrem Bett im Weiler", erwidere ich, ohne ihn anzusehen.

Nachdem Sera die Höhle des Todes für heute dichtgemacht hat, bin ich ihr in ihre Hütte, die sie ihr Zuhause nennt, gefolgt, wie ich es jeden Abend tue. Es fällt ihr nie auf – was ich ihr nicht übelnehmen kann, weil ich in den Schatten nicht auffalle. Dort lauere ich und töte. Daher auch mein berüchtigter Spitzname.

Zu Seras Glück hege ich keine Absichten, ihr wehzutun. Zumindest nicht im herkömmlichen Sinne.

Aus sexueller Sicht sieht das aber ganz anders aus.

Leider darf ich sie nicht anrühren. Was wirklich eine Schande ist, weil es mir sehr gefallen würde, sie zum Schreien zu bringen.

„Welcher Teil von ,Bring sie zu mir' hast du nicht verstanden?", fragt Hades, dessen kultivierter Stimme ein verärgerter Tonfall mitschwingt.

„Du hast mich gebeten, sie zu dir zu *begleiten*", erinnere ich ihn, mein Blick immer noch auf dem Weiler unter uns. Von hier aus kann ich Seras Standort kaum noch bestimmen, was mich nervös macht – vermutlich, weil ich sie schon fast ein ganzes Jahr lang bewache.

Seit Hades mich aus dem Verhörraum des Höllenfeen-Königs befreit hat.

Ich drehe mich um und sehe Hades mit hochgezogener Augenbraue an. „*Begleiten* setzt ihre Einwilligung voraus. Sie hat nicht eingewilligt. Also bin ich ihr nach Hause gefolgt und dann zurückgekommen, um dir Bericht zu erstatten."

Er starrt auf mich herab, ganz offensichtlich alles andere als erfreut. „Und dein Bericht handelt von der Auslegung spezifischer Worte?"

Ich lächle. „Nein. Mein Bericht ist, dass Serapina Everheart mir mitgeteilt hat, dass sie kein Interesse an den bevorstehenden Gefährtenspielen hat. Nicht, dass sie an ihnen teilnehmen könnte. Und sie will auch nicht zu ihrer neuen Unterkunft begleitet werden. Außerdem scheint sie schwerhörig zu sein. Sie sagt immer wieder ‚*wie bitte?*'."

Ich halte inne und denke darüber nach, was ich ihm sonst noch übermitteln muss.

„Oh!", fahre ich fort. „Und du schuldest mir fünfzig Tintentaler."

Er sieht mich stumm an.

Ich zucke mit den Schultern. „Sie hat verlangt, dass ich für meine Getränke bezahle, obwohl ich ihr gesagt habe, dass der Inhaber mir die Getränke umsonst angeboten hat. Anstatt mich mit ihr zu streiten, habe ich ihr fünfzig Taler gegeben. Daher …" Ich strecke meine Hand aus.

Hades sagt nichts, doch mir entgeht der Sturm in seinen Augen nicht.

Er ist genervt.

Gut.

Hades weiß es besser, als mich zu lange mir selbst zu überlassen. Und sein Babysitting-Auftrag hat meine üblichen Arrangements bei Weitem überstiegen.

Mich zu zwingen, seine Verlobte zu beobachten, ohne sie anrühren zu dürfen, ist eine ganz neue Art der Folter. Was ich ihr über seine besitzergreifende Art gesagt habe, meinte ich auch so: Er wird jeden töten, der ihr auch nur einen falschen Blick zuwirft. Mir inbegriffen.

Was meinen Auftrag, sie zu beobachten, ziemlich schwierig gestaltet.

„Du zwingst mich, sie persönlich zu holen", meint Hades.

„Tue ich das?", frage ich mit gespielter Unschuld. „Ich schätze, entweder das oder du erteilst mir Erlaubnis, Gewalt anzuwenden. Und das würde vermutlich bedingen, dass ich sie berühren darf."

Er beißt die Zähne zusammen und in den dunklen Tiefen seiner kraftsprühenden Augen taucht ein verständnisvoller Ausdruck auf. „Verstehe. Darum sind Formulierungen so wichtig."

„Formulierungen sind immer wichtig", kontere ich. „Aber in diesem Fall, ja. Ich bin nicht bereit, die Grenzen unserer Vereinbarung auszutesten."

„Ich würde dich nie umbringen, Maliki." Zärtliche Worte. Ein ungewöhnliches Versprechen.

„Es gibt schlimmere Schicksale als den Tod, Hades." Und diese Schicksale sind mir bestens bekannt. Viele dieser qualvollen Schicksale habe ich selbst herbeigeführt und ich hege keine Absichten, sie am eigenen Leib zu ertragen.

Er atmet seufzend aus, wendet seinen intensiven Blick endlich von mir ab und betrachtet das Königreich zu unseren Füßen. „Ich brauche sie in meinem Palast."

„Dann hättest du sie den Palast vielleicht nicht verlassen lassen sollen." Es ist ein Rüffel, den einem Gott wie Hades zu erteilen sich nur sehr wenige Feen erlauben. Aber ich bin nicht wie die meisten Feen. Und unser Arrangement ist alles andere als gewöhnlich.

„Ich wollte herausfinden, was sie tun würde", murmelt er.

„Diese Ausrede benutzt du jetzt schon ein ganzes Jahr", bemerkte ich.

„Das ist keine Ausrede, sondern ein Grund." Seiner Stimme schwingt ein bissiger Tonfall mit, der mir sagt, dass ich mich auf dünnem Eis bewege.

Aber das ist mir verdammt noch mal egal.

Das hier geht jetzt schon lange genug so.

„Hast du schon einmal in Erwägung gezogen, dass sie vielleicht die Wahrheit sagt?", frage ich ihn. „Dass sie sich an nichts erinnert?"

Er antwortet nicht, doch an seinen Fingerspitzen züngeln schwarze Flammen, während er die Welt zu unseren Füßen mustert.

„Findest du es beunruhigend, dass sie noch nicht läufig geworden ist?", hake ich nach.

Er hat mir letztes Jahr gesagt, dass seine Nähe binnen weniger Wochen dazu führen sollte, dass ihre Omega-Seele übernehmen wird, was vermutlich in einem längst überfälligen Östruszyklus gipfeln würde.

Er hatte mir das nur offenbart, weil er darauf vertrauen musste, dass ihn jemand beschützen würde, während er sich um seine Gefährtin kümmerte.

Aber dazu ist es noch nicht gekommen.

Und soweit ich gesehen habe, wird es auch noch für längere Zeit nicht passieren.

Ihr zierlicher Körper mag sie zwar als Omega auszeichnen, aber ihr fehlt die Schüchternheit und unterordnende Persönlichkeit, die Hades einmal erwähnt hatte.

Na ja, das mit der Unterwürfigkeit wird sich noch herausstellen. Ich bin mir sicher, dass ich sie unter den richtigen Umständen dazu bringen könnte, sich vor mir hinzuknien.

„Mich besorgt so einiges an dieser Situation", meint

Hades mit leiser Stimme, als fürchte er, seine Worte könnten vom Wind davongetragen werden und seine Schwäche preisgeben. „Ich spüre Persephone mit jedem Atemzug, den ich mache, aber ich erkenne ihre menschliche Hülle nicht. Sie ist so zerbrechlich. *Zu* zerbrechlich."

„Du machst dir Sorgen, dass sie sterben und ihre Seele sich einen anderen Wirt suchen wird", überliefere ich.

„Unter anderem, ja. Aber um ein Feuer zu entfachen, muss man zunächst einmal einen Funken entzünden."

Er sieht abermals zu mir. „Hast du heute Abend mit ihr gesprochen?"

Seine Frage erschreckt mich ein wenig, weil ich sie nicht erwartet habe. „Ja."

„Also habt ihr offiziell miteinander Bekanntschaft gemacht?", hakt er nach.

„Offiziell? Nicht direkt. Aber sie weiß, dass ich Ghost heiße." Er nickt. „Das genügt. Such weiterhin das Gespräch mit ihr." Er wendet sich ab und lässt mich gehen. „Und ihr was sagen?", rufe ich ihm hinterher.

Er zuckt mit den Achseln. „Das überlasse ich dir." Er wirft mir über seine breite Schulter einen Blick zu. „Du hast eine Woche, um sie davon zu überzeugen, mich zu heiraten."

Ich lache schnaubend. „Ich wurde also von Babysitter zu Verführer befördert?", sage ich im Scherz. Doch er erwidert bloß: „Ganz genau" und setzt seinen Weg fort.

Dieses Mal wandle ich durch die Schatten, um mich vor die Tür zu stellen und ihm den Weg zu versperren, was Ossa, die auf der Terrasse steht, mich anknurren lässt. Ich blende das extrem beschützerische Tier aus und konzentriere mich auf den riesigen Gott vor mir. „Nenn mir deine Bedingungen."

„Nein", erwidert er. „Es gibt keine Regeln."

„Also darf ich sie anfassen?" Die Aussage kommt mir als Drohung über die Lippen, im Wissen, dass er darauf anspringen wird.

Er beißt merklich die Zähne zusammen, wie ich es erwartet habe. „Wenn es die Situation erfordert, ja."

Seine Antwort lässt mich erschrocken zurückweichen. „*Wie bitte?*" Mir entgeht nicht, dass ich mich jetzt Seras Lieblingsantwort aus der Höhle des Todes bediene, aber es ist eine angemessene Reaktion. „Bist du von allen guten Geistern verlassen?"

Er sieht mich mit hochgezogener Augenbraue an. „Willst du mir etwa sagen, dass du der Aufgabe nicht gewachsen bist, Maliki?" Er neigt seinen Kopf zur Seite und sieht mich nachdenklich an. „Ihre blasse Haut wird unter deiner Hand doch bestimmt einen wunderschönen Rotton annehmen, oder nicht?"

Ich kneife die Augen zusammen. „Du spielst mit mir." Tatsächlich … nein. Er *bestraft* mich. Ich hatte mich vorhin über seine Terminologie lustig gemacht, und jetzt musste ich das Spiel definieren.

„Nein, ich bitte dich, ihr näherzukommen", korrigiert er.

„Und das bedeutet, ich darf sie ficken?", entgegne ich, versuche, ihn vom Kurs abzubringen und zu zwingen, irgendwelche Grenzen zu definieren.

Aber das Arschloch zuckt bloß mit den Schultern. „Vielleicht irgendwann."

Jetzt weiß ich, dass er den Verstand verloren hat. „Ich hatte keine Ahnung, dass du einen Grund wolltest, mich zu töten, *mein Herr.*" Ich weiß, dass er es hasst, wenn ich ihn mit seinem Titel anspreche. Die Feen in diesem Königreich nennen ihn alle so, aber ich tue es nur, wenn ich versuche, ihn auf die Palme zu bringen.

Auf seinen Lippen breitet sich ein Lächeln aus. „Netter

Versuch. Mal." Diesen Spitznamen benutzt er nur selten. „Mag sein, dass ich sie nicht teilen will, aber wenn du sie nur so dazu bringen kannst, ist es eben so."

Er versucht, um mich herumzugehen.

Das lasse ich aber nicht zu und stelle mich ihm wiederholt in den Weg. „Warum rufst du dann nicht Morpheus?", frage ich, obwohl ich weiß, dass meine Frage ein Schlag unter die Gürtellinie ist.

Jetzt verabschiedet sich ein Teil von Hades' Nonchalance. „Weil Morpheus keinen Anspruch auf das hat, was mir gehört."

„Und ich schon?", kontere ich.

„Möglicherweise", erwidert er, was mich erneut aus den Schatten haut. „Der Gedanke, dir dabei zuzusehen, wie du sie berührst, stört mich nicht so sehr, wie es vermutlich sollte."

Ich lache schnaubend. „Das klingt ja vielversprechend."

„Wäre es dir lieber, wenn ich dich darum bitte, Maliki? Dass du sie zu meinem Vergnügen fickst?"

Jetzt gehe ich ihm aus dem Weg. „Ich werde nicht zulassen, dass du an deiner Vermählung ein Beispiel aus mir machst."

Er mustert mich von Kopf bis Fuß. „Wenn ich das täte, verspreche ich dir, dass es uns beiden gefallen würde."

„Ich sehne mich nach dem Tod von anderen, nicht nach meinem eigenen", stelle ich klar.

An seinen Mundwinkeln zupft ein Lächeln. „Ich bin der Gott des Todes, Maliki. Wenn ich dich aus der Wut heraus töte, werde ich dich einfach wiederbeleben, sobald ich mich beruhigt habe." Mit dieser wenig rückversichernden Bemerkung verschwindet er.

Eine Sekunde später taucht eine Notiz auf, die die bekannte Handschrift von Hades trägt.

Es sind nur zwei Worte in schwarzem Blut auf dem weißen Pergamentpapier zu lesen.

Eine. Woche.

„Styx drauf", murmle ich. „Und styx auf dich, Hades. *Fick. Dich.*"

SERA

DER GERUCH VON TOD AUF MEINEM KISSEN LÄSST MICH aus dem Schlaf hochschrecken.

Es ist ein penetranter Geruch, der mir verrät, was ich gleich sehen werde, noch bevor ich die Augen aufschlage: eine tote Feuerlilie.

Als es das erste Mal passiert ist – direkt nach meinem Einzug –, hatte ich geschrien.

Das zweite Mal auch.

Nach dem dritten Mal blieb ich die ganze Nacht wach und wartete darauf, dass sich der Bösewicht zeigen würde … und kreischte, als ich die Quelle meiner Folter, die welkende Blume, auf mein Kissen legen sah.

Jetzt aber seufze ich bloß und öffne die Augen, damit ich in die hell leuchtenden Iriden schauen kann, die mich unter einer königsblauen Kapuze anstarren.

Ein Geist.

Ein Gespenst.

Eine verlorene Seele.

Ähm, ich weiß auch nicht. Aber er hat den Kopf eines Toten, mit einem herzförmigen Loch an der Stelle, wo seine Nase sein sollte, und blaue, flammenähnliche Augen. Er scheint nicht einmal Stimmbänder zu besitzen, weil er nie spricht. Aber schreiben kann er.

Und offensichtlich glaubt er, dass diese Hütte ihm gehört.

Aber anstatt mich zum Ausziehen zu zwingen, bringt er mir immer wieder nächtliche Geschenke, wie eine Katze.

Es gibt nur ein Problem: Seine Geschenke sind alle tot.

„Danke, Pip", sage ich gähnend, bevor ich mich im kleinen Bett strecke.

Mein Geisterwesen dreht sich glücklich im Kreis und freut sich darüber, dass ich mich bei ihm bedankt habe. Oder vielleicht freut er sich ganz einfach, dass ich mich mit ihm unterhalte. Ganz sicher bin ich mir nicht. Er wirkt einsam. Das würde auch erklären, warum er mir folgt, sobald ich durch die Tür komme, und mich jeden Morgen mit neuen toten Geschenken begrüßt.

Ich rolle mich von der steifen Matratze, bedacht darauf, Pip nicht zu zerquetschen, und laufe ins Badezimmer – die Gestalt im Umhang mir dicht auf den Fersen.

„Darüber haben wir doch bereits gesprochen", sage ich zu ihm, als er versucht, über die Schwelle zu gehen. „Ich habe gern meine Ruhe in diesem Raum. Wir sehen uns nach meiner Dusche."

Pip – so habe ich ihn genannt, nachdem ich festgestellt hatte, dass er keine Persönlichkeit besitzt – schmollt.

„Zehn Minuten", verspreche ich ihm, dann verschwinde ich, um mich meiner Abendroutine zu widmen.

Mein Zeitgefühl ist in diesem Reich völlig aus dem Lot

geraten. Es gibt keine Sonne, nur Monde, und alles ist in ewig währende nächtliche Schatten gehüllt. Sie unterscheidet sich stark von meiner sonnigen Welt voller farbenfroher Blumen und sattem Grün.

Ich habe versucht, einige der Bäume in diesem Hof vor meinem Heim heranzuziehen, aber die skelettähnlichen Äste unterscheiden sich beträchtlich von denen aus Holz aus meinem Zuhause.

Manchmal fehlt mir mein altes Leben.

Was komplett bescheuert ist. Ich hatte mich praktisch jahrelang in einem Traum aufgehalten und war von einer Göttin gefangen gehalten worden, die mich als ihre Tochter bezeichnet hatte.

Und das war, nachdem ich die berüchtigte Nacht der Monster-Zeremonie meiner ehemaligen Siedlung überstanden hatte.

Ich beiße die Zähne zusammen. *Dieser Ort mag randvoll mit Tod sein, aber wenigstens habe ich hier eine Wahl.*

Doch im nächsten Augenblick geht mir durch den Kopf, was sich gestern in der Bar abgespielt hat, was mich mein Mantra anzweifeln lässt.

Gefährtenspiele.

Braut des Todes.

Neue Unterkunft.

Obwohl … Ghost hat nicht versucht, mich irgendwohin zu ziehen, und er hat sich auch nicht auf mich gestürzt, während ich geschlafen habe. Vielleicht war also alles nur ein Scherz? Ein verquerer Todesfeen-Jux?

Ist er überhaupt eine Todesfee?, frage ich mich.

Ich schüttle die Gedanken ab, konzentriere mich auf meine Dusche und das kalte Wasser, das mich anhält, mich mit klappernden Zähnen hastig zu waschen.

Offensichtlich ist sämtliches Wasser im Weiler des

Jenseits so, was mich die Wärme des Palasts vermissen lässt.

Aber ich kann nicht dahin zurück. Ich liebe Alina und freue mich für sie und ihre Gefährten, aber ich muss mich selbst finden. Lernen, wie ich überleben kann. *Herausfinden, wo ich hingehöre ...*

Einige der Feen in der Bar sprachen von anderen Königreichen und Welten. Für gewöhnlich ignoriere ich sie und horche jedem ihrer Worte, um einen Hinweis auf einen Ort zu erhaschen, dem ich möglicherweise einen Besuch abstatten möchte. Bisher hat mir aber keiner von ihnen gefallen. Zumindest haben die Gespräche mich nicht dazu verleitet.

Aber ich weiß, wo sich einige der Portale befinden, die Feen in alternative Welten bringen. Sie befinden sich im Tunnel, der das Königreich des Jenseits mit dem Königreich der Träume verbindet.

Ich bin schon einige Male dorthin gelaufen, war versucht gewesen, hineinzugehen und selbst nach den Portalen zu suchen.

Aber die schaurigen Empfindungen, die den Eingang umgeben hatten, hatten mich in die Flucht geschlagen. Fast so, als wäre der Tunnel selbst ein Portal.

Ich drehe das Wasser ab, schlinge das Handtuch um mich und verlasse das kleine Glasgebilde, um in einen runden Spiegel über dem Waschbecken zu blicken.

Das Badezimmer ist zweifelsohne eine Herabstufung von dem im Palast, das an meine Gästesuite angeschlossen war. Aber mir ist dieser Ort lieber, weil dieses Zimmer ganz allein mir gehört. Und das Bett und das Sofa und die kleine Küche auch.

Gnarls schickt meine Gehaltsschecks an den Weiler-Fonds, der für meine Miete und Nebenkosten bezahlt. Außerdem habe ich einen gewissen Betrag, den ich im örtlichen Schädelmarkt ausgeben kann. Zum Glück verfügen sie über eine Abteilung für Sterblichen-Nahrung. Offensichtlich stehen viele der Feen auf „Anderswelt-Küche".

Wenn ich doch nur die Hälfte der Nahrungsmittel in der Abteilung erkennen würde. Dass ich es nicht tue, lässt sich mehrheitlich darauf zurückführen, dass mein Heimatreich anders ist als das Reich der Sterblichen in dieser Dimension.

Das ist alles so kompliziert, denke ich, und das nicht zum ersten Mal. *Alternative Dimensionen. Feen. Monster.*

Ich schüttle den Kopf. „Es ist ein Wunder, dass ich an manchen Tagen noch stehe", sage ich mir, bürste mir die Haare und tätige die letzten Handgriffe.

Pip geht vor der Tür auf und ab, die weißen Hände hinter dem Rücken verschränkt, während er vor und zurückschwebt. Seine großen, hohlen Augen sehen in meine und die hell leuchtenden blauen Flammen erwachen zum Leben, als er mir etwas zuwirft, das fast schon aussieht wie ein Lächeln.

„Es waren doch nur zehn Minuten", sage ich zu ihm.

Aber er dreht sich ein weiteres Mal herum, wie er es getan hat, nachdem ich ihm für die verwelkte Blume gedankt hatte, und sein Umhang flattert über den Boden.

Ich lächle, belustigt über seine Aufregung. Es hat nicht lange gedauert, bis ich seine Anwesenheit hier akzeptiert habe. Er ist so süß. Und es ist auch klar, dass er mir nichts Böses will. Vielmehr scheint er mir helfen zu wollen.

Was vermutlich auch der Grund für den Brandgestank ist, der aus der Küche wogt.

„Oh, Pip!", ächze ich. „Hast du wieder versucht, mir Frühstück zu machen?" Denn das letzte Mal, als er das getan hat, hatte ich schwarzen Toast auf dem Teller und verrottete Eier in der Pfanne.

47

Ich verstehe seine tödliche Berührung nicht ganz, aber ganz offensichtlich ist er nicht für lebendige Dinge gedacht.

Deswegen versuche ich, um ihn herumzugehen, anstatt durch ihn. Ich will nicht wie die Blumen oder das Essen enden.

Pip tänzelt erneut in der Luft, schwebt herum und führt mich in die Küche. „Ich habe dir schon einmal gesagt, dass ich die Geste zu schätzen weiß, es mir aber lieber wäre …"

Ich stoße ein Jaulen aus, als eine Flamme aus dem Herd schießt.

„*Heiliger Sternenstaub!*", schreie ich und renne auf das Spülbecken zu, doch das Feuer schießt in einem unnatürlichen Bogen in meine Richtung und zwingt mich, einen Sprung nach hinten zu machen. Mein Handtuch aus Baumwolle, das lose um meine Brust geschlungen ist, flattert um meine Beine. Ich packe den Stoff und denke darüber nach, ihn vielleicht zu benutzen, um die Flammen zu löschen, doch dann ist ein lauter Knall von der Eingangstür zu hören.

Ich wirble zur Geräuschquelle herum, hin- und hergerissen, ob ich mich auf die wachsende Hitze oder das Pochen von draußen konzentrieren soll. Gerade, als ich es ausblenden will, flitzt Pip vorfreudig zur Tür. Oder vielleicht auch panisch. Ich weiß es nicht. Und ich habe auch keine Ahnung, wie ich das Feuer löschen soll.

„*Verdornt*", zische ich leise und flitze, das Handtuch an die Brust gepresst, ihm hinterher.

Als ich die Tür aufwerfe, sehe ich Ghost, der den Arm gegen den Rahmen gestemmt und den Kopf nach unten gerichtet hat, vor der Tür stehen. „Hast du irgendeine Ahnung, wie spät es ist?", murmelt er.

Ich blinzle ihn an. „Wie bitte?"

Ein Seufzer. „Langsam glaube ich wirklich, dass das

dein Lieblingswort ist, Rätselchen." Er hebt den Kopf und sieht zum Chaos in der Küche, kneift die Augen zusammen und richtet sich auf. „Was um alles im Styx versuchst du zu kochen?", will er wissen, die Hände plötzlich an meine Hüften gelegt, ehe er mich beiseiteschiebt und in mein Haus schlendert.

Pip ist spurlos verschwunden, sodass ich allein mit dieser verrückt gewordenen Fee bin, die … einen Schatten zu haben scheint …

Ich starre ihn an und mir fällt die Kinnlade herunter, als um Ghost herum Rauch zu schwirren beginnt, der aus seinen Armen zu dringen scheint. *Aus seinen Tattoos*, geht mir durch den Kopf, und plötzlich realisiere ich, dass er bis auf die graue Jogginghose nichts trägt. Die Tinte an seinen Armen und seinem Rücken wogt auf seiner braun gebrannten Haut.

Und seinen Muskeln.

Heilige Fee, dieser Mann ist wirklich atemberaubend.

Das perfekte Exemplar eines Mannes, um ehrlich zu sein.

Nicht, dass mir das aufgefallen wäre. Oder ich ihn angestarrt hätte. Oder beaugapfelt.

Nee.

Nicht im Geringsten.

Ich sehe ihm lediglich dabei zu, wie er das Feuer mit seinen Schatten löscht. *Wie zur Fee ist das überhaupt möglich?*, frage ich mich, jetzt fast überzeugt, dass ich träume.

Denn es gibt nur einen anderen Mann, der mir je begegnet ist, so gut aussieht oder so mächtig ist, und er existiert allein in meinem Kopf.

Ein Kopf, den ich jetzt, in einem Versuch, ihn zu klären, schüttle. Ich versuche zu verstehen, was verdornt noch mal hier los ist.

Mit dem nächsten Wimpernschlag ist meine Küche

vom Feuer und Rauch befreit, und ich kann nur Ghosts definierten Rücken und die Tattoos, die wieder an ihren Platz finden, sehen. Die Schnörkel sind faszinierend und zeichnen lauter Totenköpfe auf seinem Körper.

„Wow", keuche ich, fasziniert von der Magie.

„Das ist eine Untertreibung", erwidert Ghost. „Was zum Teufel hast du versucht zuzubereiten? Verkohlte Pancakes?" Er dreht sich zu mir um, sodass ich auch die vordere, muskelbepackte Seite bestaunen kann.

So viele Muskeln.

So definiert.

Und ... seltsamerweise frei von Tattoos.

Hm.

„Sera." Ihn meinen Namen sagen zu hören, lässt meinen Blick zu seinen Lippen hochflitzen, die er fest aufeinanderpresst. „Was zur Hölle hast du gemacht?"

Ich lege die Stirn in Falten. „Geduscht", scheint mir gedankenabwesend über die Lippen zu kommen. Der Körper dieses Kerls hat vorübergehend mein Gehirn kurzgeschlossen.

„Während deine Pancakes verbrannt sind?", fragt er mit hochgezogener Augenbraue.

Der herablassende Ton lässt mich die Stirn krausziehen.

Was mich langsam aus meinem Stupor zieht.

„Was hast du hier zu suchen?", frage ich nachdenklich, und meine Gedanken versuchen immer noch, meine wild gewordenen Hormone zu bändigen.

Ghost sieht aus, als wäre er gerade erst aufgewacht, und sein dichtes, dunkles Haar fällt verwuschelt in seine Stirn. Er ist barfuß. Trägt kein Hemd – *offensichtlich*. Und ... steht in meinem Zuhause.

„Wie dir vielleicht schon aufgefallen ist, bewahre ich dich davor, den gesamten verdammten Weiler abzufackeln", erwidert er und verschränkt die Arme vor der Brust. „Wer lässt Pancakes auf dem Herd stehen?"

„Warum faselst du immer wieder von Pancakes?", platzt mir heraus.

„Warum?" Jetzt zieht er beide Augenbrauen hoch und macht einen Schritt zurück, ehe er auf meinen schwarzen Herd zeigt. „*Darum.*"

„Oh." *Pip*. Richtig. Ich schüttle den Kopf. „Er hat nur wieder versucht, mir Frühstück zuzubereiten", murmle ich mit verteidigendem Tonfall. Pip meint es gut, er … hadert nur.

Wo ist er?, frage ich mich und sehe mich um, während Ghost wiederholt: „*Er?*" Seiner Stimme schwingt ein verblüffter Tonfall mit. „Wer ist *er?*"

Ich sehe ihm abermals in die Augen. „Nicht, dass es dich etwas angehen würde, aber er heißt Pip. Und was machst du hier?" Nein, Moment, ich habe eine bessere Frage. „*Wie* hast du mich gefunden?"

Ghost sieht mich ungläubig an.

„Ich bin aufgewacht, weil mir der Geruch von etwas Verbranntem in die Nase gestiegen ist, und dann habe ich dich schreien gehört wie eine Todesfee. Deswegen bin ich aus dem Bett gestiegen und habe gegen deine Tür gehämmert, weil ich vertreiben wollte, wer oder was dich derart zum Schreien brachte, weil ich zu so früher Abendstunde nicht gern gewalttätig werde. Aber dann hast du die Tür geöffnet und …" Wieder deutet er auf meine Küche. „Gern geschehen, übrigens."

Ich gaffe ihn bloß an. „Ich habe nicht um Hilfe gerufen."

Er sieht sich knurrend um. „Wer ist *er?*", will er wissen und übergeht meine Aussage.

Zugegeben, ich habe dasselbe getan.

Und tue es auch jetzt wieder. „Ich verstehe immer noch

nicht, warum du hier bist. Wie ist es möglich, dass du mich gehört hast?" Vielleicht ist das eine lächerliche Frage. Er ist eine Fee. Sie verfügen über einzigartige Gaben.

„Weil mein Schlafzimmer direkt an diese Wand da drüben angrenzt", erwidert er und zeigt auf den Herd. „Nicht, dass das von Belang ist. Dein Schrei hört man nah und fern."

Ich kneife die Augen zusammen. „Dein Schlafzimmer?", wiederhole ich und lege die Stirn in Falten. „Das ist unmöglich. Tank lebt nebenan."

Er stößt ein weiteres höhnisches Schnauben aus. „Tank ist schon über einen Monat lang nicht zu Hause gewesen." Er sieht mich mit diesen goldfarbenen Augen an. „Nachdem du hier eingezogen bist, habe ich ihm einen All-inclusive-Urlaub gegönnt. Und er hat es mir gedankt, indem er mich nebenan schlafen lässt."

Ich blinzle ihn an. „Du …" Ich verstumme, weiß nicht, was ich darauf erwidern soll. „Du wohnst nebenan." Die Worte kommen mir gestelzt über die Lippen. Verwirrt. *„Warum?"*

„Weil ich dein Bodyguard bin, Rätselchen." Er lehnt die athletische Hüfte gegen den Tresen und verschränkt die Arme abermals. „Und offensichtlich auch dein neuer Vermittler."

„Vermittler?"

„Ja, richtig gehört", bestätigt er, bevor er einen Seufzer ausstößt und seinen Nacken dehnt. „Kannst du mir jetzt bitte erklären, wie es zu den verbrannten Pancakes gekommen ist, Rätselchen?"

„Ich glaube, ich brauche dir nichts zu erklären", erwidere ich. „Du bist es, der mich letzte Nacht darüber informiert hat, dass ich angeblich verlobt bin. Jetzt sagst du, dass du das Haus meines Nachbarn in deinen Besitz gebracht hast, weil du mein Bodyguard und Vermittler bist. Und du bist praktisch in meine Hütte eingefallen – und zwar uneingeladen."

Er bewegt den Kopf nach vorn und sieht mich mit intensivem Blick an. „Ich bin nicht *eingefallen*, Sera. Du hast die Tür geöffnet, ich habe die Flammen gesehen und bin eingetreten, damit ich die Flammen löschen konnte."

Ich starre ihn abermals an. Unrecht hat er nicht. Komplett richtig liegt er aber auch nicht. Ich habe ihn nicht um Hilfe gebeten. Er hat sie mir aufgedrängt.

Wofür ich ihm vermutlich dankbar sein sollte, weil ich keine Ahnung hatte, wie ich die magische Flamme hätte löschen sollen.

Aber das würde ich ihm nicht sagen. Wir hatten schon genug Probleme.

„Du bist auch nicht *angeblich* verlobt", ergänzt er. „Nichts an deiner Verlobung ist *angeblich*. Du bist verlobt. Und das schon sehr, sehr lange."

Ich lache schnaubend. „Ach, wirklich? Mit dem Tod, richtig?"

Er teilt meinen Sarkasmus nicht. Stattdessen sieht er mich mit ernster Miene an. „Ja. Mit dem *Gott* des Todes."

Mir gefriert das Blut in den Adern. „Mit dem Gott des Todes?", wiederhole ich kaum hörbar und in der Überzeugung – oder *Hoffnung* –, mich verhört zu haben.

„Ja", bestätigt er. „Mit Hades."

MORPHEUS

SERAPINAS SCHREI HALLT DURCH MEINEN KOPF UND brachte mich vorhin beinahe dazu, mich mittels meines Sprühnebels in ihr Zuhause zu teleportieren.

Aber Maliki war schneller.

Er hat sich binnen einer Sekunde, nachdem sie gekreischt hatte, durch die Schatten zu ihrer Veranda bewegt und versucht, die Tür mit seiner Faust einzuschlagen. In seinem schläfrigen Zustand war ihm die Quelle des Chaos entgangen. Der kleine Aufwiegler irrt jetzt auf dem königlichen Hof des Jenseits herum.

Die herumirrende Seele hatte sich an Maliki vorbeigeschlichen und sich der Zwischenwelt bedient, um sich zu verstecken.

Entweder war Maliki zu eingenommen von Serapina, um die vorbeihuschende Kreatur zu bemerken, oder er hatte sie schlichtweg nicht gesehen. Ich ahnte, dass es Letzteres war.

Aber mir entgeht der Unruhestifter nicht.

Und ich will wissen, was er mit meiner Intendierten gemacht hat.

Sobald ich mich vergewissert habe, dass Serapina in Sicherheit ist, gehe ich der verlorenen Seele nach. Die Seele trägt immer noch diesen seltsamen blauen Umhang und bewegt sich ganz aufgewühlt. Unter seiner Kapuze dringt das Klappern von Zähnen hervor. Es ist fast so, als versuchte die Essenz, zu sprechen.

Eigenartig. Ich neige den Kopf interessiert zur Seite und die verborgene Kreatur macht mehrere aufgeregte Armbewegungen, bevor sie geschlagen den Kopf hängen lässt. Ein hörbarer Seufzer schwebt durch die Luft, der mich die Augenbraue hochziehen lässt.

„Seelen atmen für gewöhnlich nicht", sage ich und materialisiere mich neben der Seele in der Zwischenwelt. Es ist ein eiskalter Ort, den ich nicht besonders mag, da er zwischen Leben und Tod existiert, aber als Mythosfee ist es mir gestattet, hier zu sein. Zumindest für eine Weile.

Blaue, flammenähnliche Augen blicken unter der Kapuze des dicken Mantels hervor, dann springt die Kreatur mehrere Schritte zurück. Oder na ja, *schwebt* zurück. Seine Füße berühren den Erdboden nämlich nicht, weil die Seele zu einem Teil ein Gespenst ist. Sein Gesicht sieht aber aus, als ob es aus soliden Knochen besteht.

Das ist nicht weiter ungewöhnlich. Viele Seelen in diesem Königreich besitzen noch einen Teil ihrer greifbaren Form. Aber die hier scheint solider als die meisten zu sein.

„Hast du versucht, Serapina zu berühren?", frage ich mit hochgezogener Augenbraue. Das würde zwar den verbrannten Geruch nicht erklären, der mir in die Nase stieg, als Maliki eingetreten ist, aber wenigstens ihren Schrei.

Die Seele, die – so hätte ich schwören können – eben noch eingeschüchtert ausgesehen hat, zittert und klappert mit den weißen Zähnen und kneift ihre Augen zu. Dann streckt das Wesen einen Finger in die Luft und wackelt warnend damit.

Ich starre die kleine Seele an. „Versuchst du, mir zu sagen, dass ich Leine ziehen soll?"

Die Seele neigt den Kopf, dann zeigt sie in Richtung Serapinas Zuhause.

„Du willst, dass ich zurück zu ihr gehe?", rate ich.

Das ist offensichtlich die falsche Interpretation, denn die kleine Seele pulsiert abermals wütend und sprintet auf meine andere Seite, um sich zwischen mich und die Stelle zu begeben, auf die es eben noch gezeigt hat. Dann hebt das kleine Wesen den Arm hoch, woraufhin der Umhang sich wie bei einem echten Geist ausbreitet.

Aber ich bezweifle, dass es darauf abgezielt hat.

Stattdessen verhält es sich wie ein Wachhund. Seine leuchtenden Augen verwandeln sich in kleine, flackernde Halbmonde und es beißt sichtlich die Zähne zusammen.

„Du willst, dass ich Serapina in Ruhe lasse?", frage ich perplex.

Die kleine Seele entspannt sich ein wenig und nickt dann erneut.

Ich lache schnaubend. „Verstehe. Hades hat dich angestiftet."

Das Wesen weicht merklich zurück und die blauen Flammen in seinen hohlen Augen weiten sich, während es mit dem Blick den Hof absucht, als erwarte es, dass der Gott des Todes gleich höchstpersönlich auftaucht.

Ich runzle die Stirn, als die Seele zu zittern beginnt. Sie wirft einen sehnsüchtigen Blick zurück zum Weiler – wie ich vermute, zu *Serapina* –, ehe sie den Hof sichtlich verängstigt mustert.

„Er jagt dir Angst ein?"

Die Seele nickt fieberhaft.

„Weil er dich gezwungen hat, auf Serapina aufzupassen?", ergänze ich.

Jetzt schüttelt die Kreatur ihren Kopf, bevor sie über den Hof flitzt. Oder vielmehr schwebt – mit einem bizarren Humpeln in ihren Bewegungen. Fast so, als würde die Seele flimmern.

Als sie die Zwischenwelt verlässt und wieder greifbar wird, folge ich ihr neugierig.

Dann sehe ich zu, wie sie ein paar Knochen nebeneinander auf den Boden legt – Äste, die von den Skelettbäumen gefallen sind.

„Pip?", lese ich und verstehe nur Bahnhof.

Die Seele zeigt auf ihre Brust, dann auf das Wort.

„Versuchst du, mir deinen Namen zu verraten?"

Pip nickt.

Ich blinzle. „Seit wann haben Seelen Namen?"

Die Kreatur macht ein klackerndes Geräusch, das mich fast schon an ein Schnauben erinnert, bevor sie die Knochen umlegt, sodass sie jetzt das Wort *Sera* ergeben.

Ich runzle die Stirn. „Serapina hat dich Pip getauft?"

Die Seele nickt und dreht sich fröhlich im Kreis, woraufhin ihr Umhang um ihren Körper wirbelt.

„Warum?", frage ich, komplett verwirrt.

Pip schwebt in der Luft, mustert die Umgebung und tippt sich ans Kinn. Ich warte ab, bin zu neugierig, um die kleine Kreatur zu drängen. Als es einen knochigen Ast aufhebt und im schwarzen, sandähnlichen Dreck zu malen beginnt, schaue ich still zu.

Die Buchstaben formen sich und verschwinden hastig wieder. Offenbar gefällt der obsidianfarbenen Substanz dieses Schreibspiel nicht. Aber es funktioniert, denn ich sage „Freunde", sobald Pip es in die Oberfläche schreibt. „Du und Serapina seid Freunde?"

Pip dreht aufgeregt einen Kreis und nickt freudig.

Ich kneife die Augen zusammen. „Wenn das stimmt, warum hat sie dann geschrien?"

Der Seele entweicht ein weiterer Seufzer und sie lässt den Kopf abermals hängen. Dann schreibt Pip fieberhaft mit dem Skelett. Es dauert einige Sekunden, bis ich verstehe, dass das Wesen einen Satz formuliert, weil ein einzelnes Wort keinen Sinn ergibt. Doch als Pip fertig ist, verstehe ich. „Du hast ihr Frühstück gemacht."

Sanft klappernde Zähne sind die Antwort auf meine Aussage und der Knochen dringt abermals in den sandigen Grund.

„Das Frühstück hat Feuer gefangen", überliefere ich, als das Wesen fertig ist.

Pip schreibt weiter.

„Alles, was du berührst, stirbt", sage ich und weiß bereits, was die Seele mir vermutlich vermitteln will. „Wenn du also den Versuch wagst, zu kochen, geht es ins Auge."

Ich neige den Kopf zur Seite. Erst jetzt wird mir klar, wie wichtig das Outfit, das er trägt, ist.

„Deswegen trägst du einen Umhang – damit du Serapina nicht versehentlich umbringst." Die Berührung einer Seele kann tödlich sein. Vor allem für eine Sterbliche. Aber dafür ist direkter Kontakt nötig. „Du trägst das, um sie vor deiner Essenz zu beschützen."

Große blaue Augen sehen in meine und die Kreatur nickt eifrig.

„Weil Hades dich darum gebeten hat?", rate ich.

Die Seele zuckt zusammen, dann schüttelt sie den

Kopf und sieht sich fieberhaft um, wie sie es vorhin schon bei der Erwähnung seines Namens getan hat.

„Er ist nicht hier", verspreche ich dem kleinen Unruhestifter. „Und ich werde ihn nicht rufen." Den Namen meines Cousins laut auszusprechen, beschwört ihn nicht herauf, was die Wesen in diesem Königreich nicht zu verstehen scheinen. Sie sprechen Hades alle mit mein Herr oder unser Herr an. Lächerlich.

Und genau so, wie es Hades mag.

Er wird lieber gefürchtet als verehrt, damit ihn keiner stört.

Ich mische mich gern ein.

Darum bin ich auch in diesem Königreich.

„Ich werde dich nicht an Hades ausliefern", ergänze ich. „Und ich werde dich auch nicht zurück zum Hof der Seelen eskortieren." Was die meisten Feen in diesem Fall tun würden, weil die Kreatur ganz offensichtlich entwischt ist. Aber Serapina würde das nicht verstehen oder wissen.

Und sie hat ihm einen Namen gegeben. *Ihm*, glaube ich. „Bist du ein Mann?", frage ich, nur um sicher zu sein.

Pip nickt.

„Interessant." Die meisten Seelen interagieren nicht wie Pip mit mir. Obwohl … die meisten Seelen entwischen auch nicht dem Hof der Seelen, um sich mit weiblichen Sterblichen anzufreunden. „Na ja, *Pip*, ich glaube, du und ich sollten uns auch anfreunden."

Die Seele sieht mich aufmerksam an.

„Ich nehme an, dass du Maliki nicht magst, da du aus Serapinas Haus geflüchtet bist, sobald er dort angekommen ist", sage ich. „Und für Hades arbeitest du auch nicht."

Pip erschaudert merklich, sieht sich aber nicht wieder um wie vorhin. Stattdessen blickt er mir in die Augen und wartet darauf, dass ich fortfahre.

Das bestätigt meine Vermutungen nicht direkt, aber ich brauche keine Bestätigung. Seine Reaktion auf Maliki hat mir alles gesagt, was ich wissen muss.

Also gehe ich über zum nächsten Punkt. „Mir liegt Serapina auch am Herzen."

Pip starrt mich noch immer an.

„Also sollten wir sie zusammen beschützen", informiere ich ihn.

Meine Aussage wird mit Schweigen erwidert, das mit Skepsis unterlegt scheint.

Hm. Mir gefällt diese Seele. Wie clever von ihm, mir nicht zu trauen. Leider muss ich seine Meinung ändern.

„Um dir meinen guten Willen zu zeigen, werde ich ihr morgen Abend Frühstück machen, okay?", biete ich an. „Dann werde ich es in die Küche teleportieren und du kannst sie damit überraschen."

Pip denkt darüber nach und die Flammen in seinen Augen nehmen die Form von feurigen blauen Halbmonden an.

„Ich werde ihr nichts tun", verspreche ich. „Unsere Seelen sind füreinander bestimmt." Ein Umstand, den Hades sich weigert, anzuerkennen, aber es ist wahr. Persephone war es auch bestimmt, meine Gefährtin zu sein. Vielleicht hätten die Omegas überlebt, wenn er auf mich gehört hätte.

Aber das ist eine Debatte für einen anderen Tag.

Dennoch … könnte eine Geschichtslektion jetzt genau das Richtige sein. Vor allem, wenn das Pip überzeugt, sich mit mir zu verbünden.

„Wie wäre es mit einer Geschichte?", schlage ich vor. „Wenn ich fertig bin, kannst du entscheiden, ob wir Freunde sein sollen oder nicht, okay?"

Pip schwebt näher zu mir und scheint etwas weniger misstrauisch.

„Ich verstehe das als Interesse an meiner Geschichte", sinniere ich. „Zuerst will ich mich vorstellen. Ich bin Morpheus. Vermutlich kennst du mich nur als *Gott der Träume*."

Wenn Pip diese Information Angst einjagt, zeigt er es nicht.

Ich lächle. „Jetzt, wo wir die Formalitäten geklärt haben, werde ich anfangen. Vor vielen Monden …"

SERA

HADES.

Der bekannte und zugleich angsteinflößende Name geht mir durch den Kopf. „Du glaubst, ich sei mit Hades verlobt?", frage ich Ghost. Meine Stimme hört sich an, als wäre sie eine Million Meilen entfernt, während ich die verwirrten Gedanken in meinem Kopf zu ordnen versuche. „Ist es wegen Alina?"

Etwas anderes ergibt keinen Sinn. Meine Schwester ist eine Omega. Vielleicht geht Hades davon aus, dass ich auch eine bin.

Aber das stimmt nicht.

Ich bin nicht im Entferntesten so wie Alina.

Ich meine das nicht böse oder als Herabsetzung, es ist ganz einfach die Wahrheit.

Alina ist furchtlos. Glücklich verpaart. Zufrieden.

Mich hat man mein Leben lang als scheu bezeichnet. Zerbrechlich. Formbar. *Naiv.*

Keines dieser Adjektive beschreibt mich, aber dieser

Mann – der mich für verlobt hält – hat ohne jede Frage seine Vermutungen.

„Ich weiß, dass sie mit Orcus verpaart ist", fahre ich fort und spreche meine Gedanken laut aus. „Aber das bedeutet noch lange nicht, dass ich zu seinem Bruder passe." Ich lege die Stirn in Falten. „Und außerdem bin ich Hades noch nicht einmal begegnet, also …" Ich wende meinen Blick von Ghosts Muskeln ab – mir war nicht einmal aufgefallen, wohin mein Blick gewandert war, bis ich ihm ins Gesicht schauen wollte – und sage: „Ich glaube, du verwechselst mich mit jemandem."

„Das hast du gestern auch schon gesagt", erwidert er und verschränkt die muskulösen Arme. „Und wie ich bereits gestern gesagt habe: Ich weiß ganz genau, wer du bist, Persephone."

Ich beiße die Zähne zusammen. *Schon wieder dieser Name.* „Ich heiße Sera."

„Auch das hast du gestern schon erwähnt."

„Dann solltest du vielleicht auf mich hören", falle ich ihm ins Wort, bevor er noch etwas hinzufügen kann, das mich ärgern wird. „Ich bin Hades noch nie begegnet. Ich bin nicht mit ihm verlobt. Und ich bin auch keine Omega – also bin ich nicht wie Alina – und es wäre mir lieber, wenn du jetzt einen Abflug machen würdest."

Er presst die Hüfte gegen den Tresen und sieht mich mit prüfendem Blick an.

„Was, wenn ich stattdessen bleibe und dir erzähle, was ich weiß?", bietet er an. „Zum Beispiel, dass Hades gesagt hat, du besäßest die Seele einer Omega, und zwar nicht irgendeine Seele, sondern die, mit der er in einem vergangenen Leben verpaart war. Und übrigens … Ihr Name lautete Persephone. Daher …" Er deutet auf mich und ich starre ihn fassungslos an.

Denn das waren ganz schön viele Informationen auf einmal.

„Hm, wie ich sehe, ist es mir endlich gelungen, dich dazu zu bewegen, mir zuzuhören", sinniert er. „Soll ich dir auch etwas zu essen kochen?" Er wirft einen Blick auf den ruinierten Herd. „Oder wolltest du unbedingt verkohlte Pancakes essen?"

„Ich …" Mein Blick folgt seinem zum verbrannten Etwas und mein Magen beginnt zu knurren. Ich habe seit gestern Abend vor meiner Schicht nichts mehr gegessen und jetzt ist meine Küche im Eimer. Besonders viele Optionen habe ich nicht – entweder laufe ich zur Knochenhütte und hole mir einen Burger oder ich nehme Ghosts Angebot an.

Fleisch am frühen Morgen bekommt mir nicht besonders. Letzteres scheint also appetitlicher. Aber …

„Was für ein Frühstück wirst du mir kochen?", will ich wissen und kann mir die Skepsis in meinem Tonfall nicht verkneifen.

Er lässt seinen Blick an mir herabwandern und an seinen Mundwinkeln zupft ein Lächeln. „Zieh dich an, komm rüber und finde es heraus."

Ich lege die Stirn in Falten und mein Blick wandert auf das Handtuch, das ich nach wie vor an meine Brust presse. „Oh." Es fühlt sich an, als wäre seit meiner Dusche und dem Fiasko in der Küche eine Stunde vergangen.

„Und mach dich darauf gefasst, mir zu sagen, wer *er* ist", ergänzt Ghost.

„Er?", wiederhole ich verwirrt.

„Der Kerl, der dir angeblich Frühstück gemacht hat", erwidert er.

„Oh", wiederhole ich und presse die Lippen aufeinander. „Pip." Ich sehe mich um. „Wohin ist er entschwunden?"

„Wer zum Teufel ist Pip?", will Ghost wissen.

„Ein Geist", antworte ich und schüttle dann den Kopf. „Moment mal, warum rechtfertige ich mich vor dir? *Du* schuldest *mir* Antworten, nicht umgekehrt."

„Ich schulde dir Antworten?", fragt er fassungslos.

„Ja", erwidere ich und stemme die Hände in die Hüften. „Über meinen angeblichen *Verlob…*"

Das Handtuch beginnt sich von meinem Körper zu lösen und lässt mich innehalten. Ich greife nach dem Baumwollstoff und versuche, meine Blöße zu bedecken.

„Weißt du was? Zuerst werde ich mir etwas anziehen."

„Das habe ich dir doch bereits geraten", flötet er.

Ich blende ihn aus und verschwinde im kleinen Schlafzimmer. Weit ist es nicht – die Tür befindet sich zwei Schritte zu meiner Linken. Tatsächlich bin ich mir ziemlich sicher, dass die Hütte vom Eingang zur Rückwand nicht länger als fünfzehn Schritte breit ist.

Ganz anders als das Zimmer, das ich im Palast des Todes hatte.

Hades' Zuhause, geht mir durch den Kopf.

Meine Schwester und ihre Gefährten leben in einem Flügel des riesigen Anwesens, und ich habe ein ganzes Jahr lang dort gelebt, ohne Hades auch nur ein einziges Mal gesehen zu haben. Trotzdem scheint er zu glauben, dass wir verlobt sind.

Nein, schlimmer noch: Er hält uns für *Gefährten*.

„Wenn das stimmt, warum hat er mich dann nie besucht?", murmle ich laut, ziehe eine Jeans und ein Tanktop hervor.

Ich will mir die Sachen gerade anziehen, dann überlege ich es mir aber anders und greife stattdessen nach einer schwarzen Hose. Der Baumwollstoff ist viel weicher und eigentlich zum Schlafen gedacht, aber das ist mir egal. Heute Morgen ist Komfort das Wichtigste. Vor allem, wenn man die ganze Arbeit bedenkt, die mich heute in der Küche erwartet.

Heiliger Sternenstaub, jetzt sitze ich den ganzen Tag hier fest. Zum Glück habe ich heute die Spätschicht in der Höhle des Todes.

Pip und ich werden eine lange, sehr einseitige Unterhaltung führen müssen, wenn er zurückkehrt.

Aber zuerst werde ich Ghost ein paar Antworten entlocken. Und währenddessen hoffentlich etwas Essbares zu mir nehmen. Ich ziehe mir das schwarze Tanktop über, dessen eingelassener Sport-BH ein komfortables Top hergibt, das zur lässigen Hose passt. Dann sammle ich mein feuchtes Haar und binde es zu einem Dutt zusammen.

Offensichtlich bin ich verlobt.

Die sexy Fee ohne Hemd in meinem Wohnzimmer zu verführen, hat also keinen Sinn, richtig?

Nicht, dass ich ihn verführen will. Oder irgendjemanden. Oder einen Gefährten finden. *Oder verlobt sein.*

Es fühlt sich an, als wäre eine ganze Woche vergangen, seit ich Ghost und Jack gesagt habe, dass ich kein Interesse an den Gefährtenspielen hege, obwohl es erst ungefähr zwölf Stunden her ist.

Verrückt.

Ich atme schwer aus, kehre in die Küche zurück und sehe Ghost meinen Herd abermals inspizieren. „Ja, das wird genügen", sagt er, was mich um ihn herumblicken lässt. „Danke, Jerry."

Ich ziehe die Stirn kraus. „Jerry?"

Ghost dreht sich um und zeigt auf sein rundes Ohr, das ich anstarre und dann die Stirn runzle. Ähm, okay … Wenn er am Telefon ist, sehe ich es nicht.

„Mir ist egal, wie viele Tintentaler, Alter, bring bloß

den Bären nicht." Er nickt sich selbst zu. „Gut. Zwei Stunden, richtig?" Ein weiteres Nicken. „Ich werde es ausrichten. Danke noch einmal." Er tippt sich, den Blick auf mich gerichtet, an den Kopf. „Ich dachte, Kleidung würde die Versuchung mindern, aber das war wohl ein Irrtum."

Ich lege die Stirn in Falten, doch er räumt mir keine Gelegenheit ein, zu antworten – nicht, dass ich wüsste, wie ich auf diese Aussage reagieren soll – und steuert auf die Tür zu.

Nachdem er einen Fuß über die Schwelle gesetzt hat, hält er inne und blickt zu mir zurück. „Pip ist eine Todesfee. Das hast du mit ‚Geist' gemeint, oder?"

„Ähm, nein. Ich habe damit gemeint, dass er ein Geist ist. Du weißt schon, wie ein Gespenst. Na ja, offensichtlich weißt du es eben nicht." Ich schließe mich ihm in der Tür an. „Aber ich glaube, wir haben bereits beschlossen, dass du von nun an die Fragen beantwortest, nicht ich."

„Ich habe nie etwas von Fragen beantworten gesagt, Unruhestifterin. Ich habe angeboten, dir zu sagen, was ich weiß." Er macht einen Schritt zurück. „Und ich habe dir eine Mahlzeit versprochen. Also folge mir. Ich werde dir etwas Appetitlicheres kredenzen als das, was *Pip* zubereitet hat."

„Er hat es gut gemeint", murmle ich und folge Ghost zur Hütte, die an meine Wand angrenzt. *Tanks Zuhause.*

Doch wie es scheint, wohnt Ghost jetzt hier, was er beweist, indem er eintritt, ohne anzuklopfen, und direkt auf die Küche zusteuert. Als er ein paar Gegenstände hervorholt, ohne innezuhalten, weiß ich, dass er die Wahrheit sagt, weil er keine Sekunde zögert und findet, wonach er sucht.

Ich schließe die Tür, dann setze ich mich an den

kleinen Tisch. Maliki bewegt sich kommentarlos und ist voll und ganz auf seine Aufgabe fokussiert.

„Übrigens bin ich kein Geist", sagt er beiläufig. „Ich bin eine abnormale Mischung mehrerer Feen, aber Todesfeengene besitze ich keine."

Ich sehe ihn stirnrunzelnd an. „Ich habe dich nie einen Geist genannt. Ich habe nur deinen Namen gesagt."

Er hält inne, zu schneiden, was immer sich unter der Klinge des Messers in seiner Hand befindet, und sieht mich an. „Mein Name ist Maliki. Ghost ist nur ein Spitzname."

Ich ziehe die Nase kraus. „Oh."

„Gefällt er dir nicht?", fragt er mit hochgezogener Augenbraue.

„Ähm, nein." Ich räuspere mich, als mir auffällt, wie sich das anhören muss. „Nein, ich meine, ich … Ich habe dich ganz einfach Ghost genannt. Also, ähm, schätze, ich gewöhne mich daran?" Die Aussage kommt mir mit unsicherem Tonfall über die Lippen und ich höre mich an wie ein kompletter Vollidiot.

Was mir überhaupt nicht ähnlich sieht.

Für gewöhnlich bin ich keine nervöse, verwirrte und deliriöse Frau. Ich bin … überwältigt, schätze ich.

Und hungrig.

Mir knurrt der Magen.

Streicht das. Ich bin *am Verhungern*.

Der Hunger scheint mit jeder Sekunde größer zu werden, weil herzhafte Aromen durch den Raum zu strömen beginnen. Mir ist nicht aufgefallen, dass Ghost – Maliki – etwas zu kochen begonnen hatte. Aber jetzt, wo er hineinwirft, was auch immer er zerstückelt hat, sehe ich es.

Er bewegt sich in der Küche, als gehörte sie ihm, was in gewisser Weise wohl auch wahr ist.

Weil Tank im Urlaub weilt. Zumindest hat Maliki das behauptet.

Ich lege die Stirn in Falten. „Du hast Tank doch nichts getan, oder?" Ich weiß nicht, warum ich frage, aber etwas an diesem Mann ist gefährlich. Und jetzt mache ich mir etwas Sorgen, dass eine Fee zu Schaden gekommen ist, weil Maliki nebenan wohnen wollte.

Aus mir noch immer unbekannten Gründen.

„Und warum wohnst du in seinem Zuhause?", will ich wissen, bevor er mir meine vorherige Frage beantworten kann. Doch die Antwort auf die zweite kenne ich bereits. „Um mich zu beschützen?" Ich formuliere die Vermutung als Frage, weil ich den Grund nicht verstehe. „Wovor?"

Maliki, der am Tresen steht und jetzt etwas anderes in Stücke schneidet, schaut hoch. Seine ungestümen dunklen Haare fallen wie eine Welle in seine Stirn, die er aber zu ignorieren scheint, obwohl sie in seine goldfarbenen Augen fallen.

„Warum sollte ich Tank etwas angetan haben?", fragt er. „Hat er dich angerührt?"

Die Runzeln an meiner Stirn vertiefen sich. „Was? Nein. Wir haben vielleicht dreißig Sekunden miteinander gesprochen. Er hat gefragt, was ich hier zu suchen habe, ich habe ihm gesagt, dass ich jetzt hier wohne, und er hat genickt, mir seinen Namen genannt und ist dann in sein Haus verschwunden." Das war vermutlich das ungezwungenste Gespräch mit einer Fee, seit ich in dieses Königreich gezogen bin.

Leider hat die Unterhaltung eine unfaire Erwartung nach sich gezogen. Tank hat sich weder nach meinem Gefährtenstatus erkundigt, noch hat er versucht, mit mir zu flirten. Darum war er auch so erinnerungswürdig. Er hat mich wie ein normales Wesen behandelt, anstatt wie ein exotisches Tier.

„Was führt dich zur Annahme, dass ich ihm etwas angetan habe?", will Maliki wissen.

Ich starre ihn an. „Weil du eben gesagt hast, dass du ihn auf einen All-inclusive-Urlaub geschickt hast …" Ich verstumme und gebe die Worte bedächtig von mir, weil ich nicht weiß, wie ich den Gedanken zu Ende bringen oder erklären soll, dass ich seine Worte anders interpretiert hatte.

Mir liegt ein „Du bist Furcht einflößend" auf der Zunge. *Und außerdem hast du eine bedrohliche Aura.*

Ja, diese beiden Bemerkungen würden bestimmt blendend ankommen.

„Ich rede nicht gern um den heißen Brei herum, Unruhestifterin", informiert er mich. „Wenn ich jemandem deinetwegen wehgetan hätte, würdest du es wissen."

„Meinetwegen?", wiederhole ich. „Und warum nennst du mich Unruhestifterin?" Er hat das jetzt schon zum zweiten Mal gesagt, aber ich war vorhin zu beschäftigt, um etwas zu sagen.

„Weil du Unruhe stiftest", erwidert er und widmet sich dann wieder seiner Aufgabe. „Und ein Rätsel bist du auch."

„Keines von beidem trifft zu", verspreche ich ihm. „Ich bin ganz einfach eine Sterbliche namens Sera."

„Du bist eine Sterbliche, die über die Seele einer Göttin verfügt", korrigiert er mich. „Was aufregend und frustrierend zugleich ist. Du bist mächtig, aber gleichzeitig so zerbrechlich. Es ist wirklich lächerlich. Eine nervtötende Mischung, die es zu beschützen und jetzt wohl auch zu führen gilt."

Den letzten Teil gibt er murmelnd von sich, was mich dazu bringt, zu fragen: „Inwiefern führen?"

„Zum Altar", flötet er und wirft noch mehr Zutaten in

die Pfanne, worauf ein Zischen durch die Luft geht. Leise summt er ein eigenartiges Lied, das sich irgendwie wie ein Marsch anhört, bevor er ergänzt: „Ich erkläre euch zu Mann und Frau. Oder ist es Gott und Göttin?" Er zuckt mit den Achseln. „Schätze, wir werden es herausfinden."

Ich funkle ihn an. „Ich werde niemanden heiraten."

„Weil du keine Omega und auch nicht Persephone bist." Sein sarkastischer Tonfall missfällt mir, und der leichte feminine Ton, den er in seine Stimme fließen lässt, auch. „Wenigstens kaufe ich dir jetzt deinen Erinnerungsverlust ab."

„Meinen Erinnerungsverlust?"

Er nickt. „Hades glaubt, dass du uns allen bloß einen Schatten aufbindest." Maliki sieht zu mir. „Wenn dem so ist, Chapeau. Denn mich hast du überzeugt, Rätselchen."

Er dreht sich wieder zum Herd um und ich starre seinen muskulösen Rücken an. „Er glaubt, ich würde bloß so tun, als erinnerte ich mich nicht? Dass ich insgeheim über meine Seele Bescheid weiß?" Merkt er, wie verrückt sich das anhört?

„Ja, er glaubt, dass das alles nur Schauspiel ist", bestätigt Maliki. „Aber es ist jetzt dreizehn Monate her, seit du hier aufgetaucht bist, und wenn es nach mir geht, wirkst du komplett ahnungslos."

„Das hört sich nicht nach einem Kompliment an", murmle ich.

„Ist es vermutlich auch nicht." Er wendet etwas in der Pfanne, und ich frage mich, was er da kocht. „Aber eine Beleidigung ist es auch nicht. Wie ich schon sagte: Ich rede, wie mir der Schatten gewachsen ist."

Er greift in einen Küchenschrank, holt zwei Teller daraus und stellt sie auf den Tresen.

„Um deine Frage von vorhin zu beantworten", fährt er fort. „Nein, ich habe Tank nichts getan. Er hält sich mit seinem Partner im Reich der Mitternachtsfeen auf. Und ich habe ihm genug Tintentaler zugesteckt, damit die beiden drei Monate lang auskommen, weil er mir sein Zuhause leiht. Es geht ihm also gut."

Er greift nach der Pfanne und lässt etwas darin auf den einen, dann den anderen Teller gleiten.

„Und was deine darauffolgenden Fragen über meinen Zweck als dein Wachmann angeht … Hades hat dich mir als Auftrag erteilt."

Maliki öffnet eine Schublade, holt zwei Gabeln daraus und dreht sich dann um, bevor er das Essen zum Tisch bringt.

Ich sehe ihm in die Augen und hadere damit, zu schlucken. Nicht nur, weil er mich so eindringlich ansieht oder wegen der nackten Haut, sondern weil er mich als *Auftrag* bezeichnet hat.

„Du bist wertvoll", sagt Maliki zu mir, während er den Teller stellt und eine der Gabeln vor mir auf den Tisch legt.

„Nicht nur wertvoll, sondern einzigartig. Und ich bin hier, um dich zu beschützen. Obwohl … seit gestern Nacht ist es anscheinend auch meine Aufgabe, dich davon zu überzeugen, Hades zu heiraten."

Ich blinzle ihn an. „Er will, dass du mich dazu bringst, ihn zu heiraten?" Schätze, Maliki hat etwas von wegen „ich hätte mir die harte Tour ausgesucht" gesagt, und dass ich ihm nicht die Schuld an unserem nächsten Zusammentreffen geben soll.

„Nein, ich sagte, überzeugen – nicht zwingen", verdeutlicht Maliki. „Das eine setzt Überzeugungskraft voraus, das andere Zwang. Zunächst einmal werde ich dir also alles erklären und dann sehen wir weiter. Aber zuerst solltest du etwas essen. Die Geräusche, die dein Magen von sich gibt, erinnern mich an die Schnellen des Blutflusses."

Ich verziehe das Gesicht. „Ich bin mir ziemlich sicher, dass das auch kein Kompliment war."

An seinen Mundwinkeln zupft ein Lächeln und er setzt sich mir gegenüber. „Du willst keine Komplimente von mir bekommen, Unruhestifterin. Tatsächlich würde ich dir davon abraten."

Ich stoße ein Schnauben aus, dann greife ich nach der Gabel und stupse das gelbliche Patty auf meinem Teller an. „Warum würdest du mir davon abraten?", frage ich, während ich die Mahlzeit inspiziere, die er zubereitet hat. „Und was ist das?"

„Du scheinst gern zwei Fragen auf einmal zu stellen", sinniert er. „Das hier ist etwas Ähnliches wie ein Omelett. Was deine Frage betrifft, warum du nicht willst, dass ich dir ein Kompliment mache: Ich weile gern unter den Lebenden."

Ich blinzle ihn an. „Ich weiß nicht, was ein Omelett ist", erwidere ich und schaue dann zu ihm hoch. „Und ich habe keine Ahnung, was ein Kompliment mit deinem Lebenswillen zu tun hat."

Er wirft mir einen überraschten Blick zu. „Du bist sterblich und hattest noch nie ein Omelett?"

„Nein."

Er stößt ein Schnauben aus. „Ich vergesse immer wieder, dass du in einer alternativen Dimension groß geworden bist, in der Sterbliche im siebzehnten oder achtzehnten Jahrhundert steckengeblieben sind. Ich bin mir ziemlich sicher, dass Omeletts aus dem Alten Persien stammen, aber ich schweife ab." Er deutet mit der Gabel auf meinen Teller. „Es besteht aus Eiern, Gemüse und einer Prise Käse. Probiere es."

Mein Magen knurrt abermals, woraufhin Maliki mich bestimmt ansieht.

Seufzend gebe ich nach und probiere vom *Omelett*.

Und stöhne umgehend.

Denn wow. Es schmeckt so viel besser als die Getreideflocken, die ich mir morgens für gewöhnlich einverleibe. Es ist sogar besser als das Gebäck, das ich im Palast genossen habe. „Schmeckt echt gut", sage ich mit vollem Mund. Mir ist egal, dass es vermutlich unanständig ist.

„Du hörst dich überrascht an", murmelt er.

„Bin ich auch."

„Warum?", fragt er mit hochgezogener Augenbraue. „Dachtest du, ein Meuchelmörder könnte nicht kochen?"

Mir bleibt der Bissen im Hals stecken, als er das sagt, was Maliki dazu bringt, sich vom Tisch zu entfernen. Ich starre ihn mit geweiteten Augen an und er öffnet den Kühlschrank, um einen Krug Wasser daraus zu holen, mir ein Glas einzuschenken und es mir dann zu reichen.

Um ein Haar will ich es ausschlagen, aber ich muss schlucken, also nehme ich ihm das Glas ab.

„Meuchelmörder?", platzt mir heraus.

Er knurrt. „Wäre dir *Vollstrecker* lieber? Das ist unter den Todesfeen ein beliebter Titel."

Ich starre ihn bloß an.

Was mir einen Seufzer vom *Meuchelmörder* einbringt. „Ich habe dir bereits gesagt, dass ich hier bin, um dich zu beschützen, Sera. Das bedeutet offensichtlich, dass ich dir nichts tun werde."

Als ich nichts erwidere, lehnt er sich im Stuhl zurück. Jegliche Gedanken ans Essen sind vergessen.

„Du brauchst dich nicht vor mir zu fürchten."

„Ich glaube, das tue ich", kontere ich. „Du bist ein Meuchelmörder, der hier ist, um mich zu *überzeugen*, den Gott des Todes zu heiraten. Was geschieht, wenn ich weiterhin ablehne?"

Er zuckt die Schulter. „Dann werde ich vermutlich

bestraft, weil mir meine Mission misslungen ist, und Hades wird sich etwas anderes einfallen lassen, um dich umzustimmen."

„Hört sich bedrohlich an", sage ich und schlucke hart.

Maliki lächelt bloß. „Eigentlich sollte er dir Rede und Antwort stehen müssen. Es würde ihm also recht geschehen, wenn er den Kurs wechseln müsste."

Er zuckt ein weiteres Mal mit den Achseln, lehnt sich nach vorn und widmet sich wieder seiner Mahlzeit.

Ich sehe ihn fassungslos an.

Maliki blendet mich mehrere Minuten lang aus, dann sagt er: „Oh, und der Grund, aus dem Komplimente schlecht sind, ist, dass sie als Flirten ausgelegt werden können. Und Hades ist ein besitzergreifendes Arschloch. Mit dir zu flirten, würde also meinen Tod besiegeln. Ergo: keine Komplimente. Jetzt iss dein Omelett, sonst muss ich dich füttern."

MALIKI

Sera starrt mich stumm an.

Offensichtlich hätte ich mich nicht als Meuchelmörder betiteln sollen. Aber es ist ja nicht so, als wäre mein Beruf ein Geheimnis. Und außerdem habe ich ihr schon mehrere Male gesagt, dass ich hier bin, um sie zu beschützen, und nicht, um ihr wehzutun.

Obwohl … es mir nichts ausmachen würde, ihrer Haut einen Hauch Rot zu verpassen. Vorzugsweise mit Klammern. Und vielleicht etwas Wachsspiel.

Hm. Ein gefährlicher Gedankengang, dem ich besser nicht folgen sollte. Natürlich ist das leichter gesagt als getan, nachdem ich sie, noch feucht von der Dusche, in ein Handtuch gehüllt gesehen habe. Ihrer Haut hatte vom Feuer immer noch dieses Rosa innegewohnt, was mir verraten hatte, wie sie aussehen würde, wenn ich sie in meinem Bett ficken würde.

Ich dachte, Kleidung würde helfen, die Anziehung zu mildern.

Falsch gedacht.

Diese Frau ist verlockend, geistreich und ein bisschen rebellisch. Allesamt Züge, die ich vergöttere. Mal abgesehen davon, dass ich sie nicht anfassen darf.

Was sie zu einem verbotenen Verlangen macht.

Mir kommt beinahe ein verärgertes Knurren über die Lippen. Hades hat mir aufgetragen, sie zu verführen, aber ich kenne ihn gut genug, um zu wissen, dass ich dieses Angebot nicht annehmen sollte. Am Ende wird er es gegen mich verwenden.

Und wie ich Sera bereits gesagt habe, gefällt es mir, unter den Lebenden zu weilen.

Daher muss ich die Versuchung ausblenden und stattdessen meine Arbeit erledigen.

Das beinhaltet auch, Seras Bedürfnisse zu stillen – zum Beispiel ihren Hunger. „Ich kann deinen Magen immer noch knurren hören, Rätselchen", sage ich ihr. „Bitte iss etwas." Denn wenn ich sie füttern muss, werde ich sie berühren müssen. Und ich bin nicht sicher, ob ich das tun kann, ohne es zu genießen.

Natürlich blendet sie das Gesagte weiter aus und starrt mich bloß an.

„Na gut." Ich schiebe meinen Teller beiseite und lege die verschränkten Arme auf den Tisch. „Ja, ich bin ein Meuchelmörder, aber ich töte nur jene, die ihr Schicksal verdient haben. Und dass du den Gott des Todes abservierst, ist dem Einsatz meiner tödlichen Fähigkeiten nicht würdig."

Obwohl das, was ihre Seele angeblich vor ungefähr zweitausend Jahren getan hat, sich vielleicht für meine Art der Bestrafung qualifizieren könnte.

Ich entscheide mich aber dafür, das nicht laut auszusprechen.

Soweit ich weiß, ist Sera unschuldig. Ihre Seele hingegen muss noch eingeschätzt werden. Das macht die Situation natürlich umso komplizierter – erst recht, weil Sera und ihre Seele sich während ihrer ersten Omega-Läufigkeit zusammenschließen sollten.

Wenn das jemals eintritt, denke ich und erinnere mich daran zurück, was Hades über ihren Östrus-Zyklus gesagt hat. Er hätte bereits eintreten sollen, aber nichts an Sera scheint nach Plan zu verlaufen.

Auch jetzt nicht.

Denn sie isst immer noch nichts, verdammt.

„Sera", sage ich im sanftesten Tonfall, der mir gelingt. „Weißt du, wie kostbar Omegas für ihre Alphas sind?"

Sie runzelt die Stirn leicht, was mir sagt, dass meine Worte durch eine Art Schranke gedrungen sind. „Ich habe gesehen, wie Orcus mit Alina umgeht."

Ich nicke. „Dann verstehst du, warum ich dir nichts tun werde."

„Weil du ein Alpha bist?", fragt sie im Flüsterton.

In meiner Brust breitet sich ein Lachen aus, das mir zusammen mit meiner Antwort über die Lippen kommt. „Nein. Verstyxt, nein. Ich bin eine Mischung aus einer Vielzahl von Feen und gemäß vieler Standards eine Abscheulichkeit. Aber ich trage keine Mythosfeengene in mir."

Sie legt die Stirn in Falten. „Oh."

„Was ich damit sagen will, ist, dass Hades ein Alpha ist. Und nicht nur irgendein Alpha. Er ist ein Alpha, der angibt, mit deiner Omega-Seele verpaart zu sein. Und ich arbeite für ihn, also darf ich dich nicht anrühren. Und außerdem bin ich von meiner Pflicht daran gebunden, dich zu beschützen."

Sie schluckt hart und scheint nicht überzeugt.

„Betrachte das Ganze mal aus einem anderen Blickwinkel, Rätselchen", schlage ich vor. „Ich bin ein Meuchelmörder und zufälligerweise sehr gut in dem, was ich tue. Das bedeutet, dass du nie sicherer warst als jetzt. Denn ich werde jeden töten, der dir auch nur einen falschen Blick zuwirft.

Sie reißt die hübschen blauen Augen auf. „Was? Warum?"

Ich starre sie bloß an. „Das habe ich dir doch bereits erklärt." Ich lehne mich im Stuhl zurück und ergänze: „Ich habe dich außerdem fast schon ein ganzes Jahr lang beschützt. Als du hier ankamst, befand ich mich in einem höllischen Verhör. Ich habe den Höllenfeenkönig aufgebracht, indem ich ein illegales Portal geschaffen habe, das in deine alte Welt führte. Die Geschichte muss ich dir leider ein andermal erzählen." Mir ist gerade nicht danach, darauf einzugehen, also lasse ich es bleiben.

„Aber kurz nach meiner Freilassung hat mir Hades aufgetragen, dich zu beschützen, und seither bewache ich dich." Ich erhebe mich vom Tisch und setze Kaffee auf. Das Koffein hat keine Wirkung auf mich, ich genieße bloß den Geschmack.

Als ich mich umdrehe, stelle ich fest, dass Sera mich nach wie vor anstarrt. Wenigstens hält sie jetzt wieder die Gabel in der Hand. *Gut.*

Anstatt etwas Dahingehendes zu bemerken – ich will sie nicht davon abschrecken, zu essen – erzähle ich weiter.

„Ich habe mehrheitlich im Palast herumgehangen und sichergestellt, dass niemand eintritt, der nicht dorthin gehört. Ich wollte nicht in deine Privatsphäre eindringen, aber als du entschieden hast, in den Weiler zu ziehen, war ich gezwungen, in deiner Nähe zu bleiben. Also habe ich mit Tank gesprochen und sein Haus gemietet."

Es hatte ungefähr eine Woche gedauert, bis wir alle Details ausgearbeitet hatten – was mich ziemlich nervös gemacht hatte, weil ich den Weiler absuchen musste, während sie nachts schlief. Nach meinem Einzug wurde alles einfacher, weil ich nahe genug war, um sie schreien zu hören.

Was für gewöhnlich nicht vorkam.

Bis heute Morgen, zumindest.

All das erzähle ich ihr und lasse nichts aus. Ich offenbare ihr sogar, dass ich die meisten Nächte in der Höhle des Todes verbracht und sie, in den Schatten versteckt, beobachtet habe.

„Du hältst mich jetzt wohl für einen gruseligen Stalker, und ich schätze, das bin ich auch, aber ich habe mich sehr bemüht, deine Privatsphäre zu respektieren. Der einzige Grund, warum ich gestern in der Bar aufgekreuzt bin, war jener, dass Hades mich gebeten hat, dich zurück in den Palast zu begleiten. Andernfalls hätte ich mich einfach an die Schatten gehalten."

Und eine kleine Unterhaltung mit Jack geführt, nachdem er die Bar verließ, denke ich, lasse diesen Teil aber aus.

Denn im vergangenen Monat hatte ich schon genug solcher *Unterhaltungen* geführt.

Diese Frau ist ein Magnet für romantische Probleme.

Ich halte inne und konzentriere mich auf meinen Kaffee. Die Kaffeemühle ist aus Styxstein und ich würde sie am liebsten aus dem Fenster werfen. Leider gehört sie nicht mir, sondern Tank. Obwohl …, wenn ich noch länger hierbleiben muss, kann ich ihm auch eine neue kaufen. Als „Willkommen zu Hause"-Geschenk.

Sobald die Maschine ihre Arbeit getan und die

Kaffeebohnen zu Pulver verarbeitet hat, hole ich einen Filter hervor und bereite die Kaffeemaschine vor.

Was für eine niedrige Aufgabe.

Aber auch wenn ich über viele interessante Gaben verfüge ... Manifestationsmagie ist keine von ihnen. Seufzend wende ich mich wieder meinem Gast zu und grinse, als ich die Gabel in ihrem Mund stecken sehe. „Braves Mädchen", lobe ich. „Dein Magen wird mir später dafür danken, indem er still ist, nehme ich an."

Sie wird ganz rot im Gesicht, was mein Lächeln noch breiter werden lässt. Sie ist wirklich atemberaubend. Warum Hades sich ihr fernhält, ist mir schleierhaft.

Na ja, eigentlich nicht.

Er glaubt, sie hätte ihn vor zweitausend Jahren hintergangen und dass sie sich an diesen Verrat erinnert.

Ich schlendere zurück zu meinem Stuhl und lasse mich, den Blick auf Sera gerichtet, in ihn sinken. „Hades hat mir erzählt, dass du in der alten Welt von einer verrückten Alpha entführt wurdest. Stimmt das?" Ich weiß, dass es wahr ist, will es aber ihr überlassen, das Thema anzuschneiden – oder eben nicht.

Sie presst die Lippen aufeinander. Ihr Blick wandert in die Ferne, dann zurück zu mir. „Ich bin nicht sicher, ob sie verrückt war oder nicht, und offen gesagt, fühlt sich das alles an, als wäre alles nur ein Traum gewesen. Aber ja, ich schätze, es stimmt. In gewisser Weise hat sie mich aber auch gerettet."

„Dich gerettet?", wiederhole ich.

„Vor der Nacht der Monster", erklärt sie.

„Ach, ja, das." Das berüchtigte Gefährtenspiel aus ihrer Dimension ist mir bestens bekannt. Dabei streifen Monster einmal pro Jahr durch die Straßen und erheben Anspruch auf ihre Gefährten und Gefährtinnen.

Hades hat einmal gesagt, dass das alljährliche Ereignis

ihn an Halloween erinnert. Ich bin immer noch nicht ganz sicher, warum. Klar, einige der Monster sehen aus, als seien sie einem Kostümwettbewerb entsprungen, aber dort enden die Gemeinsamkeiten auch schon.

„So ist deine Schwester ihren Gefährten begegnet", ergänze ich, woraufhin Sera nickt. „Diese Entwicklung scheint sie zu freuen."

„Sie ist ein Glückspilz", erwidert Sera. „Ihre Gefährten respektieren und schätzen sie."

„Und Hades wird dasselbe bei dir tun", sage ich und frage mich dann, ob ich gerade gelogen habe.

Denn er hat mehrere Male davon gesprochen, sie zu brechen.

Er braucht die Erinnerungen, die in ihrer Seele ruhen. Und der einzige Weg, diese zu befreien, ist, Sera mit der Omega in ihr zu verschmelzen.

Oder wie auch immer das funktionieren soll.

Zum Glück brauche ich mir darüber nicht den Kopf zu zerbrechen, weil die Kaffeemaschine mir ein Signal gibt, dass der Kaffee bereit ist. Wenigstens die Maschine funktioniert, wie sie es sollte, denke ich und gieße mir eine Tasse ein.

Ich biete Sera eine an, doch die zieht die Nase kraus und lehnt ab.

Stattdessen meine ich: „Stell mir deine Fragen." Ich verfüge über jede Menge Informationen, die ich mit ihr teilen kann, aber ich will sie nicht überrumpeln. Was mir offensichtlich bereits gelungen ist.

Denn während ich die Küche aufzuräumen beginne, bleibt sie still. Ich nippe immer mal wieder an meinem Kaffee, dann laufe ich zurück zum Tisch und greife nach meinem leeren Teller. Ihrer ist mehrheitlich leer. „Bist du fertig?"

Sie nickt, also bringe ich den Teller zum Spülbecken.

„Warum du?", will sie wissen, was mich meine Stirn krausziehen lässt.

Ich blicke zu ihr zurück. „Was meinst du?"

„Warum bist du hier und erzählst mir, dass ich verlobt bin, und nicht Hades? Warum hat er mich in den vergangenen dreizehn Monaten gemieden? Ich meine, ich habe ein Jahr lang in diesem Palast gelebt. Wenn wir angeblich verlobt sind, warum ist er nicht zu mir gekommen und hat mit mir gesprochen? Oder, ich weiß auch nicht, sich vorgestellt? Oder mir gesagt, dass er mich für Persephone hält, oder was auch immer er sonst hätte sagen können?"

Sie löchert mich schon wieder mit Fragen, doch ich erwidere nichts Dahingehendes. Stattdessen versuche ich, ihr ausführlich zu antworten.

Ohne zu viel zu verraten.

Weil ihr zu sagen, dass Hades sie liebt und gleichzeitig hasst … sie derzeit vermutlich überwältigen würde.

„Wie ich schon erwähnt habe, hat er mich gebeten, die Bündnisse mit Hades einzugehen. Er scheint zu glauben, dass ich gut mit Frauen kann." Was ich in sexueller Hinsicht auch tue.

Leider kommt mir das an dieser Stelle nicht gelegen.

Aber das lasse ich aus.

Stattdessen sage ich: „Er ist nicht persönlich zu dir gekommen, weil er überzeugt davon ist, dass du ihn bereits kennst und dich an alles erinnerst."

„Tue ich aber nicht", fällt sie mir ins Wort. „Ich erinnere mich nicht im Geringsten an ihn."

„Und doch weiß ich, dass du den Namen Persephone wiedererkannt hast", bemerke ich. Denn ich habe gestern Nacht gesehen, wie sie darauf reagiert hat, als ich sie so genannt habe. Ein Teil von ihr weiß etwas.

Ihr blasser werdendes Gesicht bestätigt dasselbe.

Aber die darauffolgenden Worte sind nicht, was ich erwartet habe. „Ich höre diesen Namen in meinen Träumen."

Ich blinzle sie an. „In deinen Träumen?"

Doch in der nächsten Sekunde geht mir ein Licht auf. *Morpheus.* Er ist der Gott der Träume und scheint zu glauben, dass er auch einen Anspruch auf Sera hat. *Elender Strippenzieher.*

„Ja, er …" Sie verstummt und schüttelt den Kopf. „Vergiss es. Du hast gesagt, dass Hades glaubt, ich *erinnerte* mich an alles … Was ist dieses *alles*?"

„Eure gemeinsame Vergangenheit", erwidere ich vage.

„Als … als diese Persephone?"

Ich nicke. „Ja."

Sie legt die Stirn in Falten. „Aber ich erinnere mich an nichts."

„Wie ich bereits gesagt habe. Ich ahne, dass du die Wahrheit sagst."

„Daran gibt es nichts zu ahnen. Es *stimmt*", insistiert sie. „Du musst ihm das sagen. Und auch, dass ich ihn nicht heiraten will."

„Okay, ich muss ihm gar nichts sagen", korrigiere ich sie. „Aber wenn du nett fragst, werde ich mir überlegen, die beiden Punkte anzusprechen."

Sie funkelt mich an. „Oder du kannst ihm ausrichten, dass er hierherkommen soll, damit ich es ihm ins Gesicht sagen kann." Ihre Wangen werden noch etwas röter, was mir sagt, dass sie langsam wütend wird. „Für wen hält der Kerl sich? Verlangt, dass ich ihn heirate, weil er glaubt, ich erinnere mich an ihn, aber gleichzeitig empfindet er es nicht für angebracht, mich persönlich zu treffen?" Sie lacht abschätzig. „Ein schöner Alpha."

Ich ziehe die Augenbrauen hoch. „Soll ich ihm das auch übermitteln?"

„Klar", meint sie schnippisch. „Vielleicht wird er dann persönlich zu mir kommen und sich mit mir unterhalten, anstatt seinen *Vollstrecker* loszuschicken." Sie stößt sich vom Tisch ab und kneift die Augen zusammen. „Wenn er will, dass ich ihn heirate, wird er mich selbst holen müssen. Und selbst dann werde ich noch Nein sagen."

Sie geht auf die Tür zu, hält aber inne, als sie bei der Schwelle ankommt.

„Danke fürs Frühstück." Ich höre mich gestelzt an, aber irgendwie ist es süß, dass sie das Bedürfnis verspürt, es zu sagen.

„Jederzeit, Unruhestifterin", erwidere ich. „Aber ähm, könnte sein, dass du ein Weilchen …"

Sie ist aus der Tür, bevor ich „ein paar Minuten" sagen kann.

Ich seufze, stelle den Teller ab, den ich gespült habe, und hole sie rechtzeitig ein, um einen weiteren ihrer jetzt berüchtigten, schrillen Schreie zu hören.

Als ich bei ihr ankomme, steht sie in der Tür zu ihrer Hütte, während Jerry mit erhobenen Händen in ihrer Küche steht. „T…tut mir leid, Ma'am." Das Stottern hört sich in Kombination mit seiner tiefen, kiesigen Stimme seltsam an. „Ich, ähm, bin fast fertig mit den Reparaturen."

„Reparaturen?", wiederholt sie und starrt ihn schockiert an.

„Ich habe ihn gebeten, herzukommen und die Hütte magisch aufzumotzen", erkläre ich, lehne mich gelassen gegen die Wand und beobachte ihre Reaktion. „Ich dachte, es ginge schneller und einfacher, als alles zu ersetzen."

Sie blinzelt, dann gafft sie Jerry an, der mithilfe eines Zauberstabs sämtliche Brandspuren beseitigt. Der Geruch schwindet als Nächstes.

„Was … was ist er?", fragt sie in lautem Flüsterton.

„Eine Mitternachtsfee", erwidere ich. „Na ja, zumindest zu einem Teil. Die Todesblute und die Todesfeen amüsieren sich gern miteinander. Darum hält sich Tank auch mit seinem Liebhaber im Reich der Mitternachtsfeen auf."

Jerry knurrt, was meine Lippen zum Zucken bringt.

„Tank und Jerry haben eine gemeinsame Vergangenheit", meine ich mit gespieltem Flüstern.

„Ich tue dir hier einen Gefallen, Ghost", erinnert mich Jerry. „Ich könnte dir auch mehr berechnen."

„Aber dann würde ich deinen Namen Hades gegenüber nicht erwähnen", entgegne ich. „Und das wäre doch wirklich eine Schande, findest du nicht?"

Der Mann sieht sich nervös um, als erwartete er, dass der Gott des Todes sich ganz in der Nähe materialisieren würde.

Das ist ein dummer Aberglaube. Ich wünschte mir, dass es so wäre. Es würde viele meiner Aufgaben erleichtern, wenn er bei der Erwähnung seines Namens erscheinen würde.

Jerry beißt die Zähne zusammen und führt seine Arbeit zu Ende, während Sera mit offenem Mund staunend zusieht. Ich lehne mich nach vorn, presse meine Lippen an ihr Ohr und flüstere: „Lass bloß Hades nicht sehen, wie du einen anderen Mann so anstarrst. Andernfalls wird er mich zwingen, die arme Seele zu töten."

Sie schreckt zusammen und starrt mich an. „Das wirst du nicht tun."

„Du hast recht. Das werde ich vermutlich nicht. Hades aber schon." Ich lehne mich abermals gegen die Wand und ergänze: „Du hast bereits Bekanntschaft mit Reaper gemacht, richtig?"

Sie nickt, dann weiten sich ihre Augen. Offensichtlich

versteht sie, worauf ich hinauswill. „Er ist ein echter Psycho."

„Er ist brillant", korrigiere ich sie. „Und ich bin mir sicher, dass du weißt, was er tun würde, wenn er deine Schwester dabei ertappte, wie sie einen Mann außerhalb ihres Gefährtenzirkels so anstarrt. Oder zumindest, was er tun würde, wenn der erwähnte Mann zurückblickte."

„Er würde einen Strauß aus ihren Knochen machen", murmelt Sera und erschaudert.

Ich teile ihre Entrüstung nicht. Meiner Meinung nach ist das Geschenk nicht grotesk, sondern ziemlich amüsant und angemessen. „Ein höllisches Geschenk."

Sie wirft mir einen eindringlichen Blick zu. „Ihr Todesfeen seid seltsam."

„Ich bin keine Todesfee", informiere ich sie. „Meine Mutter ist eine Leichenfeen-Adelige. Mein Vater ist eine Mischfee, aber soweit ich weiß, schlummern in ihm keine Todesfeen-Gene." Nicht, dass ich ihn besonders gut kenne. Und er ist auch nicht da, damit ich ihn fragen kann. „Wie dem auch sei ... Ich muss mich vor deiner Schicht um ein paar Dinge kümmern. Kommst du allein zurecht?"

Sie klimpert mit den langen Wimpern. „Du kommst mit mir zur Arbeit?" Sie formuliert das als Frage, aber der misstrauische Tonfall sagt mir, dass sie die Antwort bereits kennt.

Was bedeutet, dass sie vorhin aufgepasst hat.

Braves Mädchen, denke ich.

Laut sage ich: „Das würde ich mir um nichts in der Welt entgehen lassen." Dann mache ich einen Schritt zurück in Richtung meines temporären Zuhauses und halte inne. „Tatsächlich ... darf ich es mir nicht entgehen lassen, und das nicht nur, weil ich Wachpflichten habe, sondern auch, weil die Einladungen heute versendet werden. Du wirst heute Abend eine gefragte Frau sein,

Serapina Everheart." Ich lächle. „Viel Glück, Unruhestifterin."

Sie öffnet den Mund und zieht die Augenbrauen hoch.

Anstatt Gebrauch von meinen Füßen zu machen, wandle ich durch die Schatten in meine Küche.

Und grinse, als ich sie knurren höre: „*Verdornt.*"

Was für ein niedliches Fluchwort.

Vielleicht werde ich ihr demnächst einmal eine Rose schenken, nur aus Spaß. Ein Geschenk kann Hades mir wohl kaum übel nehmen, oder?

Oh, wen will ich veräppeln? Natürlich kann und wird er das. Er ist ein Gott. Er kann tun und lassen, was immer er will.

Zum Beispiel, Sera brechen, denke ich mit gerunzelter Stirn.

Es ist ein Gedanke, der mir in den vergangenen Monaten oft durch den Kopf geschossen ist und mich immer mehr beunruhigt.

Denn ich glaube nicht, dass Sera seinen Zorn verdient hat. Aber immer, wenn ich ihre Unschuld anspreche, lacht er nur höhnisch.

Ich schüttle meinen Kopf, um ihn zu klären.

Nicht mein Schicksal, nicht mein Problem, nicht meine Gefährtin.

Ich werde sie beschützen.

Sie davon überzeugen, aus freien Stücken zu Hades zu gehen.

Und meine Hände dann reinwaschen.

Ein für alle Mal.

HADES

„Was zum Teufel soll das?", will mein kleiner
Bruder wissen, der durch die Schatten in mein Büro
wandelt und mit der Faust auf den Schreibtisch hämmert.

Ich weiß, warum er mich mitten am Tag stört, ohne
einen Blick auf das feurige Papier in seiner Hand werfen
zu müssen.

„Eine Einladung zu meinen Bündnissen", sage ich
gelangweilt. „Was mich daran erinnert, dass du mein
Bündniszeuge sein musst."

„Dein Bündniszeuge?", wiederholt er fassungslos.

Ich verkleinere die Nachricht, an der ich gesessen habe,
kurz bevor mein Bruder hier angetanzt ist, und schaue von
meinem durchsichtigen Bildschirm hoch in seine dunklen
Augen.

„Richtig gehört, Brüderchen", sage ich rundheraus.
„Wenn du der Aufgabe nicht gewachsen bist, werde ich
Maliki fragen."

Orcus starrt auf mich herab. „Hades, du hast Glück, dass ich das hier noch vor Alina gefunden habe." Er hält die Einladung hoch, als er „das" sagt, was mich eine Augenbraue hochziehen lässt.

„Ich habe Glück gehabt?", wiederhole ich, kann seinem Gedankengang nicht folgen.

„Du glaubst doch nicht wirklich, dass sie das zulassen – und schon gar nicht gutheißen – wird", sagt er und lässt das feurige Stück Papier auf dem Tisch liegen, bevor er sich in den Stuhl vor mir sinken lässt. „Hades ..."

„Inwiefern ist deine Gefährtin in meine Angelegenheiten involviert?", falle ich ihm ins Wort. „Und warum sollte sie sich etwas daraus machen? Das wird sie doch wohl kaum überraschen?"

Der Blick, den er mir zuwirft, gefällt mir überhaupt nicht.

Denn er erinnert an Reue. An ein schlechtes Gewissen. Vielleicht sogar an Schuldgefühle.

Ich gebe ein humorloses Lachen von mir, als mir klar wird, woher das Gefühl stammt. „Du hast ihr nichts über unsere Vergangenheit erzählt."

„Und du Sera schon?"

Ich kneife die Augen zusammen. „Ihr Name ist Persephone. Und sie ist im Bilde über unsere Vergangenheit."

„Persephone schon", meint Orcus, „Sera aber nicht. Es sei denn, du hast mit ihr gesprochen, und ich bin mir fast sicher, dass dem nicht so ist."

„Warum würde ich meine Zeit daran verschwenden, mich mit ihr zu unterhalten?", weiche ich aus, weil ich nicht zugeben will, dass ich sehr wohl mit ihr gesprochen habe. Ein einziges Mal. Und sie hat vorgegeben, mich nicht zu kennen.

Es nervt mich heute noch, wie unschuldig sie anlässlich

dieses Treffens gewirkt hatte. Es hat sich so echt angefühlt. *Zu* echt.

„Hades, ich weiß, dass du Persephone in Sera spürst, aber bisher habe ich nicht einmal den Hauch von Potenzial von ihr gespürt. Und bisher macht sie einen unschuldigen Eindruck. Sie ... sie ist sehr menschlich.

Ich knurre.

Maliki geht es genauso, und fast immer, wenn wir über sie sprechen, behauptet er, dass Serapina Everheart von nichts weiß.

Und wie es scheint, hat Persephone auch Orcus manipuliert.

Aber ich kenne meine Gefährtin.

Sie ist durchtrieben und doppelzüngig. Eine hervorragende Schauspielerin. *Eine Verführerin, die alles und jeden in ihrem Orbit manipuliert.*

Mit einem Schnippen rufe ich das Register der Jenseitsfeen herbei. Das in Netherit eingefasste Buch untersteht meinem Befehl, weil ich es vor langer Zeit heraufbeschworen habe.

Sobald das Buch in Erscheinung tritt, plumpst es dröhnend auf den Tisch, was Orcus die Stirn runzeln lässt.

Ich blende ihn aus und blättere auf die Seite, die ich ihm zeigen will. *Viertausendsieben.* Ich drehe das Buch herum, damit er die Worte mit eigenen Augen lesen kann.

„Wenn meine hinterlistige kleine Gefährtin ein Spielchen treiben will, dann kann sie es haben", sage ich ihm. „Wir werden ja sehen, was sie zu sagen hat, nachdem ich sie vor den Augen des gesamten verdammten Königreichs für mich beanspruche."

Orcus wirft mir einen Blick zu, der fast schon mitleidig aussieht, und seine Augen nehmen wieder das gewohnte Obsidianschwarz an. „Sie spielt kein Spielchen, Hades.

Sera hat keine Ahnung, wer du bist. Und sie *ist* unverpaart. Sie ist durch und durch sterblich."

„Nach außen hin, klar", stimme ich zu. „Aber in ihr ruht die Seele einer Omega."

„Obwohl ich dir, was ihre Seele angeht, zustimme – denn ich spüre sie auch –, findest du es nicht seltsam, dass sich ihr Omega-Erbe in keiner Weise gezeigt hat?"

„Das gehört alles zu ihrem Spiel."

Er schnaubt. „Hades, du weißt genauso gut wie ich, dass Omegas keinen Hehl aus ihrer Läufigkeit machen können. Ich meine, verdammt noch mal, sie baut nicht einmal ein Nest."

„Vermutlich, weil sie eine Art Hemmer zu sich genommen hat", sage ich.

„Und woher soll sie den haben?"

„Von ihrer Mutter, natürlich", erwidere ich. „Sie hat zwei Jahre bei diesem elenden Miststück verbracht. Wer weiß, was sie getan hat, um Persephone zu helfen, ihre wahre Natur zu verschleiern?" Dieser Gedanke ging mir in den vergangenen dreizehn Monaten schon mehrere Male durch den Kopf.

Denn das ist das Einzige, was Sinn ergibt.

Demeter hat etwas mit ihrer Tochter angestellt.

Und ich werde es mit meinem Knoten und meinem Biss ungeschehen machen.

„Die Bündnisse werden in elf Tagen stattfinden", fahre ich fort. „Du kannst als Unterstützung dort sein oder dir alles, was sich zugetragen hat, von anderen anhören. Meine Entscheidung steht und wird sich nicht mehr ändern."

Orcus, jetzt von seiner Alpha-Energie umgeben, starrt mich an. Aber ich bin älter und stärker, und das weiß er auch.

Er kann nichts gegen mich ausrichten.

„Es liegt nicht an dir, sie zu beschützen", erinnere ich ihn mit leicht warnendem Tonfall. „Ich respektiere, dass du dich mit einer Frau verpaart hast, die Persephone als ihre Schwester ansieht, aber wir beide wissen, dass sie nicht wirklich miteinander verwandt sind. Nicht so, wie du und ich. Und Blutansprüche bedeuten in unserer Welt alles."

Zumindest, was davon noch übrig ist, denke ich und balle meine Hände beinahe zu Fäusten.

Denn Persephone und ihre Alpha-Mutter haben unsere Art ruiniert.

Ein ganzes Reich ausgelöscht.

Und wofür?

Damit sie die Omegas vor ihren Alphas verstecken konnten.

Der Gedanke macht mich immer noch rasend vor Wut – jetzt vielleicht sogar noch mehr als damals. Denn ich hatte zweitausend Jahre lang Zeit, meine Wut zu schüren. Die Folgen zu überdenken. Zu realisieren, was genau passiert ist und wie Persephone mich an der Nase herumgeführt hat.

Nein, ich werde ihr nie wieder vertrauen. Nicht einmal in der Form, in der sie jeder für unschuldig hält.

Oh, sie mag mir gehören und als Alpha soll ich sie verehren und huldigen, aber auch bestrafen.

Genau das werde ich tun.

Voller Verehrung und Geduld.

So, wie es nur ein Alpha und seine Omega können.

Ich werde sie für immer lieben. In glücklichen wie auch verräterischen Zeiten. Und meine süße Gefährtin wird schon sehr bald verstehen, was das bedeutet.

„Bevor du etwas tust, was du bereuen wirst, versuch zuerst, mit ihr zu sprechen", sagt Orcus mit spürbar dominantem Tonfall. „Omegas sollte man nicht so respektlos behandeln, Hades."

„Sie vor den Augen des Königreichs zu beanspruchen, ist kein respektloser Akt, Brüderchen."

„Wenn es gegen den Willen der Omega-Braut geschieht, schon."

Ich zucke zusammen, weil mir nicht gefällt, was er damit andeuten will. „Sie hat bereits zugestimmt, meine Gefährtin zu sein."

„Nein, Persephone hat zugestimmt, Sera aber nicht."

„Sie sind ein und dasselbe Wesen."

„Nein, sind sie nicht", beteuert mein Bruder. „Und wenn du mehr als nur ein paar wenige Sekunden mit ihr verbracht hättest, wüsstest du das auch."

Ich kneife die Augen zusammen und frage mich, ob er vom flüchtigen Treffen vor über einem Jahr – während ihrer ersten Nacht hier – weiß.

Ich hatte sie glauben lassen, dass es nur ein Traum war. War es aber nicht.

Ich wollte herausfinden, wie lange sie dieses Spielchen spielen würde, und wie es scheint, ist meine Gefährtin genauso stur, wie sie clever ist. Zwei von Persephones Eigenschaften, von denen ich erst erfahren habe, nachdem sie meine Welt auf den Kopf gestellt hat.

Leider habe ich seit diesem schicksalshaften Ereignis so einiges über meine grausame kleine Gefährtin gelernt.

Orcus seufzt. „Ich flehe dich an: Denk zumindest darüber nach, ihr vor den Bündnissen eine Audienz zu gewähren. Wenn du sie zwingst, vor den Altar zu treten, machst du den größten Fehler deines Lebens. Wenn du mich jetzt entschuldigst, ich muss meine Gefährtin darüber informieren, dass du kurz davor stehst, ihr das Herz zu brechen."

Mit dieser ominösen Aussage und einem verweilenden Blick verschwindet mein Bruder, und ich sinne über seine Bemerkung nach.

Maliki hat in den vergangenen Wochen ähnliche Zweifel geäußert, und er scheint meiner Gefährtin mit jedem Tag näherzukommen.

Es ist interessant.

Ärgerlich.

Erregend.

Ich trommle mit den Fingern gegen meinen Mahagoni-Tisch und gehe meine Optionen durch.

Ich habe mir die Bündnis-Feierlichkeiten aus einem guten Grund ausgesucht. Persephone hat früher die ganze Zeit über von unserem Bündnistag gesprochen und gesagt, dass es der beste Augenblick ihres Lebens gewesen wäre. Ich dachte mir, dass ich ihn vielleicht rekreieren und damit versuchen konnte, die alte Flamme wiederzuentfachen.

Doch sie zur Teilnahme zu zwingen, verfehlt den Zweck. Deshalb habe ich Maliki auch gebeten, sie davon zu überzeugen, freiwillig mitzumachen.

Aber vielleicht gehe ich die Sache völlig falsch an.

Vielleicht ist es Zeit, dass ich mich mit der Frau unterhalte, die sich als zerbrechliche Sterbliche ausgibt.

Summend trommle ich mit den Fingern gegen den Tisch.

Oder vielleicht wird sie freiwillig zu mir kommen, wie ich es mir nur sehnlich genug wünsche.

Denn die Einladungen sind offiziell raus.

Sobald sie eine sieht, wird sie wissen, dass ich ihrem kleinen Spiel auf die Schliche gekommen bin. Sie wird mir zu ihren Bedingungen gegenübertreten und daher aus freien Stücken zu mir kommen müssen.

Ja.

Das wird bestimmt hinhauen.

Wenn nicht, werde ich zu ihr gehen.

Und sie daran erinnern, was es heißt, meine Gefährtin zu sein …

SERA

SOBALD ICH DIE HÖHLE DES TODES BETRETE, WIRD MIR klar, dass Malikis Warnung kein Scherz war.

Alle starren mich an.

Es ist wie am ersten Tag, an dem ich hinter der Bar gearbeitet habe, nur schlimmer, weil die Höhle heute randvoll mit Feen ist.

Für gewöhnlich bediene ich pro Schicht durchschnittlich dreißig bis vierzig Gäste – und das nur, wenn die Bar gut besucht ist.

Aber das? Jetzt? Es tummeln sich mindestens hundert Feen hier drinnen.

Und keiner von ihnen sagt etwas. Sie starren mich bloß an.

Verdornt.

Wenigstens spielt im Hintergrund Musik, andernfalls wäre es totenstill hier drinnen.

Zähneknirschend halte ich auf die Bar zu und erschrecke, als Gnarls seinen Rotschopf hinter der Bar hervorstreckt. Er reißt die grünen Augen auf, als er mich mustert. „Sera", formt er mit den Lippen, dann flitzt sein Blick hinter mich zu den Schaulustigen.

„Gnarls", grüße ich ihn mit einem gezwungenen Lächeln. „Dich habe ich heute Abend nicht hier erwartet."

„Dasselbe könnte ich von dir behaupten", erwidert er. „Ähm ... Eure Majestät?"

Ich lege die Stirn in Falten. „Wie bitte?"

„Mylady?", versucht er abermals. „Oder ... oder ... Tut mir leid, aber ich weiß nicht, wie ich die Braut des Todes ansprechen soll." Er weitet die Augen. „Oh, Kirschensaft, ich vermassle es total, habe ich recht?"

Ich blinzle ihn an. Seine Wortwahl ist ... total seltsam. „Ähm, nein. Alles bestens. Und ich bin nicht seine auserwählte Gefährtin. Es liegt ein Irrtum vor."

Gnarls rote Wimpern landen auf seinen blassen Wangenknochen. „Ähm, nein, ich habe die Einladung gesehen." Er flitzt vom einen Fleck zum anderen, während ich mich hinter die Bar begebe, und scheint sich unseres Publikums nicht bewusst zu sein, weil er nach etwas zu suchen scheint.

Als er ein Pergamentpapier mit flammenden Rändern hervorzieht, weiche ich einen Schritt zurück, doch er streckt es mir hin, woraufhin goldene Blätter auf dem Blatt zu sprießen – buchstäblich zu sprießen – beginnen. Ich beobachte die Magie perplex, dann beginne ich den Text unter den wachsenden Blätterästen zu lesen.

Oder ist das eine Blume?, frage ich mich, als sich am Ende des Stiels glitzernde Blüten bilden. *Wow, wie hübsch!* Ich greife beinahe danach, doch dann sticht mir mein Name ins Auge, der mit schwarzer Tinte auf dem Papier erscheint.

Dies ist eine offizielle Einladung für den Bündnistag

zwischen
Hades C. Jenseits
und
Serapina P. Everheart

„Ich habe keinen zweiten Namen", meine ich mit gerunzelter Stirn. Aber ich habe da so eine Ahnung, wofür das *P* steht. „Und das ist alles bloß ein großes Missverständnis. Ich verpaare mich nicht mit Hades."

Auf meine Ankündigung hin ringen die Anwesenden laut nach Luft, was mich daran erinnert, dass wir nicht allein sind.

„Sera", flüstert Gnarls mit warnendem Tonfall. „Wenn du seinen Namen sagst, erscheint er."

„Aha, ist das so?", frage ich mit gespielter Neugier. „Na dann … *Hades. Hades. Hades!*" Ich sehe mich um und warte darauf, dass sich jemand blicken lässt oder nach vorn tritt.

Das Problem ist …, dass ich den Gott des Todes nicht erkennen würde, selbst wenn er sich zeigte.

Weil wir einander noch nie begegnet sind!

Das schreie ich beinahe laut heraus, lasse die Worte stattdessen aber durch meinen Kopf hallen, bevor ich einen tiefen Atemzug mache und Gnarls anschaue. „Na bitte. Er ist nicht hier. Also will ich eines klarstellen: Ich bin nicht verlobt. Die Einladungen wurden fälschlicherweise versendet. Ich bin nur eine Sterbliche, die im Königreich des Jenseits zu überleben versucht, okay?"

Er sieht mich mit ungläubigem Ausdruck an, was mir klarmacht, dass er mir das nicht abnimmt.

Ich seufze. „Hör zu, lass mich einfach die heutige Schicht hinter mich bringen, okay? Dann werde … ich alles aufklären."

Zu meiner Linken ist ein höhnisches Schnauben zu vernehmen, ehe Maliki sich an die Bar setzt.

Gnarls erblasst merklich. „Ich wollte unserer Königin gerade sagen, dass wir alles, was sie getan hat, um uns besser kennenzulernen, sehr zu schätzen wissen, aber offensichtlich erwarten wir nicht, dass sie weiter für uns arbeitet."

Ich hole tief Luft, meine Nerven völlig blank. „Gnarls, bitte …"

„Es gefällt ihr, Getränke zu mischen und sich mit Feen zu unterhalten", unterbricht Maliki mich. „Soll ich Hades etwa sagen, dass du ihr wegnimmst, was ihr Freude bereitet, Gnarls?"

Mein Manager reißt die Augen auf. „Nein, ich …"

„Und außerdem glaube ich, dass dieses Etablissement doch Hades gehört, oder etwa nicht?" Sein Blick wandert zurück zum Eingang. Ich meine, klar, es hängt kein Schild am Eingang, aber die Bar heißt doch die *Höhle des Todes*, oder etwa nicht?"

„Ganz recht. Sie gehört ihm. Ich weiß …"

„Wenn seine Verlobte also hier arbeiten möchte", fällt Maliki ihm abermals ins Wort, „fände ich es angemessen, wenn du sie gewähren lässt, oder nicht?"

Gnarls ist jetzt blasser als Pips knochiges Gesicht und das Leuchten in seinen grünen Augen ist schwächer als noch eben. „Selbstverständlich", sagt er und hört sich an, als wäre ihm übel. „Ich würde ihr nie etwas verbieten – erst recht, wenn sie es genießt."

Maliki nickt ihm zu, dann schaut er zu mir. „Bist du in Stimmung, mir heute Abend einen Spinnenale zu zapfen, oder soll ich mich selbst bedienen?"

Verärgert darüber, dass er sich in dieses Gespräch eingemischt hat, knirsche ich mit den Zähnen.

Ja, okay, er hat mir geholfen.

Aber ich hätte das auch ohne ihn geschafft. „Du kannst dir dein Getränk selbst holen", erwidere ich.

An seinen Mundwinkeln zupft ein Lächeln. „Geht klar, Unruhestifterin."

Er verschwindet und ich mache mir nicht die Mühe, mich umzudrehen, weil ich bereits weiß, dass er direkt hinter mir steht.

Ich spüre seinen warmen Atem an meinem Hals hinabstreifen, als er ergänzt: „Ich werde es mir heute Abend wie üblich in den Schatten gemütlich machen. Also versuch, nicht mit den Gästen zu flirten, Unruhestifterin. Es sei denn, du wünschst dir eine blutige Hochzeit."

Ich wirble herum und spüre seine Lippen über meine Halsschlagader streifen, obwohl er mehrere Meter weit entfernt steht und sich bereits ein Getränk zapft, was mich wundern lässt, ob ich mir die Berührung bloß eingebildet habe.

Als er mir zuzwinkert, kneife ich die Augen zusammen.

Und er löst sich in Luft auf.

Aber anders als letzte Nacht wandelt er nicht durch die Schatten zurück zu seinem Hocker, sondern taucht gar nicht wieder auf. Trotzdem kann ich seinen Blick praktisch auf mir ruhen spüren.

Oder vielleicht sind es die anderen in der Höhle.

Denn, jepp, sie starren mich immer noch alle an.

„Ich werde Hades nicht heiraten!" schreie ich sie an, aber gerichtet sind die Worte vorwiegend an Maliki. „Das ist alles bloß ein großes Missverständnis", fahre ich fort. „Wenn ihr gern was trinken möchtet, gebt eure Bestellung hier auf. Ich arbeite heute an der Bar."

Mehrere Feen tauschen einen Blick aus, dann nähern sie sich als Gruppe, woraufhin ich erschrocken einen Schritt zurückweiche.

Eine Bestellung jagt die nächste, und ich versuche, die Augen aufgerissen, mitzuhalten.

Es ist, als hätten alle meine Einladung angenommen und schon seit Jahren nichts mehr getrunken.

„Brauchst du Hilfe?", fragt Gnarls etwas verunsichert.

„Ja", antworte ich, überrascht, dass er das überhaupt fragen muss. „Kümmere du dich um die Seite", ich deute zur Rechten, „und ich übernehme die linke."

„Selbstverständlich, Eure Ladyschaft", erwidert er mit einer leichten Verbeugung.

„Nein, hör auf damit!", schnauze ich. „Ich bin Sera. Einfach nur Sera. Ich bin weder deine Königin noch, was immer du mich sonst nennen willst. Sera. Verstanden?"

„J…ja, Eure, ähm … Sera."

Ich verdrehe die Augen. „Hilf mir einfach mit den Bestellungen, Gnarls."

Er nickt eifrig und macht sich dann an die Arbeit.

Ich bin nicht sicher, wann ich zur Vorgesetzten und er zum Angestellten wurde, aber darüber werde ich mir später den Kopf zerbrechen. *Wenn ich diese Bestellungen ausgeführt habe …*

Was vermutlich nie sein wird.

Sobald eine Gruppe ihre Getränke hat, folgt die nächste.

Und ich schwöre, jetzt sind weit über hundert Gäste in der Höhle. Es ist, als wäre der ganze Weiler hier und hätte einen Riesendurst.

Ich werfe einen Blick auf die Knochenuhr und stelle schockiert fest, dass bereits zwei Stunden rum sind, obwohl es sich anfühlt, als wären bloß wenige Minuten verstrichen. Zugegeben, meine Hände und Füße sehen das anders.

Die Schmerzen werden mit jeder Bestellung stärker, bis meine Finger vom Ausschenken der vielen Ales und Shots zu krampfen beginnen.

„Ähm, wir hätten gern drei Spinnenales?", sagt eine

Fee mit Dreadlocks. Seine Bestellung hört sich eher nach einer Frage als nach einer Aussage an.

„Drei Spinnenales? Bist du sicher?", frage ich zurück.

„Ähm, nein. Fünf. Wir … wir wollen fünf?"

Ich starre ihn an. „Hattet ihr nicht gerade ein Dutzend Netzshots?"

Er zieht die Augenbrauen hoch. „Sollen wir stattdessen mehr von denen bestellen?"

Ich blinzle. „Ich weiß es n…" Jetzt lege ich die Stirn in Falten. „Wollt ihr überhaupt etwas trinken?"

„Vermutlich nicht", flötet Maliki, der sich neben mir materialisiert und mich zusammenfahren lässt. „Aber du hast ihnen gesagt, dass sie Getränke bestellen sollen, also tun sie das."

Die Runzeln an meiner Stirn vertiefen sich und ich sehe ihn an. Er aber beachtet mich gar nicht und füllt stattdessen bloß sein Glas auf. Ich bin ihm den ganzen Abend lang nicht über den Weg gelaufen, bezweifle aber, dass er sein Glas heute zum ersten Mal auffüllt.

„Ich habe ihnen gar nichts aufgetragen", sage ich zu Maliki.

„Das stimmt nicht, kleine Unruhestifterin", murmelt er und dreht sein Glas herum, um die rauchige Substanz darin einzufangen. „Du hast ihnen gesagt, dass sie herkommen und ihre Bestellungen aufgeben sollen. Daher …" Er deutet auf den Feenschwarm an der Bar.

Ich starre ihn an. „Das ist doch lächerlich."

„Oh, da gebe ich dir recht, aber der Befehl kam nicht von mir."

„Ich habe gar niemandem etwas befohlen."

Um seine Augen machen sich kleine Lachfältchen bemerkbar. „Doch, hast du. Und als Braut des Todes wollten sie deinen Befehl befolgen."

Ich reiße die Augen auf. „Nein, wollten sie nicht."

Er sieht mich mit hochgezogener Augenbraue an, dann neigt er den Kopf zur Menge und wirft mir einen Blick zu, der sagt: *Haben sie nicht?*

„Oh, verdornt", keuche ich, als mir dämmert, dass er recht hat. „Sie trinken sich in einen Stupor!"

„Da hast du recht", flötet er, und an seinen Mundwinkeln zupft abermals ein Lächeln. „Zum Glück sind sie alle unsterblich und vertragen es."

Mit dieser Aussage verschwindet er abermals.

Ich knurre.

Es ist ein gutturaler Laut, der die Feen in der Nähe einen Schritt zurückweichen lässt. Und ausnahmsweise ist es mir egal.

Denn die ganze Angelegenheit ist völlig außer Kontrolle geraten.

„Gnarls!", zische ich.

Er hält augenblicklich inne mit seiner Arbeit und eilt an meine Seite. „Ja, Eure, ähm …" Er räuspert sich. „Wie kann ich dir helfen, Sera?"

Ich beiße ungeduldig in meine Wange, sehe aber, dass er sich Mühe gibt.

Weil er glaubt, ich wäre mit einem Gott verlobt.

Und nicht nur mit irgendeinem Gott, sondern mit *seinem* Gott.

Das ist doch einfach nicht zu fassen!, staune ich und verspüre das Verlangen, mir in die Nasenwurzel zu kneifen. Aber aus irgendeinem Grund gelingt es mir, mich zu fassen und höflich zu sagen: „Ich würde mir den Rest des Abends gern freinehmen."

„Aber selbstverständlich, Sera. Du hast heute Nacht hart geackert."

Tatsächlich habe ich heute Abend wirklich hart gearbeitet, also zerbreche ich mir nicht den Kopf darüber, ob er das nun wirklich so gemeint hat oder ob er das nur sagt, um mir zu gefallen. „Danke", erwidere ich, dann wende ich mich der Menge zu. „Bitte genießt euren Abend und macht, ähm, was immer ihr machen möchtet." Das ist wohl die dümmste Aussage, die ich je von mir gegeben habe, aber alle in der Bar entspannen sich merklich.

Weil sie nicht mehr das Gefühl haben, Getränke bestellen zu müssen.

Heiliger Sternenstaub, das ist doch verrückt! Der komplette Wahnsinn! Ich …

Ich kann den Gedanken nicht einmal zu Ende führen. Stattdessen stakse ich davon.

Und ich weiß ganz genau, wohin ich als Nächstes gehen will.

Später.

Wenn der Weiler schläft …

MORPHEUS

Ich stehe mitten auf dem Pfad, der zum Weiler führt, und sehe zu, wie Serapina die Tür zu ihrer Hütte öffnet. Sie späht nach links, dann nach rechts.

Ich ziehe die Augenbraue hoch. *Du solltest im Bett sein, Schätzchen.*

Stattdessen scheint sie sich nach draußen zu schleichen.

Mh, ungezogene kleine Träumerin.

Meine Kraft sucht umgehend das Gebiet ab und durchleuchtet mehrere schlafende Köpfe. Aber keiner von ihnen gehört Maliki.

Denn der ist hellwach.

Und sich vermutlich im Klaren darüber, was Serapina vorhat.

Na ja, das ließe sich beheben, beschließe ich und lasse meine Gabe um den tödlichen Meuchelmörder schwirren, um ihn in mein Reich zu ziehen.

Zunächst gehe ich ganz sanft vor, damit er mich nicht spürt.

Aber leider ist er fürchterlich mächtig und nimmt mich binnen Sekunden wahr. War ja klar.

Hades hat eine gute Wahl getroffen, denke ich, bevor ich ihn mit einem starken Schlafzauber belege.

Er kämpft dagegen an, und sein genervtes Knurren dringt tief in meine Seele.

Meine Sicht wird von Schatten getrübt, weil sich mit mir ein seltenes, mentales Duell liefert, das mich neugierig macht, gleichzeitig aber auch ärgert.

Feen kommen für gewöhnlich nicht gegen meinen Einfluss an.

Aber Maliki ist kein gewöhnlicher Gegner.

Wenn ich es nicht besser wüsste, würde ich sagen, Hades hat ihn in irgendeiner Weise verzaubert.

Aber mein Cousin hat nur eine einzige Gefährtenverbindung: jene zu Persephone.

Was wiederum darauf schließen lässt, dass Serapina noch zu haben ist. Immerhin handelt es sich bei ihr nicht um die Omega, mit der er sich verpaart hat. Sie verfügt nur über die Seele seiner Vergangenheit.

Vielleicht ist das nicht die ganze Wahrheit, aber ich weiß gute technische Einzelheiten zu schätzen.

Und die vorliegende Situation strotzt nur so von ihnen.

Ein Kraftschub schlingt sich um meinen Hals und lenkt mich von meiner Serapina ab, ehe ich ruckartig in die Traumwelt gerissen werde.

Ich stolpere und weiche nur knapp einem Schlag ins Gesicht aus.

„Was zum Teufel soll das?", will Maliki wissen, der mich zu Tode erschreckt. Denn eigentlich sollte ich ihn das fragen.

Oder vielleicht eher: *Wie zum Teufel machst du das?*

Denn wir befinden uns hier in meiner Welt. In meiner Kraft. *Auf meiner Existenzebene.*

Und er hat mich gerade aus der Realität und in den Traum gezerrt, den ich für ihn geschaffen habe.

Faszinierend.

Aber … Wenn er hier ist, heißt das, dass niemand Serapina aktiv in der echten Welt bewacht, was wiederum bedeutet, dass ich nicht bleiben kann. „Wir sprechen uns bald", versichere ich Maliki.

Na ja … vielleicht ist es auch eine Drohung.

Das werden wir noch sehen. Vorerst überschütte ich ihn mit einer heftigen Dosis meiner Gabe, die ihn in ein Meer aus schwarzem Moos schleudert.

Die seegrasartige Textur ergreift ihn auf meinen Befehl hin und begräbt ihn unter einer Welle feurigen Zorns.

Sein darauffolgendes Knurren hallt durch die dunkle Landschaft und sagt mir, dass er mir die Hölle heiß machen wird, sobald ich ihn freilasse. Aber mal ehrlich … Eigentlich war es mehrheitlich sein Fehler und nicht meiner. Wenn er sich einfach schlafen gelegt hätte, hätte ich nicht auf derartige Methoden zurückgreifen müssen.

Leider muss man gegen mächtige Feen mit mächtigen Träumen angehen.

„Irgendwann komme ich zurück", sage ich zu ihm und verschwinde dann in den Weiler des Jenseits, um meine Omega zu jagen.

Eine ziemlich einfache Aufgabe, und ihr Duft verlockt mich auf dieser tiefliegenden Ebene. *So süchtig machend.*

Ich habe mir noch nicht erlaubt, sie vollends zu genießen – vorwiegend, weil ich ihr Zeit geben wollte, um sich in dieser Realität zurechtzufinden, während ich aus der Ferne zusah.

Aber dass sie sich als unverpaart registriert hat, verändert alles.

Jetzt will ich nicht mehr länger *zusehen*. Ich will *beanspruchen*. Nichtsdestotrotz ... habe ich meinem Cousin eine Frist von fünfundvierzig Tagen gesetzt.

Und er hat daraufhin seine Bündnisfeier mit Serapina Everheart angekündigt.

Ich habe ihm aufgetragen, sich darum zu *kümmern*, und nicht, sie zu *zwingen*.

Der Mistkerl hat nicht einmal versucht, mit ihr zu sprechen – abgesehen von ihrer ersten Begegnung, anlässlich welcher er ihr geschworen hatte, zu ihrem schlimmsten Albtraum zu werden.

Was für eine grausame Aussage.

Okay, er ist wütend – und das mit gutem Grund. Aber trägt Serapina die volle Schuld für die Sünden ihrer Seele? Ich finde nicht.

Und außerdem finde ich auch, dass er sich einen Knoten wachsen und mit seiner Verlobten reden sollte, anstatt Maliki loszuschicken, sie an seiner Stelle zu verführen.

Klar, ich bin mir sicher, dass sein Schoßhündchen von einem Meuchelmörder wunderbare Arbeit leisten wird, unsere Intendierte zu verwöhnen, und ich hätte auch nichts dagegen, dabei zuzusehen. Aber Hades muss sie sich verdienen. Und wenn er nicht willens ist, um sie zu kämpfen, dann wird er sie verlieren.

An mich.

Als ihr Duft stärker wird und mich zu ihr lockt, breitet sich auf meinen Lippen ein Lächeln aus. Ich will sie aber nicht verschrecken, also verlangsame ich und beobachte sie, wie ich es sonst auch tue – in meinen Sprühnebel gehüllt. Er ähnelt Malikis Fähigkeit, sich in den Schatten zu verstecken, nur gleicht mein Schleier eher einem Nebel.

Ein Nebel, der sich perfekt mit dem Hof des Jenseits vermischt, während ich ihr den Pfad aus schwarzen

Pflastersteinen entlangfolge. Wir werden auf Schritt und Tritt von einem Knarzen begleitet und durch die Skelettbäume pfeift ein Wind, der die Knochenäste durchschüttelt.

Das scheint Serapina aber nichts auszumachen. Ihre Aufmerksamkeit liegt einzig und allein auf etwas vor ihr.

Sie ballt die Hände zu Fäusten und kommt neben einem Baum zu einem Halt. „Wie zum Dorn ist das überhaupt möglich?", will sie wissen, was wiederum meine Neugier schürt.

Sie wird doch wohl kaum mit mir sprechen. Und außer mir ist niemand hier, mit dem sie reden könnte. Nicht einmal Pip.

Offensichtlich handelt es sich also um eine rhetorische Frage. Sie kniet sich hin und krallt sich eine Handvoll kohlrabenschwarzer Erde.

Ich schleiche mich näher an sie heran und versuche zu verstehen, was sie da macht, während sie ein niedliches Knurren von sich gibt und die sandige Erde mit einem frustrierten Laut zu Boden wirft.

Mit zusammengekniffenen Augen spähe ich über ihre Schulter und mustere den Klumpen, den sie gerade zu Boden geworfen hat. Er sieht aus wie ganz gewöhnliche Jenseitserde.

Warum war sie so wütend darauf?, frage ich mich. *Weil sie kalt ist?*

Serapina fischt etwas aus ihrer Hosentasche und versucht, das Etikett auf der Tüte zu entziffern. Mir fällt es leicht, den Aufdruck zu lesen, obwohl wir in die Schatten eines Skelettbaumes gehüllt sind.

Rote Rosen, steht darauf.

„Diese Samen werden gar nichts bezwecken, weil dieses Königreich dem Tod gewidmet ist", meine ich mit hochgezogener Augenbraue.

Serapina kommt kreischend auf die Beine, wirbelt herum und mustert den Hof.

Oh, richtig. Der Sprühregen verhüllt mich nach wie vor.

Als ich mich ihr offenbare, weicht sie zurück und presst sich gegen einen knochigen Baumstumpf.

„Oh!", keucht sie, und ich höre den unsteten Rhythmus ihres Herzens, lausche ihm einen Augenblick länger und erhebe dann entschuldigend meine Arme.

Es ist nicht meine Absicht, sie zu verängstigen.

Aber daran hätte ich denken sollen, bevor ich mich zu Wort gemeldet habe. Ich habe mich von ihrem Gartenprojekt dazu hinreißen lassen, mich zu erkennen zu geben.

„Ich will dir nichts tun, kleine Träumerin", verspreche ich ihr.

Sie schluckt einige Male hart und lässt ihre Hand nervös an ihren schlanken Hals wandern, was mich dazu bringt, mich ihr nähern und ihr Trost spenden zu wollen.

Heilige Feen, ich würde ihr nie wehtun – aber jemand anderem *für* sie wehtun, das würde ich auf jeden Fall.

Ich würde mich auf Tausende brennende Kohlen legen und sie über meine nackte Haut gehen lassen, wenn das ihre Sicherheit gewährleisten würde. Und ich würde Dutzende Strigoi-Bisse ertragen und Ghule sich an meinen Träumen laben lassen, wenn es ihr gefallen würde.

Sie ist eine Omega.

Als Alpha lebe ich dafür, ihr zu dienen, selbst wenn sie sich für einen anderen Gefährten entscheidet.

So sind wir Mythosfeen nun einmal.

„Tut mir leid, dass ich dich erschreckt habe", ergänze ich und lasse meine Hände sinken. „Ich wollte dir nur einen Ratschlag erteilen."

Sie kneift die Augen zusammen. „Was für einen Ratschlag?", will sie mit misstrauischem Ausdruck wissen.

Zum Glück scheint sie sich nicht vor mir zu fürchten, aber vertrauen tut sie mir ganz offensichtlich auch nicht.

Ich kann es ihr nicht verübeln. Wir sind uns noch nie begegnet und sie hat keine Ahnung, wer oder was ich bin.

„Na ja, zum Beispiel, dass du deine Zeit mit diesen Samen vergeudest", informiere ich sie gelassen. „Sie sind für das Reich der Sterblichen bestimmt, nicht für das Reich des Jenseits."

„Ich weiß. Ich habe sie von einem der Tauschläden gekauft", erwidert sie. Sie spricht von den Geschäften im Weiler des Jenseits, der Waren aus allen Reichen verkauft. „Der Ladenbesitzer hat mir versprochen, dass die Rosen hier wachsen würden."

„Dann hat dich der Ladenbesitzer angelogen", sage ich rundheraus. „Mit wem hast du gesprochen?" Das ist keine förmlich formulierte Frage, sondern eine Forderung. Denn ich werde mit der Person, die meine Intendierte übers Ohr gehauen hat, ein Wörtchen reden.

Serapina murmelt einen Namen, den ich mir einpräge. Dann beugt sie sich nach unten und beginnt, in der schwarzen Erde zu graben. Ich zucke zusammen, als sie ihre Hand zischend zurückzieht, weil der Erdboden vermutlich eiskalt geworden ist.

„Wenn du deine Samen hier gepflanzt hast, sind sie längst tot", sage ich mit sanfter Stimme zu ihr. „Aber ich kann dir neue besorgen."

Sie mustert mich von Kopf bis Fuß, kann mich in den Schatten aber nicht gut erkennen. Das verraten mir die zusammengekniffenen Augen. *Durch und durch sterblich.*

„Warum willst du mir helfen?", fragt sie und stemmt dann die Hände in die Hüften. „Moment mal, lass mich raten …"

„Nur zu", falle ich ihr neugierig ins Wort.

„Weil du das Gefühl hast, es tun zu müssen, richtig? Wegen dem Ding mit den Bündnissen?"

„Hm, nein", erwidere ich. „Ich fühle mich ganz bestimmt nicht wegen irgendwelcher Bündnisse dazu berufen."

Vielleicht fühle ich mich genötigt, weil sie mir gehört und ich sie verehren will. Aber das war nicht, was sie geraten hat, also lasse ich sie fortfahren.

„Oh, okay. Also hilfst du mir wie all die anderen Feenmänner in der Höhle und wirst mir gleich anbieten, dich mit mir zu verbinden, um mich zu beschützen." Sie verdreht die Augen, was ich trotz der Schatten, die ihre wunderschönen Züge verdunkeln, dank meines unsterblichen Blicks erkennen kann. „Nein, danke."

Ihre Abfuhr bringt mich zum Schmunzeln. „Ich muss schon zugeben ... Ich bin es nicht gewohnt, dass eine Frau mich so abrupt abblitzen lässt. Erst recht, bevor ich ihnen meinen Knoten überhaupt angeboten habe."

Sie beginnt, sich wegzudrehen, hält dann aber inne und runzelt die Stirn. „Knoten?"

„Mhm", summe ich, genieße es, das Wort von ihrer Zunge zu hören. Wenn sie es doch in Verbindung mit „in mir" gesagt hätte. „Sollen wir noch einmal von vorn beginnen?", schlage ich vor und trete aus den Schatten, die von den Skelettbäumen in der Nähe geworfen werden, ins Mondlicht.

„Ich bin Morpheus."

Ihre Augen werden rund wie Untertassen, als sie mich sieht, und ihre plumpen Lippen öffnen sich. „M... Morpheus?"

„Morpheus", erwiderte ich. „Nur mit einem *M*."

Sie blinzelt abermals. „Wie ... der Gott ..." Sie hält inne und schluckt hart. „... der Träume."

„Wie er leibt und lebt, fürchte ich." Ich neige meinen

Kopf zur Seite und werfe ihr mein bestes Lächeln zu. „Keine Sorge, kleine Träumerin. Du bist definitiv wach." Diese Frage wird mir oft gestellt, wenn ich auftauche: *Träume ich?*

„Was machst du hier?", flüstert sie.

„Ich wollte dich treffen", gebe ich offen zu.

Sie starrt mich kurz an, dann legt sie die Stirn in Falten. „Du hast gesagt, du würdest nicht wegen der Bündnisse mit mir sprechen."

„Nein, ich sagte, dass ich mich nicht deswegen dazu berufen fühle, dir zu helfen", korrigiere ich. „Aber ich unterhalte mich auch nicht ihretwegen mit dir. Ich bin deinetwegen hier."

Die Runzeln an ihrer Stirn werden tiefer. „Weil du mich für eine Omega hältst."

„Ich glaube es nicht, ich weiß es."

Sie zieht die blonden Augenbrauen hoch. „Aber das bin ich nicht. Ich bin eine Sterbliche."

„Eine Sterbliche, die die Seele einer Omega besitzt, ja", stimme ich zu.

Sie seufzt tief und ihre Verärgerung ist klar zu spüren. „Das höre ich immer wieder."

„Weil es wahr ist."

„Hm." Sie sieht mich an. „Okay. Und was passiert jetzt?"

Ich ziehe die Stirn kraus. „Heute Nacht?"

„Nein. Ich meine, was geschieht mit meiner angeblichen Seele. Soll sie irgendwann überhandnehmen? Mich in eine Omega verwandeln? Mir all ihre vormaligen Erinnerungen zuführen?" Sie funkelt mich an. „Sterbe ich im Prozess?"

„Hoffentlich nicht", erwidere ich. „Deine Schwester hat jedenfalls überlebt."

„Im Gegensatz zu mir verfügte meine Schwester

offensichtlich nicht über eine spezifische Seele …", keift sie. „Die Hades glauben lässt, ich gehöre ihm, ohne jemals ein Wort mit mir gewechselt zu haben."

„Oh, genau. Er ist stur. Und das dürfte wohl die Untertreibung des Jahrtausends sein."

„Und ich nehme an, dass er dich hierhergeschickt hat, um mit mir zu sprechen?", fährt sie fort, als hätte ich gar nichts gesagt. „Wenn dem so ist, kannst du ihm ausrichten, dass ich nicht an Feen interessiert bin, die Boten schicken, um an ihrer Stelle zu sprechen. Ein echter Gott würde sich mit mir unterhalten."

Ich lächle. „Da stimme ich dir vollends zu."

„Und ein echter Gott würde … Moment mal, *wie bitte?*" Sie blinzelt mich an, als hätte sie sich gerade daran erinnert, dass ich hier bin. „Du … du stimmst mir zu?"

„Voll und ganz. Ein echter Gott würde mit seiner Omega sprechen. Ein Gott mit silberfarbenen Haaren, vielleicht? Mit blaugrünen Augen. Mit einem Gesicht, über das man zu später Stunde fantasiert?"

Sie mustert mich, dann wirft sie mir einen skeptischen Blick zu. „Ein echter Gott namens Morpheus?"

„Einige nennen ihn *traumhaft*, weißt du?", murmle ich amüsiert.

„Das glaube ich gern", meint sie ausdruckslos. Ihr freches Mundwerk entzückt mich. „Aber ich bin keine Omega."

„Behauptest du zumindest."

„Und du hast mir kein bisschen geholfen", murmelt sie zurück, woraufhin ich die Augenbrauen hochziehe.

„Hättest du gern meine Hilfe, Serapina?"

„Ich hätte gern, dass mir jemand erklärt, warum Hades mich für seine Omega hält. Er hat nicht einmal mit mir gesprochen. Also zieht er voreilige Schlüsse, weil ich Alinas Schwester bin? Oder steckt mehr hinter der Sache?"

„Hinter der Sache steckt mehr", bestätige ich. „So viel mehr."

Sie seufzt. „War ja klar. Zu schade, dass Hades seine verrückten Einfälle nicht mit mir teilen will."

„Es hat weniger mit Wahnsinn und mehr mit Besessenheit zu tun." *Eine gefährliche Obsession.* Aber diesen Teil lasse ich aus. Stattdessen konzentriere ich mich auf unser vorheriges Thema, bevor echte Götter zur Sprache gekommen sind. „Was Alina betrifft … Würdest du sagen, dass sie sich verändert hat?"

Serapina sieht mich an, offensichtlich erschrocken darüber, dass ich zurück auf dieses Thema komme. Aber es hat seinen Grund.

Ich will nicht, dass sie sich vor ihrer Seele fürchtet oder davor, was mit ihr geschehen könnte, wenn sie ihre innere Omega annimmt, kann ihr die Skepsis aber nicht verübeln.

„Verfügt sie über irgendwelche Erinnerungen an die Vergangenheit?", hake ich nach. „Irgendwelche Hinweise auf das frühere Leben ihrer Seele?"

Sie schluckt hart und wendet ihren Blick ab. „Ich weiß es nicht."

„Du hast nicht mit ihr darüber gesprochen?"

Serapina schüttelt den Kopf. „Nicht wirklich. Wir haben bloß über … ihre Verbindung zur Schöpfungskraft und Macht gesprochen. Aber ich wollte nicht zu neugierig sein."

Ich nicke, kann es in gewisser Hinsicht verstehen. „Das Nest einer Omega und ihren Gefährten ist heilig", murmle ich. „Nicht viele Fragen zu stellen, ist ein Instinkt, obwohl ich ahne, dass deine Schwester dir Führung bieten würde, wenn du sie darum bittest."

Ich bin Alina noch nie begegnet, kenne mich aber gut mit Omegas aus. Familienbande sind wichtig für sie. Und obwohl Serapina nicht blutsverwandt mit ihr sein mag, sieht sie sie wohl dennoch als Teil ihres inneren Zirkels an.

„Wenn du aber mehr über die Mythosfeen von jemand anderem erfahren möchtest, teile ich gern ein paar Informationen mit dir. Ich kann dir sogar von Persephone erzählen."

Während ich spreche, breiten sich Schatten vor meinen Augen aus, was mir verrät, dass Maliki seinen Traum schneller gemeistert hat als erwartet.

Mir kommt beinahe ein Seufzer über die Lippen. Der Meuchelmörder ist verlockend und ärgerlich zugleich.

Einen kurzen Augenblick lang wird alles schwarz, was mich überrascht. Wie es scheint, hat Maliki sich klammheimlich von seiner moosigen Falle befreit und ist jetzt zum Angriff übergegangen.

Na gut. Ich werde mich kurzhalten, denke ich in seine Richtung und stelle sicher, dass die Worte in seinen Traum reisen und durch seine Gedanken hallen. Sein darauffolgendes mentales Knurren sagt mir, dass er die Nachricht erhalten und abgewiesen hat.

„Du musst dich nicht sofort entscheiden", sage ich und konzentriere mich auf Serapina, während ich mich in Gedanken mit Maliki duelliere. „Aber wenn du mehr Informationen willst, ich bin morgen Abend wieder hier. Zur selben Zeit. Am selben Ort. Wenn du dich zeigst, weiß ich, dass du interessiert bist."

Ich weiche einen Schritt zurück und zucke zusammen, weil Maliki einen Treffer landet und mich an der Schläfe erwischt. Er ist nicht echt, findet in meinem Kopf statt. Schmerzfrei ist das Ganze aber trotzdem nicht.

Zähneknirschend spreche ich einen paralysierenden Bann in seinen Traum und hole tief Luft, um mich zu beruhigen, bevor ich mich erneut zu Wort melde.

„Oh, und bring Pip ruhig mit. Ich schätze seine

Gesellschaft." Ich bin der kleinen Seele erst heute Abend begegnet, aber er hat mir umgehend gefallen. Zu schade, dass er sie nicht auf dem Spaziergang im Hof begleitet hat.

Leider bleibt keine Zeit, ihr das zu sagen.

Also verbeuge ich mich stattdessen leicht und verabschiede mich mit den Worten: „Bis zum nächsten Mal, kleine Träumerin."

Es bedarf all meiner Willenskraft, sie zurückzulassen, aber Maliki lässt mir keine andere Wahl. Seine Hartnäckigkeit ist bewundernswert und ärgerlich zugleich.

Ich reise mittels meines Sprühnebels in sein Zimmer und schlage ihm mit der Faust ins Gesicht, sobald er aufwacht.

Dann teleportiere ich mich auf die Straße vor dem Haus. Ich weiß, dass man nie versuchen sollte, einen Meuchelmörder in seinem Zuhause zu bekämpfen.

Außerdem wohnt Serapina nebenan. Ich kann nicht riskieren, dass ich ihr Zuhause zerstöre.

Die Finger hinter dem Rücken verschränkt, gehe ich auf und ab.

Und warte darauf, dass Maliki zum Spielen herauskommt.

„Versuchst du, mich umzubringen?", will er wissen, sobald er sich materialisiert, und sein zerzaustes Haar erinnert mich an eine Zeit, in der ich Männer im Schlafzimmer zur Hast hatte.

Hm.

Ich neige den Kopf zur Seite. „Definitiv nicht", erwidere ich und beziehe mich dabei eher auf die Frage als auf den Gedanken an ein sinnliches Spiel. Mein Herz und meine Seele gehören Serapina. Wenn sie wollte, dass ich ihr eine Show mit Maliki liefere ... hätte ich nichts dagegen.

„Ich kann dich gut leiden, Maliki. Es gibt nicht viele Seelen, die Manns genug sind, gegen eine Mythosfee zu kämpfen, ganz zu schweigen davon gegen mich."

„Du hast mich in einem verdammten Traum gefangen."

„Ja, habe ich." Es zu bestreiten, war nutzlos. „Wäre dir nächstes Mal eine amüsantere Fantasie lieber? Vielleicht eine, in der eine gewisse blonde Omega vorkommt? Denn das ließe sich arrangieren, solange ich zusehen darf."

Maliki macht einen bedrohlichen Schritt nach vorn, doch ich lasse mich nicht unterkriegen.

Er ist der wiedergeborene Tod, ich aber ein Gott. Und bisher war ich nachsichtig mit ihm.

„Vorsicht, Ghost", murmle ich seinen berüchtigten Spitznamen. „Ich habe gute Laune, und die solltest du lieber nicht ruinieren, indem du einen Kampf anzettelst, den du nicht gewinnen kannst."

„Verlieren werde ich ihn auch nicht unbedingt", erwidert er.

„Das vielleicht nicht", stimme ich zu. „Aber ich glaube, wir können einander helfen, wenn wir auf derselben Seite stehen."

„Dann halt dich verdammt noch mal aus meinem Kopf heraus."

Ich lächle. „Ich mache keine Versprechen, vor allem nicht solche, die ich nicht beabsichtige zu halten."

Seine goldfarbenen Augen leuchten auf.

Dann stößt er einen Seufzer aus und fährt sich mit den Fingern durch die unbändigen Strähnen. Bis auf eine Jogginghose trägt er nichts. Nicht einmal Schuhe. „Dir ist schon klar, dass ich Hades hiervon erzählen muss, oder?", fragt er resigniert.

„Ist es das, was dich wirklich nervt?", kontere ich

neugierig. „Nicht nur, dass ich mit deinen Gedanken spiele?"

Der Blick, den er mir zuwirft, lässt auf tödliche Absichten schließen. „Sie gehört dir nicht, Morpheus."

„Noch nicht, nein", stimme ich zu. „Aber Hades gehört sie auch noch nicht direkt, oder?"

Maliki erwidert nichts.

Es hätte mich nicht überrascht, wenn er mir zugestimmt hätte. Hades hat ihn hierhergeschickt, um die ganze harte Umwerbungsarbeit zu erledigen, und Maliki darf nicht einmal von ihr kosten.

„Nur fürs Protokoll: Ich würde sie mit dir teilen, wenn sie das wollte", informiere ich ihn. „Denn anders als dein Herr glaube ich an Gefährtenzirkel und nicht an einzelne Verpaarungen."

Maliki knurrt. „Er ist nicht mein Herr."

„Darauf willst du dich also konzentrieren?", frage ich amüsiert. „Nun denn, Schoßhündchen. Mach dir keine Mühe, Hades Bericht zu erstatten. Ich werde persönlich mit ihm sprechen."

Da Maliki nicht in Stimmung scheint, zu spielen, werde ich es stattdessen mit meinem wahren Rivalen aufnehmen.

„Hades muss wissen, dass ich das Warten satt habe", sage ich Maliki. „Bis bald."

MALIKI

Ich gehe im kleinen Wohnzimmer auf und ab, zu aufgebracht, um zu schlafen. Vor allem, nachdem Morpheus mir mit diesem Traum einen Hirnfick verpasst hat.

Elender Gott.

Ich kenne ihn nicht besonders gut, und unsere Unterhaltungen haben sich immer kurz gehalten. Außerdem hat er mich bisher noch nie mit seiner Kraft ertränkt.

Bis heute.

Die Erinnerung an die scharfen Ranken, die über meinen Körper gestreift sind, sucht mich immer noch heim. Die einstündige Dusche hat auch nicht geholfen. Und die Joggingrunde durch den Weiler auch nicht. Und das Eisbad danach hat das Unbehagen, das sein

Nachtschreck zurückgelassen hat, auch nicht weggewaschen.

Knurrend streiche ich mir mit der Hand übers Gesicht und beginne abermals, auf und ab zu gehen.

Ich könnte versuchen, mich in die Bewusstlosigkeit zu trinken, aber dann wäre Seras Schutz nicht gewährleistet.

Also keine Option.

Ich habe sie kurz nach ihrer Rückkehr „Pip" rufen hören und warte immer noch darauf, dass dieser Mistkerl von Fee hier ankommt, damit ich ein Wörtchen mit ihm reden kann.

Bisher hat er sich nicht gezeigt.

Und jetzt schläft Sera.

Das weiß ich aber nur, weil ich nebenan vorbeigeschaut und nach ihr gesehen habe, als es still geworden ist. Ich habe erwartet, diesen berüchtigten „Pip" anzutreffen. Ich blieb, um sicherzustellen, dass Morpheus nicht mit ihren Träumen spielte. Erst als ich mich vergewissert hatte, machte ich mich auf zum Joggen.

Aber jetzt finde ich keine Ruhe.

Neben diesem „Pip"-Kerl und Morpheus habe ich alle Hände voll mit der Beaufsichtigung meines kleinen Rätselchens zu tun.

Ich fasse mir an den Nacken und drücke sanft zu. Meine Muskeln sind von der ganzen Anstrengung ganz starr.

Dieses elende Gefühl von Messern, die über meine Haut streifen, lässt mich ebenfalls zusammenzucken.

Ich habe schon so manche Fee gefoltert. Vielleicht war Morpheus der Meinung, dass es mir recht geschehen ist, bestraft zu werden. Oder vielleicht hat er diese Falle aus den Untiefen meiner Gedanken heraufbeschworen.

In jedem Fall hasse ich diese Erfahrung.

Und ich hasse Morpheus, verdammt noch mal.

„Du siehst aus, als wolltest du sparren", sinniert eine tiefe Stimme, bevor Hades direkt vor meiner Nase auftaucht.

Ich drehe mich zu ihm um. „Wenn du gekommen bist, um mich zurechtzuweisen, spar es dir. Ich bin jetzt nicht in Stimmung."

Er zieht eine Augenbraue hoch. „Nein, der Sinn scheint dir nach etwas ganz anderem zu stehen. Etwas, das für gewöhnlich zu dunklen Entscheidungen und angenehmen Dingen führt."

„Ich ficke heute niemanden für dich", gebe ich zähneknirschend von mir. „Wenn du dir einen runterholen willst, such dir ein anderes *Schoßhündchen*, mit dem du spielen kannst."

„Aber, aber … Wie es scheint, hat mein Cousin dich ganz schön aufgebracht."

Ich funkle ihn an. „Das ist mein Ernst, Hades. Verzieh. Dich." Ich weiß, dass ich einen Gott nicht respektlos behandeln sollte – und den Gott meines Königreichs schon gar nicht –, aber es war eine lange verdammte Nacht und ich werde immer wieder von Erinnerungen an diesen Traum heimgesucht. Und außerdem habe ich die Mehrheit des vergangenen Jahres darauf verwendet, eine verbotene Frucht zu babysitten.

Ja, meine Laune ist im Keller.

Und ich habe es verdammt noch mal satt, wie ein Lakai behandelt zu werden. Wie ein Spielzeug. Wie eine Fee, die man herumkommandiert und rücksichtslos beiseiteschiebt.

Ich beginne wieder, auf und ab zu gehen, und blende Hades aus, der sich auf Tanks Sofa setzt. Es ist ein winziger Zweisitzer aus unechtem Leder. Der Gott des Todes sieht mit seinen fast zwei Metern und der muskulösen Statur, die zweifelsohne zu groß für das kleine

Sofa ist, bestimmt komplett lächerlich aus. Ich passe mit einem Meter achtzig schon kaum darauf und bin etwas weniger stämmig als er.

Hoffentlich hat er es ungemütlich.

Bestimmt aber nicht so ungemütlich wie das Seetang-Moos, in das Morpheus mich geworfen hat.

„Maliki", sagt Hades mit ruhiger Stimme.

Ich knurre. Ich habe ihm doch gesagt, dass er sich verziehen soll. Es ist nicht meine Schuld, dass er entschieden hat, zu bleiben.

„Ich werde dich nicht bestrafen", ergänzt er.

Das lässt mich ein höhnisches Schnauben ausstoßen. Denn das ist mir styxegal, wo doch diese elektrischen Schnellen an meinen Armen hochsausen. Es fühlt sich an, als würde ich von Aalen gezwickt. Das und das Gefühl, dass Messer in mich gestoßen werden, lassen mein Leben wirklich wie den wahrsten Traum erscheinen.

Buchstäblich, verdammt.

Nachdem mehrere Minuten in Stille verstrichen sind – in denen ich unter Hades' wachsamem Auge auf und ab gehe –, sagt er schließlich: „Ich kenne da etwas, das die Überreste von Morpheus' Zauber wegwäscht. Hättest du es gern?"

Ich halte bedächtig inne, dann wende ich mich ihm zu. „Gibt es einen Grund, aus dem du das nicht von Anfang an gesagt hast?"

„Ich habe diese gereizte Seite von dir genossen. Es kommt nicht jeden Tag vor, dass eine Jenseitsfee mit mir spricht, als wäre sie mir ebenbürtig."

Ich kneife die Augen zusammen, als er das sagt. Der Begriff *Jenseitsfee* umfasst alle im Königreich, Todesfeen und Leichenfeen eingeschlossen. Der Begriff bezieht sich dabei eher auf ihren Standort als auf ihre Spezies.

Und er weiß ganz genau, dass ich eine Mischung aus mehreren Rassen bin. Zumindest väterlicherseits.

„Ich bin keine *gewöhnliche* Jenseitsfee", erwidere ich.

Er lächelt. „Nein, bist du nicht. Du bist ziemlich außergewöhnlich, Maliki." Er hält seine Hand hoch. „Hier."

Ich starre auf die Goldmünze in seiner Hand. „Soll ich die da essen?"

Ein humorloses Lachen stößt aus seiner Brust. „Nein. Lege sie einfach auf dein Handgelenk."

Ich kneife die Augen zusammen. „Warum fühlt sich das nach einer Falle an?"

„Weil du mich gut kennst. Aber ich verspreche dir, dass die hier die Berührung von Morpheus ungeschehen machen und ihn davon abhalten wird, dich erneut zu ärgern."

Ich mustere ihn eine lange Zeit.

„Es sieht dir nicht ähnlich, eine Herausforderung auszuschlagen", murmelt er.

Das stimmt. Derzeit fühle ich mich aber auch nicht wie ich selbst.

Obwohl … vielleicht ist das das Stärkungsmittel, das ich brauche.

Oder aber es wird alles nur noch schlimmer machen.

Styx drauf, geht mir durch den Kopf, und ich greife nach der Münze.

Die Energie saust umgehend über meine Haut und gleicht die verbleibende irritierende Empfindung aus, die Morpheus mit seinem Mindfuck hinterlassen hat.

Doch offensichtlich hat das ganze Spiel seinen Preis, denn die Goldmünze verschmilzt mit meiner Haut – ganz wie meine Tattoos, wenn ich sie benutze, um Schatten zu kreieren.

Ich beiße die Zähne zusammen und mein Blut beginnt

zu brodeln. Hades' Aura hüllt mich in einen unsichtbaren Nebel, der in jede einzelne Faser meines Wesens dringt.

Seufzend blicke ich in seine unergründlichen, dunklen Augen. „Will ich überhaupt wissen, was du gerade mit mir gemacht hast?"

Er zuckt mit den Achseln. „Vermutlich nicht."

„Wie viel wird mich das kosten?", meine ich kopfschüttelnd.

„Nichts. Nur deine Treue", sagt er. „Und das dürfte kein Problem sein." Er erhebt sich vom Sofa.

Ich gehe ihm nicht aus dem Weg, sodass wir ganz nah beieinanderstehen. Für die meisten Feen ist es ein natürlicher Instinkt, sich ihm zu beugen, für mich aber nicht. „Willst du, dass ich mich bei dir bedanke?"

„Nein."

„Gut. Denn ich hätte das Gegenmittel, das du mir gerade gegeben hast, nicht gebraucht, wenn du dich selbst um deine Gefährtin kümmern würdest."

Ein Nicken. „Das stimmt."

Ich ziehe eine Augenbraue hoch. „Aha? Heißt das, du wirst endlich mit ihr sprechen?"

„Alle scheinen mir dasselbe zu raten. Du, Orcus, Morpheus ..." Er verzieht das Gesicht. „Hast du irgendeine Ahnung, was er mit ihr gemacht hat?"

Ich nehme an, er spricht von Morpheus und Sera, da Orcus, seit er Sera beim Umzug in ihre Hütte geholfen hat, nicht in ihrer Nähe war. „Ich bin nicht sicher, worüber sie gesprochen haben, aber soweit ich mitbekommen habe, haben sie sich bloß im Hof getroffen."

Hades stößt ein Summen aus. „Weißt du, er hat während seines abendlichen Besuchs nicht viel zu mir gesagt. Was für Morpheus sehr ungewöhnlich ist, weil er sonst sehr gesprächig ist. Aber er hat mir drei Dinge gesagt ..."

Ich starre ihn an und warte darauf, dass er fortfährt.

„Erstens hat er mich darüber informiert, dass er sich meiner Braut vorgestellt hat. Dann hat er mich wissen lassen, dass er es satt hat, zu warten, bis ich mir einen Knoten wachsen lasse. Und bevor ich überhaupt die Gelegenheit hatte, auf diese Beleidigung zu reagieren, hat er mir eingeschärft, dich nicht zu töten, weil du wie gemacht für unseren Gefährtenzirkel bist."

Der Blick in seinen dunklen Augen bohrt sich in mich und seine dominante Aura droht, mich in die Unterwerfung zu zwingen.

Mir entgeht die Spur von Wut nicht, die seiner Stimme und dem Ausdruck mitschwingt, als er den dritten Punkt anspricht. Ich bin im Bilde über Gefährtenzirkel. Viele Feen haben einen, darin inbegriffen Hades' Bruder, Orcus.

Es ist nicht ungewöhnlich, dass ein männlicher Gefährtenzirkel sich um eine einzige Frau herum formt. Es gibt ganz einfach mehr Männer als Frauen in unserer Welt.

Aber Hades ist zu besitzergreifend, um einen Gefährtenzirkel zu gründen. Er ist Persephone seit über zweitausend Jahren voll und ganz verschrieben.

Klar, er wird mir beim Spiel zusehen und seine voyeuristischen Tendenzen werden sein Verlangen stillen, aber er würde mich nie anrühren. Und er steigt auch nie ein. Was mir auch recht ist. Ich mag Frauen lieber. Und zufälligerweise gefällt es mir, für andere eine Show hinzulegen. Also sind alle Beteiligten zufrieden.

Trotzdem spüre ich immer wieder, wie besitzergreifend er ist. Der Vorschlag, dass ich Teil seines Gefährtenzirkels sein könnte, gefällt ihm nicht.

Vielleicht liegt es aber auch einfach daran, dass Morpheus *unseren* Gefährtenzirkel gesagt und damit nicht nur angedeutet hat, dass so einer bereits existiert, sondern auch, dass Morpheus Teil davon ist.

„Gibt es irgendetwas, das du mich fragen willst, Hades?"

„Nein. Meine Münze hat mir alles verraten, was ich wissen musste", erwidert er kryptisch.

Ich kneife die Augen leicht zusammen. „Also war das ein Treuetest?"

„Eher eine Belohnung für deine Treue", murmelt er, während er seine Anzugjacke zurechtzupft. Wir stehen so nahe beieinander, dass seine Fingerknöchel meine Brust streifen.

Normalerweise würde ich einen Schritt zurückmachen, aber heute weigere ich mich, mich ihm zu unterwerfen.

„Sie ist ein uraltes Relikt, das ich dir schon vor langer Zeit hätte geben sollen", ergänzt er, kryptisch wie immer. Dann wechselt er umgehend das Thema. „Wenn du Morpheus wiedersiehst, erinnere ihn daran, dass Persephone mir gehört."

„Ich glaube, er macht sich nicht viel aus deiner Beanspruchung."

„Sag es ihm trotzdem."

„Na gut", meine ich achselzuckend.

Er starrt mich mit durchdringendem Blick an. „Willst du mir etwas sagen, Maliki?", fragt er nach einer ausgedehnten Stille.

„Würde es einen Unterschied machen, wenn dem so wäre?", kontere ich. „Ich habe dir bereits mehrere Male gesagt, was ich über Serapina denke, aber du hast klargemacht, dass meine Meinung nicht zählt. Sie ist deine Gefährtin. Geh du mit der Situation um, wie du es für richtig hältst."

„Ja, werde ich", stimmt er zu. „Aber was deine Meinung angeht, liegst du falsch. Ich weiß sie sehr zu schätzen."

Mir entfährt ein höhnisches Schnauben. „Wenn dem so

wäre, würdest du mich nicht zum ersten Mal im Weiler des Jenseits besuchen."

Er zieht eine seiner dunklen Augenbrauen hoch. „Wer sagt, dass ich zum ersten Mal hier bin?" Er sieht sich um. „Und außerdem gibt es hier nicht besonders viel zu sehen. Die Unterkunft ist ziemlich trostlos."

„Tank macht sich nicht viel daraus, sein Zuhause schön einzurichten", gebe ich ausdruckslos zurück.

„Tank?"

„Die Todesfee, die ich bestechen musste, damit ich auf deine Gefährtin aufpassen kann", murmle ich und mache endlich einen Schritt von ihm zurück, weil sich langsam die Erschöpfung in mir breitmacht. Schlafen werde ich nicht können – *vielen Dank auch, Morpheus* –, aber wenigstens entspannen kann ich mich.

Ich mache einen Bogen um Hades und lasse mich auf das Zweiersofa sinken.

Hades bleibt stehen, dreht sich aber mit einschätzendem Blick zu mir um. „Gefällt dir die Aufgabe nicht?", fragt er nach einer weiteren Stille.

Ich greife nach der Fernbedienung, die auf dem Tisch neben mir liegt, und zeige damit auf das Gemälde gegenüber der Couch. Die blumige Fassade gibt den Weg frei für einen Bildschirm, der Zugriff auf Kanäle aus verschiedenen Reichen im Universum bietet.

Selbstverständlich entscheide ich mich für das Reich der Sterblichen. Ihre Auftragsmörder-Filme sind die besten in allen Welten. Vorwiegend, weil sie nicht davor zurückschrecken, Blut und Gewalt zu zeigen.

Hades dreht sich abermals um, schaut zum Bildschirm und verdreht die Augen. „Kannst du wenigstens meine Frage beantworten, bevor die Schießerei losgeht?"

„Ich überschlage noch", erwidere ich und lasse meinen

Blick zum Bildschirm wandern, wo der Film beginnt. „Ich mag Sera."

Eine Untertreibung. Ich bin mir ziemlich sicher, dass ich sie mehr als nur mag, will jetzt aber nicht darüber reden. „Sie zu beschützen, ist nicht das Problem."

„Sondern?", hakt er nach.

„Die Antwort darauf kennst du doch bereits, *mein Herr.*" Wie aufs Stichwort geht im Film ein Kugelhagel los, während ich die förmliche Anrede verwende, was ein Lächeln an meinen Mundwinkeln zupfen lässt.

Wie passend, denke ich.

Dann ergänze ich hörbar: „Wenn du sie heiraten willst, wirst du dir mehr Mühe geben müssen. Wenn du mir nicht glaubst, frag mich, was heute Nacht in der Höhle passiert ist."

Ich bezweifle, dass er das Neuste bereits gehört hat. Er unterhält sich nur selten mit jemandem außerhalb seiner Palastwände.

Aus den in die Wände eingelassenen Lautsprechern dröhnt eine Explosion, woraufhin ich die Lautstärke zurückdrehe. Ich will nicht riskieren, Sera mit meiner Filmleidenschaft aufzuwecken.

„Sag es mir", verlangt er.

Ich schaue ihm in die Augen, in denen ein brodelnder Ausdruck steht, und erwidere: „Sie hat vor versammelter Mannschaft verkündet, dass sie sich nicht mit dir verpaaren wird. Als sie deinen Namen gesagt hat, haben sie sie gewarnt, dass du erscheinen könntest, also hat sie angefangen, ihn zu brüllen." Was ich zum Schreien gefunden habe. Das ergänze ich aber nicht. Das muss ich nicht. Meine Belustigung ist nicht zu überhören. Ich erzähle ihm, wie die Gäste sich bis zur Besinnungslosigkeit betrunken haben, weil sie darauf bestand, zu arbeiten, und verlangt hatte, dass sie alle etwas bestellten – unwissend, dass sie ihre Worte als Befehl und nicht etwa als Bitte verstehen würden.

Und dass sie die armen Seelen irgendwann schließlich erlöst hat, sobald ihr klar wurde, was sie getan hatte.

„Hat sie die Einladung gesehen?", fragt er mit leiser Stimme, was mich eine Augenbraue hochziehen lässt.

„Ja, warum?"

„Wie hat sie darauf reagiert?" Sein sanfter Tonfall deutet darauf hin, dass ihm die Frage am Herzen liegt.

Also antworte ich ihm ehrlich: „Indem sie verkündete, dass sie keinen zweiten Vornamen hat und sie sich nicht mit dir verpaaren wird."

Das lässt ihn die Lippen aufeinanderpressen. „Nicht einmal die Spur eines Blickes, der darauf schließen lässt, dass sie ihn wiedererkannt hat?"

„Na ja, ich glaube, deinen Namen hat sie erkannt, wenn du das meinst. Aber ansonsten … nein. Sie war … ich glaube, sie war wütend. Oder vielleicht genervt?" Ich zucke mit den Schultern und lasse meinen Blick zurück zum Bildschirm wandern. „Was auch immer das darunterliegende Gefühl war, es war heiß. Sie hat mich an eine Königin erinnert." So hatte Gnarls sie irgendwann genannt – eine weitere witzige Begebenheit des vergangenen Abends.

„Du genießt das hier", bemerkt Hades.

„Ich habe dir doch gesagt, dass ich Sera mag. Sie zu bewachen, geht also in Ordnung. Sie davon zu überzeugen, dich zu heiraten, hingegen … das ätzt."

Hades wird still.

Dann läuft er durch das Zimmer.

Erst als ich höre, wie der Kühlschrank geöffnet wird, lasse ich meinen Blick zu ihm wandern.

„Im unteren Regal befindet sich ein Sechserpack Blutale", sage ich zu ihm, weil ich weiß, dass das sein

Lieblingsgetränk ist. Ich habe es gekauft, als ich eingezogen bin, weil ich ahnte, dass er mir irgendwann einen Besuch abstatten würde.

Er greift nach einer Dose und holt auch einen Spinnenale für mich heraus, dann setzt er sich auf den kleinen Fernsehsessel zu meiner Rechten.

Keiner von uns sagt etwas, wir sehen uns bloß den Film an.

Unsere Freundschaft, oder wie auch immer man das hier nennen mag, ist ungewöhnlich, aber er ist eine der wenigen Feen, die ich in meine privaten Gemächer lasse. Für gewöhnlich respektiert er, dass ich absolute Stille brauche.

Erst am Ende des Films sagt er: „Das war entsetzlich."

Ich lache schnaubend. „Du wolltest, dass mehr von ihnen sterben, was?"

„Ja", antwortet er rundheraus.

Ich schüttle den Kopf, immer noch lachend. „Die Fortsetzung ist besser."

„Das wage ich zu bezweifeln."

Ich hebe die Schulter leicht an. „Jedem das Seine, mein Herr."

„Hör auf, mich so zu nennen."

Ich schaue mir etwas von ihm ab und erwidere bloß: „Nein."

Er beißt die Zähne zusammen und seine Empörung bringt mich zum Grinsen, vor allem, weil er immer noch diesen Anzug trägt und extrem groß im kleinen Sessel wirkt. „Ich werde mit ihr reden", sagt er.

„Mit wem?", frage ich, gebe mich unwissend.

Der Blick, den er mir zuwirft, würde die meisten Männer an Ort und Stelle erstarren lassen.

Ich lächle bloß. „Wurde auch langsam Zeit, *mein Herr*. Bitte sag mir, dass du es bald tun wirst."

Er wirft mir einen vernichtenden Blick zu und steht auf. „Gute Nacht, Maliki."

Er verschwindet, bevor ich etwas erwidern kann.

„Also nicht heute Nacht", murmle ich. „Großartig."

Ich suche nach der erwähnten Fortsetzung und drücke „Abspielen."

Nichts beruhigt die Seele wie ein Blutbad …

SERA

PIP ERSCHEINT ZU MEINER RECHTEN, ALS ICH MEINE HÜTTE betrete. Sein Umhang raschelt, als er sich aufgeregt im Kreis dreht.

Ich habe ihn nicht mehr gesehen, seit ich mich letzte Nacht davongeschlichen habe. Ich hatte ihn gebeten, hierzubleiben – vor allem, weil ich nicht riskieren wollte, dass er meine Samen berührte –, was anscheinend keinen Einfluss gehabt hätte.

Denn die Rosen können hier nicht wachsen, auch wenn der Ladenbesitzer das Gegenteil behauptet hat.

Genervt kneife ich die Augen zusammen. Ich versuche schon wochenlang, eine Rose heranzuziehen. Sie waren meine Lieblingsblumen in meinem Heimatreich und mir fehlt der süße Duft, den sie verströmen, vor allem in einer kalten Winternacht.

Seltsam, wie spezifisch das ist. Aber in meinem Gewächshaus habe ich so viele von ihnen herangezogen, und jeden Winter bin ich nach draußen gegangen und habe ihren Geruch genossen. Er hatte sich mit der frischen Luft vermischt, die mit einem hypnotisierenden Schneefall einherging.

Ich dachte mir, dass ich dieses Gefühl vielleicht hier rekreieren könnte, weil es im Königreich des Jenseits oft kalt ist.

Aber schneien tut es hier nie.

Zumindest nicht, seit ich hier bin.

Leider ist das unmöglich, weil der Boden angeblich tot ist.

Zumindest, wenn man Morpheus, dem Gott der Träume, Glauben schenkt.

Heiliger Feenstaub, als er mir gestern Nacht erschienen ist, habe ich erst einmal hart schlucken müssen. Alle Wesen in diesem Königreich sehen unverschämt gut aus, aber Morpheus schoss den Dorn ab.

Jetzt verstehe ich, warum er über ein Fantasiereich herrscht. Eigentlich sollte es ihn gar nicht geben. Nicht mit diesen atemberaubend schönen blaugrünen Augen, den perfekten Lippen und den hohen Wangenknochen.

Mit einem Seufzer – der sich für meine Ohren etwas zu verträumt anhört – streife ich die Schuhe ab und gehe auf Pip zu. Er schwebt derzeit in der Küche, was mich etwas beunruhigt. Ich will ihn fragen, woher er Morpheus kennt, weil mir das seit gestern Nacht nicht aus dem Kopf geht. Aber Pip war weg, als ich zurückgekehrt bin, und ich habe ihn heute den ganzen Tag lang nicht gesehen.

Bis jetzt zumindest.

Doch der nervöse kleine Tanz, den er aufführt, weckt eine neue Sorge in mir. „Bitte sag mir jetzt nicht, dass du schon wieder versucht hast, zu kochen."

Er schüttelt den Kopf, der in seinen Umhang gehüllt ist, und hüpft dann auf und ab.

Ich kneife die Augen zusammen und fürchte mich davor, was ich finden werde.

Als ich einen Topf erblicke, lehne ich mich vorsichtig darüber. „Hast du etwas gepflanzt?", frage ich misstrauisch, als ich die braune Erde in Augenschein nehme.

Pip schüttelt heftig den Kopf, sodass ihm fast die Kapuze vom Kopf fällt. Er zieht sie rasch wieder hoch und die blauen Flammen in seinen Augen weiten sich.

Ich weiß nicht so genau, warum er so besessen von diesem Umhang ist, aber offensichtlich hat es etwas mit meiner Sicherheit zu tun. Denn immer, wenn er ihm beinahe runterfällt, mustert er mich, als wollte er sichergehen, dass ich unversehrt bin. Genau dasselbe macht er jetzt auch, obwohl ich mehrere Meter weit entfernt stehe.

„Also nur die Erde?", will ich wissen und ziehe die Stirn kraus.

Er nickt.

Dann verschwindet er durch die Wand.

Ich sehe ihm stirnrunzelnd nach. „Hey, wir haben uns immer noch nicht über das Küchendesaster von gestern unterhalten, und es gibt da ein paar Fragen, die ich dir über Morp…"

Ein Klopfen an der Tür lässt mich innehalten und die Augen zusammenkneifen.

Ich habe eigentlich nie Besuch.

Jedenfalls nicht, bis vor einigen Tagen.

„Maliki", murmle ich und lasse den Topf auf dem Boden stehen, um nachzusehen, was mein stalkerischer Nachbar jetzt schon wieder will. Doch als ich die Tür öffne, stehe ich nicht etwa Maliki gegenüber, sondern der Fee aus dem Tauschladen, in dem ich die Rosen gekauft habe.

An seiner Stirn perlt Schweiß und er streckt mir einen Beutel hin.

„E…es tut mir leid, Eure Majestät", stammelt er. „I… ich wusste nicht … Ich meine, ich … na ja …" Er senkt das Haupt. „Ich habe Ihnen mehr Samen gebracht. Alle Farben, die ich finden konnte. Und er hat mir gesagt, dass Sie bereits die Erde haben, die Sie brauchen. Aber ich werde mehr suchen. Das kann ich. Ich verspreche es. Ich werde höchstpersönlich ins Reich der Sterblichen reisen und sie holen. Nur für Sie. Wenn Sie … wenn Sie …"

Ich blicke ihn entgeistert an und er zittert merklich. „Geht es dir gut?", frage ich besorgt.

Er nickt. „Ja, E… eure Majestät." Er sieht zu mir auf, dann wendet er seinen Blick ab, als wäre es ihm nicht gestattet, mich anzusehen. „Es tut mir so leid, Eure …"

„Sera", falle ich ihm ins Wort. Ich kann diesen ganzen Kram von wegen *Majestät* nicht mehr hören. „Nenn mich Sera. Und vielen Dank für, ähm … die Samen. Aber was meinst du mit der Erde?"

Er sieht mir in die Augen. „Ich werde ins Reich der Sterblichen reisen und …"

„Nein, entschuldige bitte … Du sagtest, ich hätte, was ich brauche. Meintest du damit die Erde?"

„Ganz genau." Er reißt die Augen auf. „Moment … Sie haben sie doch bekommen, oder? Er hat mir gesagt, Sie hätten sie. Ich habe angeboten, welche zu holen, aber er sagte, dass es bereits erledigt wäre."

„Wer ist *er*?", will ich wissen.

Der Mann sieht sich um, dann lehnt er sich zu mir. „Sie wissen schon … *Er*."

„Ich … Nein, ich weiß nicht, von wem du da sprichst. Maliki?"

Er schüttelt den Kopf. „Nein, nein. *Er*. Er sagte … er

142

sagte, ein Kurier würde Ihnen die Erde in einem Topf bringen. Ist er angekommen?"

„Ein Kurier …", wiederhole ich bedächtig, dann wandert mein Blick zurück in die Küche. „Ich, ähm … Ja, ich habe einen Topf …"

„Oh, gut", erwidert der Ladenbesitzer hörbar erleichtert. „Gut, gut. Ich werde Ihnen mehr davon bringen, versprochen, Eure Majestät. So viele Samen aus dem Reich der Sterblichen, wie Sie wollen." Er verbeugt sich. „Jeden Tag, bis Sie mir verzeihen. Ich verspreche es."

„Das ist wirklich nicht nötig."

Klar, ich war genervt.

Und bin es auch jetzt noch – nun aber aus ganz anderen Gründen.

„Doch, ist es", sagt er und weicht von meiner Tür zurück. „Ich habe die Götter erzürnt und muss Wiedergutmachung leisten."

„Die Götter?", wiederhole ich mit gerunzelter Stirn. Dann dämmert mir, was geschehen sein muss.

Ein Kurier – *Pip* – hat mir die Erde gebracht.

Er kennt Morpheus.

Und Morpheus wusste, dass mir der Ladenbesitzer gesagt hatte, dass die Rosen hier wachsen würden.

„Der Gott der Träume ist zu dir gekommen, um mit dir zu sprechen", sage ich und kann mir den verblüfften Tonfall nicht verkneifen.

Aber die Fee aus dem Tauschladen verschwindet, bevor ich den Gedanken zu Ende führen kann, als hätte ich ihn allein mit dem Titel verschreckt.

„Ja, bin ich", informiert mich eine tiefe Stimme, bevor Morpheus sich einige Meter entfernt materialisiert. „Ich habe ihn gebeten, Wiedergutmachung dafür zu leisten, dass er dich angelogen hat. Derartiges Verhalten wird von den Mythosfeen nicht toleriert. Omegas gehören verehrt und gepriesen, nicht hinters Licht geführt und gefoltert."

Die Tür zu Malikis – *ähm, ich meine Tanks* – Zuhause öffnet sich. „Ich soll dich daran erinnern, dass Persephone Hades gehört", flötet er. „Jetzt, wo ich meine Aufgabe erledigt habe, kann ich das hier tun …"

Mit aufgerissenen Augen beobachte ich, wie eine Klinge durch die Luft saust, von Morpheus aber spielend leicht abgefangen wird. Er mustert die silberne Waffe, dreht sie in die eine, dann in die andere Richtung. „Du solltest derartige Handwerkskunst nicht verschwenden, Maliki."

„Habe ich auch nicht."

Morpheus legt die Stirn in Falten, dann gibt er ein Zischen von sich und lässt die Klinge fallen.

„Nacktschneckengift ist sehr nützlich", ergänzt Maliki gelassen. „Aber nur keine Sorge. Das Gefühl ist nicht von Dauer. Genau wie dein elendes Traummoos."

Ich gaffe ihn, dann Morpheus an, dessen Knie einknicken. Er fällt in, was nach einem sehr kostspieligen Anzug aussieht, zu Boden.

Oder zumindest wäre er in meinem Reich kostspielig gewesen. Obwohl … er etwas schnittiger und sexyer ist als die Mode, die ich gewohnt bin. Nicht, dass sein Anzug von Wichtigkeit wäre.

Der Alpha-Gott zittert, den silberfarbenen Haarschopf geneigt. „Was hast du getan?", frage ich im Flüsterton, lasse den Beutel fallen und renne auf Morpheus zu.

Maliki materialisiert sich blitzartig als Schatten vor mir und sein Körper ähnelt einer Backsteinmauer, in die ich unabsichtlich hineinrenne.

Als ich zurückpralle und über meine nackten Füße stolpere, sodass ich das Gleichgewicht verliere, packt er mich an den Hüften.

Ich falle nicht.

Weil Maliki mich an sich drückt.

Und plötzlich bin ich umgeben vom Duft von Leder und Rauch. Maskuline Versuchung. Fleischgewordene Stärke. *Der köstliche Geruch von Mann.*

Ich kuschle mich beinahe an seine Brust, die, wie ich erst jetzt bemerke, nicht bekleidet ist.

So warm. Der Gedanke erschreckt mich und ich sehe ihn blinzelnd an. *Warum fühle ich mich so benommen?*

„Geht es dir gut?", fragt Maliki, seine Lippen nahe an meinem Ohr.

„Ich …" Ich verstehe nicht, was gerade passiert ist.

„Du wolltest gerade Morpheus berühren", sagt Maliki zu mir, was mich wundern lässt, ob ich meiner Verwirrung laut Ausdruck verliehen habe. Ich dachte, ich hätte meinen Gedanken für mich behalten, aber jetzt bin ich nicht mehr so sicher. „Das Nacktschneckengift breitet sich aus."

„N… Nacktschneckengift?"

„Ist aus dem Bach der Toten", sagt er mir. „Die Nacktschnecken dort leben in verfaulenden Totenschädeln und produzieren einen Schleim, der praktisch jedem Stromstöße versetzt, der ihn berührt. Fast so wie eine giftige Raupe, wenn du so eine schon in deinem Heimatreich gesehen hast."

Ich nicke.

Ja, ich bin mit den farbenfrohen Kreaturen und ihren stacheligen Haaren vertraut.

„Raupen hinterlassen keinen Schleim in Totenschädeln", erwidere ich stirnrunzelnd und lege meinen Kopf in den Nacken, um zu ihm hochzublicken.

Maliki lächelt. „Nein, aber einige Arten hinterlassen ein brennendes oder elektrisierendes Gefühl auf der Haut zurück, wenn man sie berührt. Nacktschneckengift ist ihnen in dieser Sache ähnlich, nur fühlt es sich bei dem so an, als würde man von einer Million Quallen gestochen."

Er lässt mich los, legt mir dann den Arm um die Schultern und führt mich zurück zu meiner Hütte.

„Morpheus wird sich bald erholen. In der Zwischenzeit kannst du mir zeigen, was sich in diesem Beutel befindet." Er greift nach dem erwähnten Behältnis, bevor er mich durch die offene Tür zieht.

DIE TÜR SCHEINT sich wie durch Zauberhand hinter uns zu schließen, was mir aber kaum auffällt, weil mir die vergangenen Minuten wiederholt durch den Kopf schießen.

Malikis Wärme lässt langsam von mir ab und ich realisiere erst jetzt, dass er mich nicht mit seinen Händen, sondern mit … wie auch immer zur Fee man diese Tattoos nennt, hält. Ich sehe dabei zu, wie sie sich von meinem Körper lösen und zurück in seine Haut dringen. Die dicken Energiebänder lassen ein Kribbeln auf meiner Haut zurück.

„Hypnotisierst du deine Opfer?", frage ich nachdenklich und versuche nachzuvollziehen, was gerade passiert ist. Denn ich fühle mich immer noch benommen und verstehe nicht, warum.

„Nein, aber es gefällt mir, sie zu paralysieren."

Das lässt mich die Augen aufreißen. „Das war das eben also?"

Er runzelt die Stirn und starrt auf mich herab. „Was war was?"

„*Das*", sage ich und deute auf den schwarzen Rauch, der sich über seine Haut schlängelt und neue Tattoos formt.

Sein Blick wandert nach unten und die Runzeln an seiner Stirn scheinen sich zu vertiefen. „Du hast dich von meinen Schatten paralysiert gefühlt?"

„So nennt man die also?"

„Ja. Einige schon. Die meisten." Er schüttelt den Kopf. „Du hast dich von ihnen paralysiert gefühlt?", wiederholt er.

„Nein, nur … irgendwie weggetreten? Als wäre ich hypnotisiert worden."

Er starrt mich, dann seine Arme an. „Ich habe ihnen aufgetragen, dich zu beruhigen. Vielleicht hat es zu gut funktioniert?"

„Mich beruhigen?"

„Ja. Sie …" Er verstummt und greift sich an den Nacken. „Hast du gesehen, wozu Reaper mit seinen Schatten in der Lage ist?"

„Nicht mit eigenen Augen, nein, aber wie ich höre, beschwört er Waffen damit hoch. Machst du dasselbe?"

Er schüttelt abermals den Kopf. „Nein. Aber meine Schatten funktionieren insofern ähnlich, dass ich durch sie über eine einzigartige Kraft verfüge. Sie sind ein verlängerter Arm meines Bewusstseins und können Dinge um mich herum verändern. Sie können auch Gefühle beeinflussen, zum Beispiel andere beruhigen … oder ihnen Schmerzen zufügen."

Das lässt mich die Augenbrauen hochziehen. „Ein ganz schön breites Spektrum."

Er zuckt mit den Achseln, dann verschwindet der letzte seiner schwarzen Stränge in seinem Arm. „Sie gehören zu mir, Rätselchen. Ich habe dich nicht angelogen. Ich bin ein Meuchelmörder. Aber derzeit bin ich dein Meuchelmörder. Was dich zum sichersten Menschen in allen Reichen macht. Und jetzt … würde ich vorschlagen, wir reden über den Inhalt dieses Beutels." Er hält mir den besagten Beutel hin und schüttelt ihn leicht.

„Samen", erwidere ich. „Für Rosen."

Er zieht eine Augenbraue hoch. „Meinst du die Blume mit den Dornen?"

„Ganz genau."

„Und wo pflanzen wir die?", will er wissen.

Ich funkle ihn an. „*Wir*" – ich reiße ihm den Beutel aus der Hand – „pflanzen gar nichts." Ich stürme in die Küche, die sich leider nur wenige Schritte entfernt befindet, und bücke mich, um den Topf aufzuheben. Jetzt ist er wieder nirgends zu sehen. War ja klar.

Ich stelle den Topf und den Beutel auf den Tresen, suche nach einer Gabel und kehre zurück, um sie dann vorsichtig durch die Erde zu führen. Pip hat dieses Zeug berührt, also ist es gefährlich.

Aber als ich durch den Topf wühle, finde ich nichts außer frischer Erde. Sie ist sogar etwas feucht und der Geruch, der mir in die Nase steigt, deutet darauf hin, dass sie vor Kurzem mit Kompost gemischt wurde.

Lächelnd greife ich nach dem Beutel des Ladenbesitzers und beginne, die verschiedenen Samen durchzugehen. Als ich welche für Herbstdamaszenerrosen finde, wird mein Grinsen noch breiter. „Früher habe ich die hier in unseren Dorfgärten herangezogen", sage ich, im Wissen, dass Maliki nach wie vor hier ist. „Ich glaube, man hat sie in die Elitestadt geschickt, wo sie für verschiedene Parfüms verwendet wurden. Oder vielleicht zur Dekoration."

Ich weiß es nicht, weil ich der Elitestadt noch nie einen Besuch abgestattet habe. Ich bin in Nightingale aufgewachsen, in einen Zug, der mich an die Nacht der Monster brachte, gestiegen und dann in einem Traum gelandet.

Oder in einem Gewächshaus, schätze ich.

„Die Elitestadt sieht aus wie Chicago, richtig?", will Maliki wissen.

Ich zucke mit den Achseln. „Der Stadtname kommt mir nicht bekannt vor, aber genau das hat Alina ihren Gefährten gesagt, ja." Ich sehe Maliki nicht an, während ich rede, mein Blick ruht auf dem kleinen Topf. Ich zähle die Samen. „Wenn die hier zu wachsen beginnen, werde ich mehr Platz brauchen."

„Der Palast des Todes bietet kilometerlange Gärten, in denen du dich verwirklichen kannst", sagt er.

Ich stoße ein höhnisches Schnauben aus. „Ich werde nicht wieder dorthin zurückziehen." Ich war bereits ein Jahr lang in Orcus' Flügel untergekommen und hatte nicht einmal einen Bruchteil der riesigen Residenz erkundet. „Ich werde mich nicht mit Hades verpaaren."

„Das hast du bereits erwähnt", erwidert eine tiefe Stimme, die einen kalten Schauer über meinen Rücken sausen lässt.

Denn die Stimme gehört nicht Maliki.

Sondern dem Mann, der mich in meinen Träumen heimsucht.

Träume, die mich mein ganzes Leben lang schon verfolgen.

Träume, die unmöglich wahr sein können.

Aber ich habe ihn gerade gehört …

Und Maliki ist immer noch da. Er steht auf der anderen Seite des Tresens und sein Blick ist auf etwas hinter mir gerichtet.

Nein, nicht auf etwas.

Auf *jemanden*.

Ich wirble herum und reiße die Augen auf, als ich das groß gewachsene Wesen aus meiner Fantasie vor mir erblicke.

Er sieht mich mit seinen dunklen Augen eindringlich an und seine dominante Aura hüllt mich in eine allzu bekannte Umarmung.

Sein grausames Lächeln, aber, ist mir völlig fremd. „Hallo, Persephone", murmelt er.

Meine Gefährtin starrt mich an, als könnte sie nicht glauben, dass ich wirklich hier bin. „Hades", keucht sie.

Ich lächle sie an. „Also wirst du mich heute nicht wie einen Fremden behandeln?"

Sie schluckt hart und ihre blauen Augen ziehen mich genauso in Bann wie ihre vormaligen braunen. Beide Versionen meiner Gefährtin sind wunderschön, wenn auch auf völlig verschiedene Arten.

Sogar ihr Geruch ist in dieser Gestalt einzigartig und doch so einnehmend. *Wie ein Strauß aus blühenden Feuerlilien*, geht mir durch den Kopf, während ich tief einatme.

„Der Traum war echt", flüstert sie, was mich meine Augenbraue hochziehen lässt. „Du bist mir in der ersten Nacht erschienen und hast mir gesagt, dass du Hades heißt. Ich … ich habe das für einen Traum gehalten. Warum hast du mir nicht gesagt, dass es echt war?"

Ihre Stimme gewinnt an Kraft, während sie spricht,

und in ihren Augen entzündet sich eine blaue Flamme, die meinen inneren Alpha in Wallung geraten lässt. Mir gefällt diese temperamentvolle Art. Es ist eine neue Eigenschaft, die unerwarteterweise sehr erregend ist.

„Du bist also Hades." Sie sagt das, als würde sie mich beurteilen. Mit gekräuselten Lippen lässt sie ihren Blick an mir herunterwandern. „Hm."

Dann dreht sie sich um und richtet ihre Aufmerksamkeit auf einen Gegenstand auf dem Tresen.

Maliki wirft mir einen amüsierten Blick zu, ehe er sich in Luft auflöst. Ich habe nicht direkt erwartet, dass er bleiben würde, bin aber etwas überrascht darüber, dass er ohne jeglichen Kommentar verschwunden ist.

Wie dem auch sei … Das hier ist jetzt meine Aufgabe.

„Jetzt tust du also wieder so, als würden wir uns nicht kennen?", rate ich, denn ihre Bemerkung über den Traum war keine besonders clevere Erklärung, woher sie meinen Namen kennt. „Bist du das ewige Versteckspiel nicht leid, Persephone?"

„Mein Name lautet Sera", erwidert sie, ohne mich eines Blickes zu würdigen. „Und es bin nicht ich, die vorgegaukelt hat, eine Traumgestalt zu sein, also hör auf, mir vorzuwerfen, ich würde irgendwelche Spielchen treiben."

„Ich habe gar nichts vorgegaukelt, kleine Gefährtin. Du hast eine Annahme getroffen und ich habe beschlossen, dich nicht zu korrigieren." Und das setzt voraus, dass ich ihr glaube.

Was ich nicht tue.

Als sie dem Tresen weiterhin mehr Aufmerksamkeit schenkt als mir, begebe ich mich an ihre Seite und sehe den Topf voller Erde mit hochgezogener Augenbraue an.

Ich greife nach dem Päckchen, das danebenliegt, sehe die Rosenart und stoße ein höhnisches Lachen aus. „Wenn du so tun willst, als würdest du mich nicht kennen und nicht im Bilde über unsere Vergangenheit sein, dann solltest du dir vielleicht keine Blume aussuchen, die deiner vormaligen Lieblingssorte aus unserem Heimatreich so ähnlich sieht."

Sie hält inne. „Was für eine Sorte?"

Ich mustere ihr Profil und mir fällt auf, dass sie aufgehört hat zu blinzeln. „Feuerlilien. Wie diejenigen, mit denen ich die Einladungen verziert habe." Was, wie ich annehme, der Grund ist, aus dem sie plötzlich eine ähnliche Pflanze heranzüchten möchte.

Das erklärt den Geruch im Zimmer, denke ich.

Und offensichtlich kommt er nicht nur von ihr.

Obwohl … ich keine anderen Blumen in ihrer Hütte erkennen kann. Eine wirklich seltsame Entwicklung, da Persephone in unserem Mythosfeen-Palast immer von lebendigem Grün umgeben sein wollte.

All ihre Reben und Blumen verwelkten kurz nach ihrem Verschwinden.

Trotz ihres Verrats habe ich versucht, mich um sie zu kümmern. Aber ich bin der Tod, sie das Leben. Lebendige Wesen neigen dazu, zu verwelken, wenn ich mich ihnen zuwende.

Und das taten sie, nachdem sie verschwunden war.

Ich bin mir ziemlich sicher, dass mein Herz zusammen mit all ihren kostbaren Lilien verschrumpelt und verdorrt ist.

„Das hier ist eine Herbstdamaszenerrose, keine Lilie", erklärt sie. „Das sind zwei sehr verschiedene Sorten."

„Das vielleicht schon", stimme ich zu, „aber diese Rose riecht wie eine Feuerlilie. Und das sagt mir, dass du sie dir aus einem Grund ausgesucht hast."

In der nächsten Sekunde taucht Maliki wieder auf – begleitet vom Duft geschmolzener Butter.

Anstatt etwas zu sagen, setzt er sich auf einen alten, krächzenden Holzstuhl am kleinen Esstisch, direkt neben der Küche, und lässt sich seinen Schmaus schmecken.

„Ist das Popcorn?", frage ich ihn.

„Ganz recht", säuselt er, bevor er sich eine Handvoll in den Mund stopft. „Bitte, fahrt fort, und tut so, als wäre ich gar nicht hier."

Auf seine Worte folgt ein lautes Knirschen, was seine Bitte, ihn auszublenden, zu einer Unmöglichkeit macht. „Verzieh dich, Maliki."

„Ich muss doch sehr bitten!", meldet sich Persephone zu Wort, bevor der Mann etwas erwidern kann. „Wir sind hier bei *mir* zu Hause. Du kannst nicht einfach unangemeldet hereinschneien und meinem Gast dann sagen, dass er sich verziehen soll."

Maliki grinst mich mit eingebildetem Ausdruck an.

Ich kneife die Augen zusammen. „Ich wurde eingeladen, da du in der Höhle nach mir gerufen hast."

Zwar habe ich sie nicht selbst gehört, aber Maliki hat mir davon erzählt – und dieses Wissen mache ich mir jetzt zunutze.

Das selbstgefällige Grinsen auf seinem Gesicht verblasst etwas, weil er ganz genau weiß, was ich da tue.

„Und ich wurde auch eingeladen, als du in aller Öffentlichkeit meinen Anspruch bestritten hast." *Wiederholt*, ergänze ich um ein Haar, als mir dieses elende Register wieder einfällt. Ihr *Beziehungsstatus* war der Katalysator, der mir keine andere Wahl ließ, als einzuschreiten.

Ich hatte es genossen, ihr zuzusehen, bis sie das Königreich angelogen und sich für *unverpaart* erklärt hatte.

„Und außerdem gehörst du mir", erinnere ich sie. „Darum ist es mir immer gestattet, deine persönlichen Gemächer zu betreten."

Maliki ist das Grinsen vergangen. Jetzt wirkt er nervös.

Ich habe keine Ahnung, warum. Es ist ja nicht so, als hätte ich vor, Persephone wehzutun. Sie gehört mir und ich soll sie verehren und vergöttern. Und ja, auch bestrafen. Aber meine Art der Bestrafung ist nicht grausam. Wenn überhaupt, kann sie ziemlich sinnlich sein.

„Ich gehöre nicht dir!", schießt Persephone mit einem so giftigen Tonfall zurück, dass ich um ein Haar einen Schritt zurückmache. So habe ich sie noch nie erlebt. Sonst ist sie immer demütig, kleinlaut und praktisch nie wütend.

Aber jetzt brennt sie vor Zorn.

Ich möchte fast schon sagen, dass sie fuchsteufelswild ist.

Warum, das weiß ich nicht. Alles, was ich gesagt habe, entspricht der Wahrheit. Sie ist es, die falschliegt und behauptet, nicht mir zu gehören.

„Hast du irgendeine Ahnung, wie es sich anfühlt, zu wissen, dass du meinen Anspruch vor Hunderten Feen abgewiesen hast?", frage ich sie mit sanfter Stimme, obwohl ihre Worte einen Schmerz und eine Wut entfacht haben. „Ich bin dir trotz deines Verrats treu geblieben und du wagst es, deinen Alpha so zu behandeln?"

„Ich kenne dich ja nicht einmal!", keift sie. „Außerhalb meiner Träume, zumindest. Und die zählen nicht, weil sie nicht echt sind. Ich weiß nicht einmal, was sie zu bedeuten haben oder was genau sie sind, nur dass ... dass du mich ausgenutzt hast, als ich hier angekommen bin, und mich hast glauben lassen, du wärst ein Fantasiewesen."

Träume, geht mir mit zusammengekniffenen Augen durch den Kopf.

Dieses Wort hatte sie anlässlich unserer ersten Begegnung erwähnt, was darauf schließen ließ, dass sie von mir träumte – wie sie es sollte. Ich habe seit unserer Begegnung ununterbrochen von ihr geträumt. Und das hat nie aufgehört, trotz der zweitausend Jahre, die wir getrennt verbracht haben.

Und der Vorwurf, ich hätte sie ausgenutzt, gefällt mir auch nicht. „Ich habe dich nicht angerührt." Mal abgesehen vom sanften Kuss, den ich ihr auf die Stirn gedrückt hatte, nachdem sie eingeschlafen war. *Weiß sie davon?*

„Und von welchem *Verrat* faselst du da?", fährt sie fort und tut so, als hätte ich gar nichts gesagt. „Ich müsste dich kennen, damit ich dich verraten kann, und wenn überhaupt hast *du mich* verraten, indem du unsere angebliche Verlobung ohne meine Zustimmung oder Einwilligung dem ganzen Königreich verkündet hast."

Das Knirschen wird lauter und lenkt mich kurzzeitig ab. Ich würde Maliki am liebsten eine reinhauen. Er mag hilfreich sein, aber im Augenblick ist er absichtlich nervtötend. Seine goldenen Augen funkeln fast schon vor Belustigung, als ich ihn anblicke.

Die meisten Feen wissen, dass sie meine Geduld nicht auf die Probe stellen sollten.

Bedauerlicherweise ist Maliki nicht wie die meisten Feen.

„Weißt du, was gestern Nacht in der Höhle geschehen ist?", fährt meine Gefährtin fort. „Die Feen haben sich beinahe in ein frühes Grab getrunken, weil sie meine Bitte, Getränke zu bestellen, als Erlass verstanden haben. Und sie haben mich immer wieder Eure Majestät genannt. Einer hat mich sogar als seine Königin bezeichnet." Sie verschränkt die Arme vor der Brust, woraufhin mein Blick instinktiv auf ihre Oberweite wandert.

Und ich bereue es in der nächsten Sekunde, weil sie ohnehin schon wütend auf mich ist und ich jetzt auch noch die Aussicht auf ihre Brüste genieße, die in diesem engen Tanktop hochgedrückt werden.

„Hörst du mir überhaupt zu?"

„Du bist unmöglich zu überhören, Schätzchen", murmle ich. „Ich bin mir fast sicher, dass du die Aufmerksamkeit des gesamten Weilers hast."

Nicht, dass ich mir etwas daraus mache. Sie ist meine Omega. Wenn sie brüllen will, soll sie es tun. Auch wenn ich nicht recht weiß, was ich getan habe, um ihren Zorn zu ernten. Und ich wusste auch nicht, dass meine Gefährtin in der Lage ist, so wütend zu werden.

Sie funkelt mich finster an, was sie süßer aussehen lässt, als es sollte. „Du bist echt das Letzte."

Das lässt mich eine Augenbraue hochziehen. „Ich habe mich kaum zu Wort gemeldet."

„Ich weiß!", schnauzt sie. „Und trotzdem gehst du davon aus, dass ich dir gehöre. Wegen irgendeines Seelenbandes?" Sie stößt ein Schnauben aus. „Ich kenne dich nicht, Hades. Und du hast dir keine Mühe gegeben, mich kennenzulernen. Also werde ich dich nicht heiraten."

„Die Bündnisse sind reine Formalität, die das Königreich darüber informieren, dass du mir gehörst", erkläre ich. „Aber tatsächlich sind wir bereits miteinander verheiratet, *Gattin*."

„In einem anderen Leben", erwidert sie. „Ein Leben, an das ich mich nicht erinnere."

„Jetzt willst du also wieder dieses Spiel spielen?", frage ich seufzend. „Na gut, Schatz."

Sie wirft die Hände in die Luft und sieht zu Maliki. „Ist er immer so daneben?"

„Jepp", erwidert er, ohne zu zögern. „Popcorn?" Er hält ihr den Snack hin, ohne mich eines Blickes zu würdigen.

Ich beiße die Zähne zusammen. „Warum habe ich das Gefühl, dass ihr euch gegen mich verschworen habt?"

„Keine Ahnung", flötet der Mann, den ich oft als

meinen *besten Freund* bezeichne. „Wolltest du auch Popcorn?"

Ich schließe die Augen und atme tief ein. Maliki hatte verlangt, dass ich mit Persephone sprechen würde, wie alle anderen auch. Und jetzt gibt er mir das Gefühl, dass das eine dumme Idee gewesen ist?

„Ich kenne dich nicht, Hades", wiederholt Persephone und hört sich dabei so ehrlich an. Zu aufrichtig. Zu eingeübt. Zu *echt*.

„Ich liebe dich, Persephone, aber ich glaube dir nicht", gebe ich zu und öffne die Augen, um ihr in die mir unbekannten zu schauen. Sie sieht völlig anders aus, aber ich kann ihre Seele spüren. Die Seele, die mir wehgetan hat. Die mich beinahe zerstört hat. Und die Mythosfeen ruiniert hat.

Sie muss für ihre Sünden bestraft werden. Leider ist es meine Aufgabe, diese Bestrafung zu vollziehen, und ich verabscheue es, dass ich sie vielleicht verletzen muss.

„Du liebst die Seele, die angeblich in mir existiert", entgegnet sie, jetzt mit sanfterem Tonfall, der sich fast schon geschlagen anhört.

Ich bin mir nicht sicher, ob er mir gefällt, aber er erinnert mich an die Persephone, die ich einst gekannt habe. *Hat sie diesen Tonfall damals benutzt, um mich zu manipulieren?*, frage ich mich. *Tut sie jetzt dasselbe?*

Ich habe jahrtausendelang versucht, zu verstehen, wie ich die Absichten meiner Gefährtin falsch deuten konnte. Wie mir ihre Motive und hinterhältigen Taten entgangen waren.

Aber jetzt bin ich aufmerksam.

Und werde mich nicht noch einmal hinters Licht führen lassen.

„Meine Schwester erinnert sich nicht an spezifische

Details aus ihrer Vergangenheit", fährt sie fort. „Wenn du mir nicht glaubst, kannst du gern Orcus fragen."

„Sie ist nicht deine Schwester", sage ich ihr. „Nicht einmal in menschlicher Gestalt." Sie haben nicht dieselben biologischen Eltern. Sie wurden bloß von denselben Personen großgezogen, die ihnen zugeteilt worden waren.

Ihre Version des Reichs der Sterblichen ist einzigartig und ihre Erfahrung dort sehr *düster.*

In ihrer Heimat werden Kinder gezeugt, damit sie sich mit Monstern verpaaren. Zu diesem Zweck werden viele menschliche Kinder genetisch in einer Klinik geschaffen.

Es ist unter den Sterblichen in dieser Welt nicht bekannt, aber ich weiß, dass Persephone darüber im Bilde ist. Denn Alina kennt die Wahrheit.

Die beiden sind in einem künstlichen Haushalt mit einem Elternpaar aufgewachsen, das ihre Bezugspersonen war. Sie hatten sie für ihre Eltern gehalten.

Bis vor Kurzem.

Als Alina erfuhr, dass alles, was sie je gekannt hatte, nur erstunken und erlogen war.

Die Elitestadt kontrolliert die Fortpflanzung von Sterblichen und verteilt sie in den Dörfern.

Meine Gefährtin und ihre „Schwester" waren Teil dieser Operation.

„Das weißt du doch bereits", fahre ich fort. „Und außerdem sollte das offensichtlich sein. Du hast helle Merkmale, sie dunkle."

Persephone kneift die Augen zusammen. „Ein Grund mehr, mir zu glauben, dass das alles bloß ein riesiges Missverständnis ist. Alina ist eine echte Omega. Ich nicht."

Ich ziehe eine Augenbraue hoch. „Ein interessanter Gedanke. Erklär mir das."

„Erklären?", wiederholt sie entnervt. „Was erklären?

Dass ich bloß eine Sterbliche bin? Dass du mich mit jemandem verwechselst?"

„Es liegt keine Verwechslung vor, und das weißt du auch."

„Nein, tue ich nicht!", schießt sie zurück. Ihre Ungeduld ist mir ebenfalls neu. Meine Persephone ist die Geduld in Person, wie ihre meisterhafte Täuschung beweist. „Ich. Kenne. Dich. Nicht", betont sie, als würde sie mit einem Dummkopf sprechen.

Maliki sind das Grinsen und auch der Appetit vergangen. Jetzt sieht er ein bisschen beunruhigt aus. Vielleicht ist ihm aufgefallen, dass ich meine Hand zu einer Faust geballt habe.

Ich tue es nicht aus Wut, sondern aus einer anderen Emotion heraus. Einer, die mir ganz eng um die Brust werden lässt. Ein Gefühl, dem ich nicht nachgehen will.

„Hör zu, ich bin nicht einmal eine Omega. Und wie du schon gesagt hast, sind Alina und ich nicht blutsverwandt. Das hier ist also alles bloß ein Missverständnis." Sie löst die verschränkten Arme und sieht plötzlich erschöpft aus. Oder ist das Trauer, was ich da in ihrem Gesicht sehe? Vielleicht ein Hauch Eifersucht?

Ich verstehe es nicht.

Und ihre Aussage genauso wenig. „Du besitzt die Seele einer Omega. Spezifisch gesagt: Persephones Seele."

„Warum bin ich dann nicht läufig geworden?", will sie mit hochgezogenen Augenbrauen wissen. „Mag sein, dass ich nicht viel über Mythosfeen weiß, aber Alina hat mir die Grundlagen beigebracht. Und ich habe nichts von dem erlebt, was ihr widerfahren ist. Vielleicht irrst du dich."

„Nein, tue ich nicht."

Sie starrt mich stumm an, dann schüttelt sie den Kopf. „Du bist wie eine Backsteinmauer."

Das lässt mich das Gesicht verziehen. „Soll heißen?"

Schnaubend wendet sie sich von mir ab und macht sich an ihrem Topf zu schaffen. „Vergiss es. Es hat keinen Sinn, es zu versuchen. Ich will nur, dass du weißt, dass ich dich nicht heiraten will."

Die Runzeln an meiner Stirn vertiefen sich. „Du bist bereits mit mir verheiratet, also sehe ich nicht ein, warum eine simple Zeremonie ein Problem darstellt."

Sie würdigt mich keiner Antwort, greift stattdessen nach ihrem Topf und trägt ihn ins Wohnzimmer, wo sie ihn ins Fenster stellt. Ich sehe ihr dabei zu, wie sie die Vorhänge richtet und die Stirn in Falten legt, als sie nach draußen blickt. „Es gibt keine Sonne hier."

„Das ist absichtlich so", sage ich ihr selbstgefällig. „Dieses Königreich heißt den Tod willkommen." Ich muss es wissen, weil ich die verschiedenen Merkmale nach ihrer Schöpfung beeinflusst habe.

Alles eingedenk Persephone.

Denn ich wollte, dass sie hier unglücklich ist.

Es schien mir nur gerecht.

Viele Alphas glauben, dass die Omegas für immer verloren sind. Ich habe dieser Theorie nie zugestimmt, weil ich nicht nur die Seele von Persephone, sondern auch jene meiner Mutter spüren kann.

Anstatt mich also wie meine Brüder im Selbstmitleid zu suhlen, habe ich beschlossen, nach ihnen zu suchen. Und dabei bin ich auf ein neues Zuhause für meine Ehefrau gestoßen.

Eines, das ihr das Gefühl geben würde, beraubt worden zu sein.

Allein zu sein.

Zu *frieren*.

Ganz wie ich mich gefühlt habe, seit sie mich verlassen hat.

Jemanden zu lieben und gleichzeitig zu hassen, ist eine

sehr komplexe Angelegenheit. Aber bei Persephone ist es mir gelungen, die widersprüchlichen Emotionen zu meistern.

Ich verehre und verabscheue sie zu gleichen Teilen.

Verzehre mich danach, sie zu vergöttern und gleichzeitig zu zerstören.

Sie wertzuschätzen und sie zu bestrafen.

Sie zu küssen und zu beißen.

So viele verschachtelte Verlangen, die ich nicht einmal ansatzweise zu erfüllen begonnen habe.

Sie blendet meine Worte aus, seufzt bloß und stellt die Pflanze unter eine schwach leuchtende Lampe. „Ich werde mir eine Wärmelampe besorgen müssen", murmelt sie.

Das bringt mich zum Grinsen. „Viel Glück." Dieses Königreich ist aus einem Grund eiskalt bis ins Mark. Es gibt kein Entrinnen. Dafür habe ich gesorgt.

Sie lässt die Schultern etwas hängen, was meiner zunehmenden Belustigung ein jähes Ende bereitet.

Ich will ihr nicht wehtun. Nicht wirklich. Aber sie muss Wiedergutmachung für ihre Fehler leisten, die Vergangenheit anerkennen und sich *entschuldigen*.

Doch anstatt zu ihren Sünden zu stehen, gibt sie weiterhin vor, sich nicht daran erinnern zu können.

Ich beiße abermals die Zähne zusammen und wundere mich, ob sie daher die Wahrheit sagt. Aber diesen Gedanken kann ich nicht ernst nehmen. Persephone hat mich belogen. Sie hat mir das Herz gebrochen. Sie hat unsere Welt zerstört. Ihr auch nur einen Funken Vertrauen zu schenken, wäre naiv.

Nein. Dass sie ihre Erinnerungen verloren hat, kann ich ihr nicht glauben. Ich kann es schlicht und ergreifend nicht.

Das hier ist meine Persephone.

Meine Gefährtin.

Meine Ehefrau.

„Du wirst nächste Woche vor den Altar treten", sage ich ihr. „Wenigstens das schuldest du mir, nach dem, was du mir und unserer Art angetan hast."

Ihre Schultern werden ganz steif, was besser ist als die gekrümmte Haltung von vorhin. Das neu entfachte Feuer in ihren Augen ist noch berauschender.

„Und halt dich von Morpheus fern", fahre ich fort, im Wissen, dass er vor Kurzem noch hier war. Ich konnte seine verbleibende Präsenz in der Luft spüren, und sein Geruch lässt mich die Nase krausziehen. Aber er ist verschwunden, bevor ich ihn auf frischer Tat dabei ertappen konnte, wie er mit meiner Gefährtin sprach.

Zu schade.

Ich hätte es genossen, ihn vor den Augen *meiner* Persephone als schwächer abzustufen.

„Sprich nie wieder mit ihm", ergänze ich, weil ich das Gefühl habe, sichergehen zu müssen, dass sie meine Regeln kennt. Ich bin ihr Alpha. Ihr *Ehemann*. „Dein Verhalten war derart respektlos, dass ich dir nicht dafür verzeihen kann, Persephone. Handle dir keine schlimmere Strafe ein, indem du schlechte Entscheidungen triffst."

Ihre Kinnlade klappt herunter. „*Wie bitte?*"

„Nein", erwidere ich und stelle mich direkt vor sie hin. „Ich werde nichts von dem, was du getan hast, entschuldigen. Vor allem nicht, wenn du so tust, als könntest du dich an nichts erinnern. Dieses Spiel endet jetzt." Ich mache einen weiteren Schritt auf sie zu und stehe jetzt ganz nahe vor ihr, berühre sie aber nicht.

Denn wenn ich es tue, fürchte ich, werde ich mich nicht zurückhalten können.

Trotzdem lasse ich sie meine Dominanz spüren.

Ich bin ein Alpha.

Sie eine Omega.

Und deswegen *wird* sie sich unterwerfen.

Sie bläht die Nasenflügel und reißt die Augen auf, was alles bestätigt, was ich über sie weiß. Sie behauptet, keine Omega zu sein, aber ich kann es in jeder ihrer Handlungen erkennen. Wie sie einatmet, das darauffolgende Erschaudern, wie sich ihre Pupillen weiten, und der süße Geruch, der mit jeder Sekunde stärker wird.

„Du gehörst mir", flüstere ich ihr zu. „Ich werde dich beanspruchen. Mich mit dir verknoten. Du gehörst *mir*."

„Du bist ein Monster", keucht sie.

„Ganz recht", stimme ich zu. „Aber ich bin dein Monster, *liebste Gattin.*"

Und ich tue, was immer du willst. Nur dich gehen lassen, das werde ich nicht, denke ich, während ich ihr in die Augen blicke. Ich will die Worte laut aussprechen, kann es aber nicht. *Sogar vergeben werde ich dir, Schätzchen. Tatsächlich hat ein Teil von mir das bereits getan.*

Andernfalls würde ich mir nicht die Mühe machen, wiederzuentfachen, was wir einst hatten.

Jedes einzelne Detail der Bündnisse wurde unter Beachtung von ihr geplant. Ich will sie an unsere Liebe erinnern. An den Tag, an dem wir unsere Gelübde zum ersten Mal gesprochen haben, und ihr zeigen, wie ein Alpha sich um seine Omega kümmert.

Selbst eine Omega, die ihrem Alpha das Herz gebrochen hat.

Ich liebe dich, will ich ihr sagen. *Ich liebe dich mehr, als du je begreifen wirst. Und ich hasse dich dafür, was du getan hast. Aber ich werde dir helfen, es wieder zu richten …, wenn du mich lässt.*

Ich sehne mich danach, ihr über die Wange zu streichen, sie in einen Kuss zu ziehen und ihr mit meiner Zunge zu vergeben.

Doch anstatt meinem Verlangen nachzugeben, sage ich

bloß: „Wir sehen uns nächste Woche, Persephone. An unseren Bündnissen."

Dann verschwinde ich.

Und blende das erschrockene Einatmen aus, das mir bis zum Palast folgt.

Ich habe eine Hochzeit zu planen.

Eine, mit der ich meine Gefährtin zurückgewinnen werde.

Auch wenn ich verdammt noch mal kriechen muss.

SERA

Erst im zweiten Moment erinnerte ich mich daran, einen Atemzug zu machen.

Hades' Aura, seine Präsenz war so intensiv, geradezu erdrückend.

So anders als der Mann aus meinen Träumen, der mich in den Armen hält und mich an Stellen küsst, die nie zuvor berührt wurden.

Wie ist das möglich? Ich schlucke hart. *Wie soll ich meine Fantasien mit dem echten Hades in Einklang bringen?*

„Sera", murmelt Maliki und erinnert mich daran, dass er immer noch hier ist. Dass er alles bezeugt hat. Dass er *Popcorn* gefuttert hat, während Hades mich allein mit seiner Anwesenheit überwältigte.

Doch als mein Blick zum Meuchelmörder wandert, ist sein Popcorn nirgends mehr zu sehen. Und auch das Grinsen ist aus seinem Gesicht gewichen.

„Geht es dir gut?" Die sanft gesprochenen Worte hören sich aufrichtig an. Fürsorglich, sogar.

Aber alles, was ich über Maliki weiß, macht ihn in dieser Angelegenheit unzuverlässig. Er ist hier, um mich zu zwingen, Hades zu heiraten. Um mich zu begleiten. *Wie auch immer er es nennen mag.*

Er arbeitet für das Monster, das gerade gedroht hat, mich für den Verrat meiner Seele zu bestrafen. „Ich weiß nicht einmal, was Persephone getan hat, um ihn so aufzubringen", flüstere ich – mehr zu mir selbst als zu Maliki. „Ich verstehe nicht, was los ist. Warum hasst er mich so sehr? Ich … *ich kenne ihn doch nicht einmal!"*

Zumindest nicht außerhalb meiner Träume.

Aber es spielt keine Rolle, wie oft ich es sage. Hades hat mir keine Sekunde geglaubt, sondern mich nur weiter beschuldigt, ein Spielchen zu treiben.

„Was hat sie getan?", wiederhole ich, dieses Mal als Frage. „Was hat Persephone gemacht?"

„Frag mich nicht nach Details. Die kenne ich nicht. Aber ich weiß …" Maliki verstummt kurz und das Licht in seinen goldenen Augen scheint etwas zu verblassen. „Ich weiß nur, dass Persephone ihrer Mutter dabei geholfen hat, sämtliche Omegas auszulöschen. Und das ist ihr gelungen, indem sie Hades benutzt und verraten hat."

Ich gaffe ihn an. „*Wie bitte?"*

Er zuckt mit den Achseln. „Wie ich schon sagte: Mehr weiß ich nicht."

„Ich aber schon", murmelt eine akzentuierte Stimme mehrere Schritte entfernt.

Der Akzent hört sich wie Hades' an, nur irgendwie königlicher. Nicht so tief, aber trotzdem sehr dominant. „Morpheus", flüstere ich.

„Wie er leibt und lebt", erwidert der Gott der Träume, die Schulter gegen den Hauseingang gelehnt. Ganz offensichtlich hat er sich selbst Zutritt verschafft, ist aber noch nicht über die Schwelle getreten. „Nachdem ich mich mit Maliki befasst habe, gehe ich gern darauf ein, was Persephone Hades angetan hat."

Ich reiße die Augen auf. Mir war komplett entfallen, was Maliki Morpheus draußen mit dem Schneckengift angetan hatte.

Es ist, als hätte Hades meine Erinnerungen gelöscht, sobald er hier angekommen ist, und mich damit in seiner dominanten und autoritären Präsenz geerdet.

Eines der letzten Dinge, die er mir gesagt hatte, war, dass ich mich Morpheus fernhalten sollte.

„Handle dir keine schlimmere Strafe ein, indem du schlechte Entscheidungen triffst."

Der Gedanke an Hades' Drohung lässt mich erschaudern. Er war wütend. So unheimlich wütend. Ich konnte es in jedem Atemzug spüren, den ich in seiner Gegenwart gemacht habe. Der Zorn hatte in heißen Wellen aus ihm geströmt und gedroht, mich zu ertränken.

„Sera", sagt Maliki, dessen ernster Tonfall mich aus meinen Gedanken zieht. „Auch wenn Hades wütend auf deine Seele ist, wird er dir nie wehtun."

Ich schlucke hart, genervt darüber, dass er meine Gedanken mit Leichtigkeit lesen konnte.

Oder vielleicht ist seine Bemerkung auf mein Zittern zurückzuführen.

Ich ... ich scheine nicht aufhören zu können.

Tatsächlich bin ich überzeugt, dass es immer schlimmer wird.

Meine Seele hat jemandem geholfen, die Omegas auszurotten.

Wie kann man dafür Wiedergutmachung leisten?

Kann ich überhaupt von mir behaupten, unschuldig zu sein? Ich war nicht da. Ich habe es nicht getan. Und doch ... besitze ich die Seele, die die Tat begangen hat.

Und deshalb will Hades mich bestrafen.

Wie? Was wird er mit mir machen?

„Serapina", murmelt Morpheus, dessen akzentuierte Stimme von einer Art Vibration begleitet wird, die lange anhält, nachdem die Worte verklungen sind. Das Summen scheint tief in meine Haut zu dringen und mich zu beruhigen.

Es ist ... so hypnotisch. Seltsam beruhigend. Ein rhythmisches Summen, das ich in jedem einzelnen Zentimeter meines Wesens spüre.

Meine Lider werden immer schwerer, doch ich öffne meine Augen wieder, als ich eine Hand auf meinem Arm liegen spüre. Es ist Maliki, der mich mit besorgter Miene anstarrt. „Hades ist ein stures Arschloch", sagt er mir. „Aber was ich gesagt habe, meinte ich auch so. Er wird dir nicht wehtun. Es liegt nicht in seiner Natur."

„Er hat recht", meldet sich Morpheus, und dieses verlockende Summen wird mit jedem Schritt, den er auf mich zu macht, stärker. „Alphas werden von ihren Instinkten dazu getrieben, Omegas zu trösten und zu beschützen. Sie tun ihnen nichts."

Der Widerhall scheint aus seiner Brust zu dringen. „Was soll dieses Summen?", frage ich, etwas benommen von den gegensätzlichen Empfindungen, die mich fluten.

Was Maliki mir über Persephone erzählt hat, hat mich entsetzt.

Und was Hades mir antun will, jagt mir Angst ein.

Doch das hypnotische Knurren ... das beruhigt mich.

„Das ist ein Alphaschnurren", erwidert Morpheus. „Es beruhigt Omegas instinktiv."

Mich durchfährt ein wohliger Schauer, als das Summen stärker wird, und seine Nähe lässt meine Knie weich werden.

Oder vielleicht liegt es an Malikis Hand, mit der er mir über den Arm streicht.

Er trägt nach wie vor kein Hemd. Und Morpheus

trägt, was wie ein frisch gebügelter Anzug aussieht, was darauf schließen lässt, dass er sich nach dem Nacktschneckengift-Vorfall umgezogen hat.

Wie dem auch sei … Sein Outfit ist mir keine Hilfe. Und dass die beiden mir so nahe sind, auch nicht.

Etwas an ihrer Nähe sorgt dafür, dass … mir ganz warm wird.

Aber … dieses Schnurren beruhigt mich auch irgendwie.

Ich bin hin- und hergerissen. Benommen. Desorientiert. Und fühle mich aus unerklärlichen Gründen geborgen.

Ich fühle mich sicher.

Was angesichts dessen, was ich heute Nacht erfahren habe – wem ich begegnet bin – völlig absurd ist.

Hades.

Das Fantasiewesen aus meinen Träumen.

Der einzige Mann, der Hand an mich gelegt hat. Und es war nicht einmal echt. Nur eine Reihe von Träumen.

Träume, die ich vielleicht manifestiert habe.

Oder hat er Morpheus gebeten, es für ihn zu tun?, frage ich mich blinzelnd. *Ist das der Grund, warum er nicht will, dass ich mit dem Gott der Träume spreche?*

Mir läuft ein kalter Schauer über den Rücken, der vom Alphaschnurren, das mich umgibt, weggewaschen wird.

Aber der Gedanke bleibt bestehen. Die Einsicht, dass ich nicht darauf bauen kann, dass mich jemand aus dieser falschen Geborgenheit reißt. „Beeinflusst du meine Träume?", frage ich Morpheus benommener, als mir lieb ist. Aber wenigstens habe ich die Frage klar formuliert.

„Beeinflussen?", wiederholt Morpheus und seine silberfarbenen Augenbrauen wandern nach unten. „Inwiefern?"

„Um mich dazu zu bringen, von Hades zu träumen", stelle ich klar.

Er stößt ein abschätziges Lachen aus. „Ich würde dich nie dazu zwingen, von Hades zu träumen. Es sei denn, es handelt sich dabei um eine Fantasie, in der du ihn abstichst." Er verschränkt die Arme vor der Brust. „Hat er mir angelastet, mit deinen Gedanken gespielt zu haben, Serapina? Denn ich kann dir versichern, dass du gestern mehr als nur meinen Namen gekannt hättest, wenn dem so gewesen wäre."

Der andeutende Tonfall lässt eine Wärme an meinem Hals hochwandern. „Hast du meine Träume gesehen?" Eigentlich hatte ich das nur im Geiste von mir geben wollen, aber die Worte kommen mir ungewollt über die Lippen.

Denn wenn er meine Träume beobachtet hat, dann weiß er, wie intim ich mit Hades in ihnen gewesen bin.

Morpheus mustert mich kurz und seine blaugrünen Augen werden vom sanften Schein meiner Hütte erleuchtet. „Ich habe Bruchstücke von ihnen bezeugt, ja. Ich weiß immer, wenn du träumst, weil unsere Seelen miteinander verbunden sind. Ähnlich wie du mit Hades verbunden bist. Aber ich versuche, deine Privatsphäre zu respektieren, indem ich nicht nachhake und den Augenblick, in den ich gezogen werde, dir überlasse."

Ich starre ihn an und weiß nicht recht, ob ich ihm auch nur ein Wort glauben soll.

Aber dieses Schnurren bringt mich dazu, ihm glauben zu wollen.

Es ist ein gefährliches Summen, das mir ein künstlich herbeigeführtes Gefühl der Sicherheit gibt. Ich kann ihn durchschauen, aber gegen das Verlangen, mich zu entspannen, komme ich nicht an. „Dein Alphaschnurren hypnotisiert mich, wie Malikis Tattoos."

Morpheus wirft dem erwähnten Mann einen Blick zu und zieht die Augenbrauen hoch. „Du hast sie mit deinen Rauchschwaden bekannt gemacht? Und hast mich nicht einmal eingeladen, damit ich zusehen konnte? Ts, ts, ts. Ich dachte, wir wären Freunde, Maliki."

Der Meuchelmörder knurrt. „Dachtest du das auch, als du mich gestern in diesem Traum gefoltert hast?"

Das lässt mich die Stirn in Falten legen. „Was für ein Traum?"

„Der Traum, in den er mich gerissen hat, damit er mit dir im Park herumtollen konnte."

„Wir haben nicht herumgetollt", fällt Morpheus ihm ins Wort. „Wir haben uns nur über Rosen aus dem Reich der Sterblichen unterhalten. Was mich daran erinnert …" Sein Blick wandert zurück zu mir. „Wie ich sehe, hast du den Blumentopf von Pip erhalten. Gut. Ich werde dir morgen eine Lampe bringen lassen."

„Wer ist Pip?", will Maliki wissen, bevor ich überhaupt etwas erwidern kann. „Ist er einer deiner Ghule oder Strigoi? Erkenne ich den Namen deswegen nicht?"

Morpheus lacht herzlich. „Nein, er gehört nicht zu meinem Königreich. Er ist durch und durch eine Kreatur des Jenseits."

Maliki runzelt die Stirn.

Ich räuspere mich. „Danke für den Topf. Und die Samen. Aber bitte jage meinetwegen keinen weiteren Ladenbesitzern mehr Angst ein."

Der Gott der Träume wirft mir ein Lächeln zu, das seinem Titel alle Ehre macht. „Dein Wunsch ist mir Befehl, kleine Träumerin. Sonst noch etwas?"

„Kannst du mit dem Schnurren aufhören?"

Sein Lächeln schwächelt ein wenig, aber das Summen verklingt augenblicklich. „Besser?"

Nein, denke ich, weil mir der beruhigende Klang

umgehend fehlt. Trotzdem zwinge ich mich, zu nicken, weil ich meinen Verstand zurückwill. Diese beiden Männer sind die reinste Ablenkung, und ich finde etwas zu viel Gefallen daran.

Ich weiche einen Schritt zurück, woraufhin Maliki seine Hand sinken lässt. Leider hilft das auch nicht dabei, diese Benommenheit, die mich plagt, zu vertreiben. Wenn überhaupt wird sie nur noch schlimmer, weil die beiden Männer mich eindringlich anstarren.

„Was wünschst du dir sonst noch?", will Morpheus wissen. „Mehr Informationen über Persephone? Antworten auf andere Fragen? Vielleicht eine Lektion über die Mythosfeen?"

Ich gehe die Optionen durch, die er mir gerade angeboten hat. Aus irgendeinem Grund fühlt sich Letztere am sichersten an. Über die Mythosfeen weiß ich bereits von Alina sehr viel. Könnte also eine gute Gelegenheit sein, Morpheus' Aufrichtigkeit zu testen. Wenn ich ihn beim Lügen erwische, weiß ich, dass ich auch allem anderen, was er gesagt hat, nicht Glauben schenken kann.

Und außerdem hat mir Hades eingeschärft, dass ich nicht mit Morpheus sprechen soll.

Das Gegenteil zu tun, fühlt sich nach einer angemessenen Rebellion an.

„Eine Lektion über die Mythosfeen wäre nett." An seinen Mundwinkeln zupft ein Lächeln. „Na schön." Sein Blick wandert zu Maliki. „Kommst du mit oder bleibst du hier?" „Wohin?", will Maliki mit misstrauischem Tonfall wissen.

Der Gott der Träume zuckt mit den Achseln. „Spielt es eine Rolle? Entweder bewachst du deine Schutzperson oder nicht. Die Wahl liegt bei dir."

Maliki kneift die Augen zusammen. „Du bist nicht …"

„Du hast fünf Sekunden", unterbricht Morpheus.

„Ähm …", meine ich.

Maliki stößt ein Knurren aus. „Nein, Morpheus."

„Vier", entgegnet der Gott der Träume. „Du solltest dir vielleicht ein Oberteil und ein Paar Schuhe besorgen. Drei."

Maliki packt Morpheus am Hals.

Und der Gott der Träume greift nach meiner Hand. „Eine hervorragende Wahl, Vollstrecker", meint er.

Maliki reißt die Augen zeitgleich mit mir auf, und dann beginnt sich alles zu drehen.

Ach, du liebe Fee …

Vielleicht hätte ich mich doch für eine andere Option entscheiden sollen.

MORPHEUS

Malikis Hand, die um meinen Hals geschlungen ist, brennt und verrät mir, dass er in Hades' Macht gehüllt ist.

Wurde auch langsam Zeit, dass mein Cousin Maliki beansprucht hat.

Obwohl ich mich frage, ob Maliki sich überhaupt im Klaren darüber ist.

Hm. Es steht mir nicht zu, es ihm zu sagen.

Was mir aber zusteht, ist, ihm nach diesem Schneckengift-Vorfall ins Gesicht zu schlagen. Obwohl ich zugeben muss … clever war es. Was mich natürlich zum Lachen gebracht hatte, nachdem die elektrisierende Empfindung verblasst war.

Ich kann mich nicht daran erinnern, wann mir jemand zuletzt so übel mitgespielt hat. Vielleicht vor vier- oder fünfhundert Jahren, als ich mit Ares gesparrt habe.

Es gibt einen Grund, warum ich seine

Herausforderungen nicht mehr annehme. Sein Hang zum Strategieren macht ihn zu einem würdigen Gegner, aber sein gewalttätiges Naturell macht ihn unvorhersehbar und daher gefährlich. Darum duelliere ich nicht mehr mit Ares.

Aber mit Maliki … mit Maliki werde ich mir wieder einmal eine Runde genehmigen.

Aber nicht hier.

Hier muss er aufmerksam und bereit zum Angriff sein.

Denn wir betreten gleich eine dahinwelkende Welt: das Reich der Mythosfeen.

Aus diesem Grund verharre ich lange genug, um nach Seras Stiefeln zu greifen, bevor wir ihre Hütte hinter uns lassen und ich uns zu meinem Palast bringe.

Wir kommen in meinem vormaligen Schlafzimmer an, und kurz darauf presst mich Maliki gegen eine Wand. In seinen goldenen Augen glüht Zorn. „Hast du komplett den Verstand verloren?"

„Möglicherweise", keuche ich. Er schneidet mir die Luft ab.

Ich mache mir meinen Sprühnebel zunutze, um mich aus seinem Griff zu befreien und zu meinem Wandschrank zu teleportieren.

Es sieht genauso aus wie vor ein paar Jahren – dank Beta Abigail, die meine Gemächer unterhält. Mein Palast wird von einem Dutzend Betas bewohnt, deren einzige Aufgabe es ist, alles zu warten. Im Gegenzug dürfen sie hier, hinter meinen verzauberten Toren, hausen.

Ich komme nur vorbei, wenn es ein Problem gibt – was mir meine Magie verrät.

Oder wenn ich mich danach sehne, meinem Palast einen Besuch abzustatten. Was nur selten vorkommt. Zum Beispiel heute.

In meinem Reich leben nicht mehr viele Alphas. Es

sind vorwiegend Betas, die in dieser dystopischen Welt überleben können.

Mein Palast ist aus Träumen geschaffen. Darum ist er buchstäblich ein Utopia, wenn man ihn mit den Feldern jenseits der Tore vergleicht.

Ich gehe meine Anzüge durch, arbeite mich zu meinen Pullovern vor und hole einen schwarzen für Maliki heraus. Dann greife ich nach einem Paar Socken und Stiefeln.

Hades wird blind vor Wut sein, wenn er erfährt, dass ich Maliki meine Sachen geliehen habe. Der Gedanke bringt mich zum Grinsen und ich laufe durch das Badezimmer, das an mein Schlafzimmer angrenzt.

Als ich durch die Tür zu meiner Suite gehe, sehe ich Maliki vor einem Himmelbett auf und ab gehen.

Sera sieht sich mit verblüffter Miene um. Ihre Schuhe liegen verstreut auf dem Boden. Ich habe sie fallen lassen, als Maliki mich gegen die Wand gedrückt hat.

Jetzt, wo er mich entdeckt hat, kommt er auf mich los, also wandle ich mittels meines Sprühnebels hinter ihn, fange mir aber trotzdem einen Schlag auf den Hinterkopf ein.

Denn er ist meinen Bewegungen gefolgt.

„Beeindruckend", murmle ich, bevor ich mithilfe meines Sprühnebels ein paar Meter entfernt wieder auftauche. „Und dumm", ergänze ich. „Willst du, dass ich dich mitten in Hades' altem Palast absetze? Denn das kann ich. Und dann werde ich dich dort lassen."

Wir beide wissen, dass du dort feststecken wirst, füge ich in Gedanken an. Ich brauche es nicht laut auszusprechen. Er weiß, dass es gefährlich für ihn wäre, sich mittels seiner Schatten in dieses Reich zu teleportieren. Er ist keine Mythosfee. Unsere Magie wirkt hier ganz anders.

Obwohl … Hades' subtile Beanspruchung könnte genügen, um sein Schoßhündchen zu beschützen.

Zum Glück weiß Maliki das nicht. Was sein irritiertes Knurren erklärt, das er jetzt ausstößt.

Ich werfe ihm die Stiefel und Socken zu, die er auffängt, bevor sie ihn treffen.

„Wenn du brav bist, werde ich dir diesen Pullover hier auch geben", sage ich zu ihm.

Er beißt die Zähne zusammen, dann sieht er sich um, als suche er nach einer Waffe.

„Ich fürchte, hier gibt es kein Nacktschneckengift", flöte ich. „Aber viele andere tödliche Kreaturen. Mir inbegriffen, wenn du auf einen Kampf aus bist."

Ich hätte nichts dagegen, mich für meine Intendierte aufzuspielen. Das würde mir dabei helfen, die Bloßstellung wieder wettzumachen, die Maliki vor ihrer Hütte herbeigeführt hat.

Leider läuft der Meuchelmörder zur Bank am Fuß des Betts, lässt die Stiefel zu Boden fallen und setzt sich, um sich die Socken überzuziehen.

„Könnte sein, dass die Stiefel etwas zu groß sind", stachle ich ihn an. „Ich würde mich ja entschuldigen, aber ich bin stolz auf meine Alpha-Merkmale."

Er sieht mich mit seinen goldfarbenen Augen an und steckt einen Fuß in den Stiefel. „Tatsächlich sind sie einen Ticken zu eng."

Ich lächle. „Schätze, man muss ein guter Lügner sein, wenn man für jemanden wie Hades arbeitet."

Das bringt Maliki dazu, ein Knurren auszustoßen, doch mir fällt auf, dass die Stiefel ihm perfekt passen. Offen gesagt, überrascht mich das nicht. Wir sind fast gleich groß und haben fast dieselbe Statur, was darauf schließen lässt, dass andere Teile unserer Körper sich in ihrer Größe ebenfalls ähnlich sehen.

Aber ich bin der Einzige mit einem Knoten.

Eine Tatsache, von der Serapina hoffentlich schon bald

einmal profitieren wird. Vielleicht sogar, während Maliki auch in ihr steckt. *Hm.* Das wäre bestimmt spaßig.

Das Funkeln, das ich mir einfange, bringt mich nur dazu, mich noch mehr nach dem herbeifantasierten Szenario zu sehnen. Es würde mir großen Spaß bereiten, mir eine Frau mit ihm zu teilen, weil er vermutlich versuchen wird, mich zu töten, während wir sie ficken.

Vorzüglich, beschließe ich und schaue zurück zu Serapina. Sie hat sich auf die Balkontüren zubewegt und versucht, die Hände auf das Glas gedrückt, durch die blaue Tönung zu spähen. „Du kannst dich draußen umsehen, sobald du die Schuhe angezogen hast", verspreche ich ihr. „Und nachdem wir die Regeln besprochen haben."

Sie dreht sich um und ihr wunderschönes Gesicht lässt mir den Atem stocken, obwohl sie ihre Augen zusammenkneift und mich misstrauisch anfunkelt. „Ich wollte eine Lektion, keine Entführung nach … Wo sind wir überhaupt?"

„Im Reich der Mythosfeen", antworte ich, ohne zu zögern. „Wo ich vorhatte, dir mehr über die Mythosfeen zu erzählen."

Sie sieht mich misstrauisch an. „Du hast mich ausgetrickst."

„Nein, habe ich nicht", erwidere ich. „Zumindest nicht absichtlich. Ich habe dich gefragt, worüber du mehr lernen wolltest, und du hast dich für die Mythosfeen entschieden. Also habe ich uns zu meinem Palast gebracht. Ich will sichergehen, dass ich dir alles erzähle und dir zeige, was du mir nicht glaubst."

Mir ist sonnenklar, dass sie keinen Grund hat, mir zu trauen. Und ihre Bemerkung zu ihren Träumen hat das unmissverständlich klargemacht. Vermutlich traut sie derzeit niemandem, und ich kann es ihr nicht verübeln.

Hades hat die ganze Situation natürlich auch nur noch verschlimmert.

Ich bin nicht sicher, was er zu ihr gesagt hat, während ich mich vom Schneckengift erholt habe, aber der gebrochene Ausdruck in ihren Augen, als ich zurückgekommen war, hatte klargemacht, dass es nichts Gutes gewesen war.

Wenn er nicht mit ihrer Seele verpaart wäre, würde ich in Betracht ziehen, ihn dafür zu töten, ihr wehgetan zu haben. Aber er würde sich bloß regenerieren, da unsere Art nicht wirklich sterben kann. Also, schätze ich, kann ich mir das immer noch für später aufsparen.

„Das hier ist dein Palast? Du lebst hier?", fragt sie erstaunt.

„Ja und nein. Der Palast gehört mir, aber ich lebe im Königreich der Träume."

„Oh. Also hast du … zwei Paläste."

Ich lächle. „Ganz genau. Beeindruckt dich das?"

„Nicht wirklich", meint sie, woraufhin mein Grinsen noch breiter wird.

„Wie ich sehe, hat Maliki dir beigebracht, zu lügen. Wie süß", murmle ich mit Blick zum Meuchelmörder. Er ist aufgestanden, trägt immer noch kein Hemd und verschränkt die Arme vor der Brust. Seine Tattoos beginnen sich zu winden und versetzen meinen inneren Alpha in Wallung. Er verzehrt sich nach einem Kampf. Vielleicht wird er den bekommen, noch bevor unser Rundgang ein Ende findet. „Fang!", rufe ich und werfe ihm den Pullover zu.

Er gehorcht.

„Braver Junge", ergänze ich.

Das lässt ihn die Augen verdrehen. „Ich hoffe, Hades bringt dich dafür um."

„Vermutlich wird er es versuchen", gebe ich

achselzuckend zu. „Dürfte ziemlich spaßig werden." Ich sehe zu Serapina und stelle fest, dass sie den Reißverschluss ihrer Stiefel zuzieht. „Du siehst unglaublich aus, kleine Träumerin", murmle ich, als sie sich aufrichtet. Die wadenhohen Stiefel setzen ihre langen Beine in dieser engen schwarzen Hose perfekt in Szene. „Danke, dass du dir deine Schuhe angezogen hast."

Auf ihren Wangen macht sich ein sanftes Rosa bemerkbar, was meine Annahme bestätigt, dass sie gern gelobt wird. Vermutlich versteht sie nicht, warum, aber es ist natürlich für eine Omega, positiv auf Komplimente eines Alphas zu reagieren.

Ganz wie ich den instinktiven Drang verspüre, sicherzustellen, dass sie das Gefühl hat, verehrt zu werden.

„Schätze, wir können mit einem Rundgang in meinem Palast beginnen, da er dafür steht, was die Mythosfeen einst waren", sage ich, dann halte ich inne und blicke zu Maliki. „Tut mir leid, ich hätte dich vorher fragen sollen. Warst du schon einmal in diesem Reich?"

„Nur in der Büchse der Pandora", erwidert er und bezieht sich dabei auf unser berüchtigtes Gefängnis.

„Das hört sich nach einer Geschichte an, die ich später gern erfahren würde", gebe ich zu.

„Es ist nicht an mir, sie zu erzählen", erwidert er kryptisch.

„Aha, dann werde ich wohl bei Hades nachfragen müssen." Und das werde ich nicht, weil das reine Zeitverschwendung wäre. „Ich nehme an, er hat dir viel Hintergrundwissen zu den Mythosfeen gegeben, also wird der Großteil dieser Lektion zu Serapinas Gunsten ausfallen."

Maliki macht eine Handbewegung, als wollte er sagen: *Na dann. Schieße los.*

Ich richte meine Aufmerksamkeit wieder auf sie und

ergänze: „Ich bin nicht sicher, wie viel deine Schwester dir beigebracht hat, also entschuldige bitte, wenn ich einige der Informationen wiederhole."

Sie nickt bloß ein einziges Mal, doch ihre Augen verraten ihr Interesse. Sie mag nicht erfreut über unseren kleinen Ausflug gewesen sein, aber ihre Neugier ist geweckt.

Und das gefällt mir.

Ich will sie beeindrucken. Ihr alles offenbaren. Dafür sorgen, dass sie sich wohlfühlt. Ihr gefallen. Sie *beanspruchen*.

Was, wie ich annehme, sehr intensiv für sie sein dürfte, wenn ich ihr das vorab sage, aber ihre Seele spricht zu meiner. Ihr Duft ist ein Leuchtfeuer für meinen Knoten und lässt ihn selbst aus dieser Entfernung pulsieren.

Ich will nichts lieber tun, als sie zu jagen, ihr zu beweisen, dass ich ihrer würdig bin, und mich in ihr versenken.

Aber das ... würde alles zu schnell gehen.

Sie muss mich zuerst kennenlernen. Mich als würdigen Gefährten ansehen.

Darum werde ich tun, was immer sie will, um zu ihrem zu werden.

Und damit meine ich nicht nur Persephone, sondern auch Serapina.

Genau das hat Hades nicht verstanden. Serapina ist jetzt das Wesen, das die Kontrolle hat. Persephones Essenz mag ein Teil von ihr sein, aber sie ist eine eigenständige Person. Und das bedeutet, dass sie auch umworben und verehrt werden muss.

„Um Mythosfeen zu verstehen", beginne ich, „musst du unsere Schöpfungsgeschichte kennen."

Es ist eine lange Geschichte, die ich ihr erzähle, während ich Maliki und Serapina aus meiner Suite und einen langen Flur entlang führe.

Ich beginne beim Ursprung aller Feen – dem Kollaps der Engelsfeen-Quelle. „Eigentlich hat also sozusagen ein Verrat zur Kraftexplosion geführt, und die Bruchstücke der Explosion haben die verschiedenen Feenreiche geschaffen, die wir heute kennen. Abgesehen von den Mythosfeen."

Serapina runzelt die Stirn. „Willst du damit sagen, dass sämtliche Feenarten miteinander verwandt sind?"

„Nicht direkt. Aber ihre Quellen – auch bekannt als die Leuchtfeuer der Kraft, die jedes Reich antreiben – stammen alle von der Quelle der Engelsfeen ab."

„Mit Ausnahme der Mythosfeen", wiederholt sie.

„Ganz genau. Wir haben nämlich keine Quelle."

„Oh. Ist das … normal?"

„Nein", antwortet Maliki an meiner Stelle. „Alle Feenreiche haben Quellen. Aber Mythosfeen sind keine wirklichen Feen."

„Darüber lässt sich streiten", wende ich ein.

„Es gibt einen guten Grund, aus dem man euch als Götter und nicht als Feen bezeichnet", entgegnet er. „Ihr seid buchstäblich Leuchtfeuer auf zwei Beinen."

Ich nicke. „Da hast du recht."

„Und viele von euch haben eure eigenen Welten", ergänzt er.

„Das stimmt auch", gestehe ich ein. „Mir gehört die Welt der Träume. Hades verfügt über die Welt der Toten. Ares kümmert sich um die Büchse der Pandora. Wir alle haben unsere eigenen Reiche, und einige davon teilen wir uns. Zum Beispiel Hades und Orcus, obwohl Hades der Mächtigere von beiden ist."

Serapina schluckt hart und erstarrt, als sie etwas – oder eher *jemanden* – vor uns sieht.

Ich lächle. „Abigail, Schätzchen, danke, dass du sichergestellt hast, dass meine Suite auf meine Ankunft vorbereitet war."

Die Beta gibt sich große Mühe, ihren Schock zu verbergen, aber ich kann ihn ihr in den rotbraunen Augen ansehen, die sie davon abhalten will, hervorzutreten. „J… ja, Alpha. Selbstverständlich. Soll ich … die Gästezimmer vorbereiten?"

Ich schüttle den Kopf. „Nein, wir werden nicht lange bleiben."

„Gott sei Dank", murmelt Maliki.

Ich blende ihn aus und sehe zu Serapina. „Das hier ist Beta Abigail. Im Austausch für meinen Schutz hält sie meinen Palast instand." Mein Blick wandert zurück zur Beta und ich ergänze: „Abigail, das hier ist Serapina. Und der Griesgram ist Maliki."

Abigail nickt, dann kommt sie mit geneigtem Haupt auf mich zu. „Es ist mir eine Freude, Sie wiederzusehen, mein Herr."

Aus dem Titel mache ich mir nicht besonders viel, aber ich nicke trotzdem und warte ab, ob ihr auffällt, was Serapina ist. Der Geruch ist für mich klar zu erkennen, aber ich bin auch auf einzigartige Weise mit Serapina verbunden. Genau wie Hades.

Als Abigail nur einen weiteren Knicks macht und sich dann entschuldigt, lege ich die Stirn in Falten.

Etwas an Serapinas Omega-Status stimmt nicht ganz. So viel weiß ich, seit sie im Reich des Jenseits angekommen ist, und bestätigt wurde es dadurch, dass sie nie läufig wurde. Aber die Tatsache, dass Abigail nicht einmal die Spur davon hatte riechen können, deutet darauf hin, dass das Problem tiefer greift als Serapinas ausbleibender Östruszyklus.

Was hast du mit deiner Tochter gemacht, Demeter?, frage ich mich und zwinge mich, weiterzulaufen. „Vielleicht begegnest du noch ein paar anderen Betas", sage ich Serapina, dann erzähle ich ihr, dass ich ihnen einen sicheren Zufluchtsort in meinem Palast geboten habe und sie im Austausch dafür auf ihn aufpassen.

Sie nickt, während sie die Deckenmalerei im Flur mustert. Sie erinnert an eine berühmte Kunstform im Vatikan des Reiches der Sterblichen, aber das sage ich ihr nicht, weil sie nie dort war. Stattdessen lasse ich sie die pastellfarbenen Engel und goldenen Verzierungen bestaunen.

Alles sieht ziemlich mystisch aus, was Absicht ist, weil mir fantastische Elemente und Farben gefallen.

Während sie die Muster bestaunt, erzähle ich weiter von den Feenquellen und dass unsere Art lebendige Wesen der Kraft sind.

„Allen voran Alphas", informiere ich sie. „Deswegen sind Alphas auch Beschützer."

Ich gehe weiter darauf ein und erkläre ihr die Hierarchie. Dass Alphas von den Betas verehrt werden.

„Sie werden ohne jegliche Kräfte geboren", sage ich. „Das zeichnet sie als Betas aus. Das heißt aber nicht, dass sie sterblich oder gleich schwach wie ein Mensch sind. Ich will damit nur sagen, dass sie nicht über eine innere Quelle verfügen. Also verschreiben sie sich einem Alpha und erhalten dafür mythenhafte Energie."

All meine Betas haben Zugriff auf die Traumwelt, und genau das offenbare ich Serapina jetzt.

Dann spreche ich über die letzte Unterart der Mythosfeen. Die wichtigste Art. Die Art, die vor vielen Monden zu existieren aufgehört hatte. *Omegas.*

SERA

„OMEGAS SIND SCHÖPFERGÖTTINNEN", SAGT MORPHEUS, als wir bei einer riesigen Eingangshalle ankommen, die hoch in den Himmel zu reichen scheint. Buchstäblich. An der Decke *ziehen Wolken vorbei*.

Nichts an diesem Palast scheint echt. Alles wirkt wie ein Traum. Was durchaus Sinn ergibt. Immerhin sind wir in Morpheus' Palast.

Im Reich der Mythosfeen.

Welches sich … ich weiß auch nicht, wo, befindet. Ich bin mir ziemlich sicher, dass nicht einmal Alina schon einmal hier war.

Ich sollte Angst haben. Nervös sein. *Irgendetwas*. Doch stattdessen verspüre ich bloß Neugier.

Diese Welt verfügt über eine *Sonne*. Ich kann ihre Strahlen durch die bereiften Fenster fallen sehen. Und jetzt scheinen wir uns auf die Türen zuzubegeben.

Ich kann es kaum erwarten, nach draußen zu gehen.

Die Wärme auf meiner Haut zu spüren. Im Brennen zu baden, das folgen wird. *Es wird sich anfühlen wie zu Hause.*

„Genau darum sind Alphas und Omegas eine so gute Kombination", fährt Morpheus fort. „Alphas sind Leuchtfeuer der Macht und Omegas manifestieren Energie. Sie erschaffen *Leben* und Alphas beschützen dieses kostbare Geschenk. Es handelt sich dabei um eine symbiotische Verbindung von Seelen – einem Gleichgewicht, das es den Mythosfeen erlaubt, aufzublühen."

Er hält neben einer massiven Doppeltür inne und legt eine Hand auf die reich verzierte, goldene Türklinke.

„Ist es da draußen sicher?", fragt Maliki, und seiner Stimme schwingt ein nicht zu überhörender, ernster Tonfall mit.

„Nein." Morpheus öffnet die Tür. „Es ist schon seit einer sehr langen Zeit nicht sicher."

Mit dieser ominösen Aussage überquert er die Türschwelle.

Maliki wirft mir einen Blick zu. „Wenn ich nach deiner Hand greife, lass nicht los."

Ich schlucke hart. „Okay."

Er nickt, dann folgt er Morpheus.

Ich kneife die Augen zusammen, ehe ich mich ihnen anschließe. Das grelle Sonnenlicht ist heller als erwartet. Als die Strahlen durch die getönten Scheiben gefallen sind, schienen sie natürlich. Jetzt realisiere ich, dass die Tönung einen weitaus wichtigeren Zweck erfüllt.

Ich schütze meine Augen mit meiner Hand, begebe mich nach draußen und atme scharf ein, als sich auf meinen Schultern eine intensive Hitze ausbreitet.

Doch im nächsten Augenblick verwandelt sich die Hitze in eine Eiseskälte.

Ich runzle die Stirn, verstehe nicht, was ich da spüre.

Mir sollte warm sein. Die Sonne scheint so hell, und doch ist mir so kalt, dass meine Zähne zu klappern beginnen.

Dann werde ich plötzlich in einen dicken Wollmantel gehüllt. *Morpheus' Anzugsjacke.* Ich kann sie zwar nicht sehen, aber spüren.

Und plötzlich bin ich in seinen Duft gehüllt.

Heilige Feen. Er riecht nach frischen Baumwolllaken. Oder vielleicht liegt das nur an seinem Waschmittel. Es riecht so sauber. Seidig. Und dann ist da noch diese Note … Lavendel.

Ich atme tief ein und senke meine Schultern, entspanne mich.

„Wie ich schon sagte … Alphas und Omegas schaffen eine utopische Harmonie, die allen Mythosfeen zugutekommt", meint Morpheus mit sanfter Stimme. „Aber es gibt schon seit einer ganzen Weile keine Omegas mehr. Ohne ein fürsorgliches Pendant, das die Intensität der Alphas unserer Welt ausgleicht, ist unser Reich aus dem Lot geraten."

Obwohl ich meine Augen immer noch geschlossen habe, werde ich von einem Lichtblitz geblendet.

Und dann wird alles dunkel.

„Fuck!", keucht Maliki.

Ich ziehe die Nase kraus, als der Gestank von Verwesung den vormaligen sanften Geruch ablöst, und öffne die Augen instinktiv.

Die Sonne ist verschwunden und vereinzelt brechen Lichtstrahlen durch das Wolkendickicht.

Wir sind umgeben von Haufen aus toter Erde. Trümmer. Knochen. Schaurige Überreste.

Als einer der Haufen in der Ferne sich bewegt, schrecke ich zurück und Maliki zieht mich augenblicklich an seine Seite, während er ein feuriges, violettes Schwert in der anderen Hand schwingt.

„Zeitreisefee?", fragt Morpheus beeindruckt.

„Eine von vielen Fähigkeiten, die ich von meinem Vater geerbt habe", murmelt Maliki, dessen Blick auf den sich bewegenden Erdboden vor uns gerichtet ist.

Es handelt sich dabei um eine Mischung aus schwarzem Ruß, Gestein und etwas, das wie verkohlte Wurzeln aussieht.

„Wie um alles in der Welt ist das überhaupt möglich?", flüstere ich, verwirrt über den krassen Kontrast zwischen dem Palast, in dem wir eben noch waren, und *dem hier*. „Ich verstehe nicht."

„Wir befinden uns außerhalb meiner Tore", murmelt Morpheus. „Jetzt verstehst du, warum diese Betas lieber mein Anwesen in Schwung halten und dafür auf meinen Schutz zählen dürfen."

Der Wind trägt ein Knurren zu uns, das meine Knie ganz weich werden lässt. Maliki schlingt seinen Arm fester um mich, sein Blick immer noch auf unsere Umgebung gerichtet.

„Als die Omegas verschwunden sind, konnte man ihre Seelen nicht länger spüren oder wahrnehmen. Was unmöglich sein sollte, weil Mythosfeen nicht sterben können. Aber jeder in diesem Reich konnte ihren Verlust spüren, allen voran die Alphas. Viele dieser Alphas sind verrückt geworden. Und ihre Betas mit ihnen."

Morpheus' Aussage wird von einem weiteren Knurren begleitet und unterlegt das, was er mir sagt, mit einem ominösen Unterton.

„Das Reich ist jetzt ein Brachland, das von Gewalt regiert wird. Es gibt keine Fürsorger hier. Kein Leben. Keine Liebe. Kein Vergnügen. Keine Freude. Unser Herz ist buchstäblich tot. Alles, was die Alphas also tun können, ist, zu versuchen, zu überleben. Wilde Verlangen nehmen überhand. Kriege der Dominanz stehen an der Tagesordnung." Er zuckt mit den Schultern. „Die Sonne hat nicht einmal mehr einen Grund, zu scheinen."

„Warum glüht sie dann direkt vor deinem Palast?", flüstere ich und kann meinen Puls laut in meinen Ohren pochen spüren.

„Weil ich in einer Welt der Träume lebe", murmelt er. „Ich manifestiere Fantasien, und die Fantasie meiner Betas dreht sich darum, was einst war."

Was für eine traurige Antwort. Wie enttäuschend. Wie *herzzerreißend*.

„Und wie ist es dazu gekommen?", frage ich, fürchte aber, die Antwort aufgrund der wenigen Informationen, die ich über Persephone erhalten habe, bereits zu kennen.

„Niemand weiß es so genau", sagt er überraschenderweise. „Aber man munkelt, dass eine Omega ihren Alpha verraten hat. Sie hat sich nur mit ihm verpaart, um ihm die Kraft zu stehlen. Und sie hat seine Energie benutzt, um Omegaseelen ein für alle Mal zu erdrosseln."

Ich starre ihn an, nehme unsere Umgebung nicht mehr wahr. „Wie ist das möglich?"

„Weil dieser Alpha der Gott des Todes ist. Seine Kraft löscht Leben endgültig aus. Bringt Seelen in eine Welt, die niemand sonst aufspüren oder wahrnehmen kann. Und man nimmt an, dass seine Omega sich dieser Kraft bedient hat, um die Omegas auszulöschen."

Mir schnürt sich die Kehle zu.

Denn diese Omega ist Persephone. *Meine Seele.*

Und der Gott ist Hades.

Kein Wunder, dass er mich hasst …

Es ist ein Wunder, dass er nicht versucht hat, mich dafür, was meine Seele ihm angetan hat, zu töten.

„Nicht weitgehend bekannt ist, inwiefern ihre Mutter darin involviert war", fährt Morpheus fort. „Persephone und Demeter standen sich sehr nahe. Und Demeter war ein Alpha, das dafür bekannt war, viele ihrer Art zu hassen. Was ich mich frage, ist, ob Persephone ihr freiwillig geholfen oder Demeter sie gezwun…"

Er wird von einem Kreischen unterbrochen, ehe ein Tier vom Himmel stürzt und ein Wesen erwischt, das sich nur wenige Meter hinter Morpheus aufbäumt.

Maliki hält sein Schwert in die Richtung der beiden raufenden Biester. Silberne und graue Federn wirbeln in einem Schwall … *Ist das Erde?*

Ich kann mir keinen Reim darauf machen, was ich da sehe. Es sieht aus wie eine Kugel aus Skeletten, die aus Kohle bestehen.

Und wie es scheint, ringt es mit einer Eule.

Morpheus knurrt es an, der Laut unterlegt mit Kraft.

Kraft, die wie keine ist, die ich je gespürt habe.

Kraft, die meine Knie weich werden lässt.

Aber Maliki fängt mich mit seinem Arm auf, hält mich aufrecht, und alles in mir will demütig flehen. Doch dann rauscht Morpheus' Knurren durch mich, und ein Sprühnebel lässt meine Sicht verschwimmen.

Binnen Sekunden sind wir wieder im Zimmer von vorhin.

Der einzige Unterschied ist, dass das federige Biest uns gefolgt ist. Aus seinem orangefarbenen Schnabel dringt ein Zischen, das Morpheus zum Lachen bringt. „Tut mir leid, Athena. Ich weiß, dass du dir deine Federn nicht gern schmutzig machst, Süße", säuselt er dem Ding zu, das viel zu groß ist, um ein Vogel zu sein.

Aber aussehen tut es wie eine Eule.

Eine sehr große Eule.

In der Größe ähnelt sie einem großen Hund, verfügt

aber über Federn, riesige Flügel, Krallen *und da, wo Augen sein sollten, Sterne.*

Buchstäbliche Sterne.

Ich blinzle sie an, überzeugt davon, den Verstand verloren zu haben.

Vielleicht ist das alles nur ein verrückter Traum. Das würde Sinn ergeben. Gott der Träume. Reich der Mythosfeen. *Dreckzombies, die gegen übergroße Eulen kämpfen.*

Ich schüttle den Kopf und kuschle mich an Malikis Brust.

Erst jetzt realisiere ich, dass er mich in seinen Armen hält und meine Beine in der Luft baumeln.

Ich blinzle abermals, weiß nicht, wann er mich in seine Arme gehoben hat. Und plötzlich will ich nicht mehr, dass er mich runterlässt.

Jepp, ich habe ohne jeden Zweifel den Verstand verloren.

„Ich glaube, sie hat für heute genug gelernt, Morpheus."

Der Gott der Träume nickt. „Ja, da stimme ich dir zu." Er sieht nicht uns, sondern seine riesige Eule an. Ich bin mir ziemlich sicher, dass er ein Leckerli an die Bestie verfüttert.

Ich habe nicht die geringste Ahnung, wo er das Etwas, das er in seiner Hand hält, gefunden hat, und ich weiß auch nicht, worum es sich dabei handelt, doch Athena starrt es mit gierigem Ausdruck an.

Als er es in die Luft wirft, flattert der Gegenstand einmal mit den Flügeln, ehe Athena ihn mit ihren Krallen ergreift.

Und umgehend verschwindet.

Jepp. Ich werde nicht einmal fragen, was das war. Ich werde einfach meine Augen schließen und versuchen, aufzuwachen.

Ich klammere mich an diese Hoffnung, während

Maliki und Morpheus darüber sprechen, in den Weiler des Jenseits zurückzukehren.

Und ich habe das Gefühl, einen Traum zu manifestieren – in dem ich aufwache und nichts hiervon echt ist –, bis ich Hades mit eiskaltem Tonfall sagen höre: „Willkommen zurück."

Ach, du liebe Fee.

Das hier ist kein Traum, sondern ein Nachtschreck.

Und er wird niemals enden.

MALIKI

ELENDE MYTHOSFEEN.

Zuerst bringt Hades Sera auf und überlässt es dann mir, die Sache wieder geradezubiegen.

Dann bringt Morpheus Sera und mich mit seinem Sprühregen in ein dystopisches Styxloch, obwohl er wusste, dass ich mich nicht einfach aus diesem Reich verflüchtigen kann, ohne Risiken eingehen zu müssen.

Vom einen zum anderen Reich der Sterblichen durch die Schatten wandeln? Kein Problem. Zum Reich der Mitternachtsfeen? Alles fein. So ziemlich alle anderen Feenreiche? Null Problemo.

Aber das Mythosfeen-Reich? Das Land ohne Quelle? Der Inbegriff eines Ortes, der nicht existieren sollte? Nope. Nein. Definitiv nicht.

Vermutlich wäre ich in einem Feuergeysir gelandet, wenn ich es versucht hätte.

Und jetzt hat Hades den Nerv, wieder aufzutauchen. Er hatte jetzt dreizehn Monate lang Zeit, seine Gefährtin kennenzulernen, und trotzdem kreuzt er lieber zweimal am selben Tag auf? Obwohl sie bereits offenkundig traumatisiert ist?

„Nein", sage ich, bevor er überhaupt etwas von sich geben kann. „Verzieh dich!" Ich sehe Hades, dann Morpheus an. „Alle beide."

Hades zieht bloß eine Augenbraue hoch und sieht mich mit einem Ausdruck an, als wollte er sagen: *Wie bitte? Weißt du, mit wem du sprichst?*

Ja, weiß ich, verdammt.

Mit dem Gott der Blödheit. Mit dem Gott, der es vermasselt hat. Mit dem Gott, der keine Ahnung von Frauen hat.

Ich meine, verstyxt und zugeblutet. Ich weiß, dass er schon lange keinen Kontakt mehr mit Frauen hatte, aber wie er heute mit Sera gesprochen hat, war absolut dämlich. Er kann froh sein, dass sie ihm keine heruntergehauen hat.

Dieser elende, besitzergreifende Alpha-Scheiß geht mir auf die Nerven.

Meins. Meins. Meins.

Na, heute Abend jedenfalls nicht!

„Geht nach Hause", knurre ich ihn und Morpheus an. „Sera muss etwas essen und schlafen, denn offensichtlich ist euch beiden entfallen, dass sie eine *Sterbliche* ist, verdammt."

Für gewöhnlich bin ich der Gelassene, der einen Styx auf alles gibt, aber als ich heute Abend das Licht in Seras Augen habe erlöschen sehen, hat sich etwas in mir verändert.

Sie hat sich vom temperamentvollen kleinen Rätsel in ein fügsames, gebrochenes Lamm verwandelt.

Das werde ich nicht tolerieren.

Und genau das muss mein Ausdruck wohl klarmachen, denn Morpheus und Hades weichen beide einen Schritt zurück.

„Wir sollten reden", sagt Hades zum Gott der Träume. Das ist weniger ein Angebot und vielmehr eine Forderung.

„Oh, jetzt willst du also reden? Nachdem du mir dreizehn Monate lang gesagt hast, dass ich Leine ziehen soll?", meint Morpheus grinsend. „Ich glaube nicht." Sein Blick wandert zu mir. „Pass auf unsere Gefährtin auf, Vollstrecker."

Er verschwindet, bevor ich etwas erwidern kann, und das Wort ‚unsere' scheint in der Luft zu hängen.

Hades kneift seine Augen zusammen, was mich einen Seufzer ausstoßen lässt.

Allem Anschein nach will Morpheus darauf hindeuten, dass ich ein Bündnis mit ihm eingegangen bin, und Sera das Herzstück dieser Allianz bildet.

Oder vielleicht hat er mit ‚unsere' seine und Hades' Gefährtin gemeint. Ich weiß es nicht. Und es liegt nicht an mir, das Rätsel zu lösen.

„Darüber unterhalten wir uns noch", warnt mich Hades.

„Ich werde es mir in den Kalender schreiben", erwidere ich ausdruckslos.

Meine sarkastische Bemerkung amüsiert ihn nicht im Geringsten. Tatsächlich wirkt er fuchsteufelswild.

Und dieser Zorn wird nur noch zunehmen, wenn er herausfindet, wohin Morpheus uns gebracht hat. Obwohl … das gefährliche Glitzern in seinen unergründlichen Augen deutet darauf hin, dass er es bereits weiß.

Er sieht zu Sera hinab und sein Zorn scheint etwas zu verpuffen, als er die zitternde Frau mustert.

Sie ist wach und mucksmäuschenstill, offensichtlich komplett schockiert von allem, was sie heute Nacht gesehen und gehört hat.

Ich umarme sie fester, was Hades auffallen muss, weil sein Blick auf meinen Armen verweilt. „Dieser Pullover steht dir nicht. Verbrenn ihn", verlangt er, dann löst er sich ohne ein weiteres Wort in Luft auf.

Doch sein Zorn verweilt als kalte Brise in der Luft.

Sera muss es auch spüren, denn sie wird von einem Schaudern heimgesucht.

„Ich werde dir zehn Minuten geben, damit du dich in Ruhe erholen kannst", murmle ich, während ich sie in ihr Schlafzimmer und zu ihrem Bett trage.

„Währenddessen werde ich etwas kochen und wir unterhalten uns während unserer Mahlzeit."

Denn ich ahne, dass sie bis dahin Tausende Fragen und Bemerkungen haben wird.

Sanft lege ich sie aufs Bett, stelle aber fest, dass sie sich an meinem Pullover festkrallt. Als ich versuche, ihre Finger von der dicken Wolle zu lösen, zuckt sie zusammen.

Stirnrunzelnd frage ich: „Willst du, dass ich dich eine Weile lang in den Armen halte?"

Sie nickt kaum merklich, es ist aber die bedeutendste Reaktion, die ich jemals von ihr gesehen habe.

Sie möchte getröstet werden.

Diese starke, resiliente Frau, die sich in der Bar schon mit unzähligen Feen ein Wortgefecht geliefert hat ..., will gehalten werden.

Obwohl ... ich schätze, diese nervtötenden Männer sind nichts im Vergleich dazu, zu erfahren, dass die eigene Seele für den Zerfall eines gesamten Reichs verantwortlich ist.

„Okay, Unruhestifterin", murmle ich. „Aber zuerst will ich die Schuhe ausziehen."

Vermutlich sollte ich sie auch von ihren befreien.

Es dauert einen Moment, bis sie von meinem Pulli ablässt, aber sobald sie es tut, lasse ich meine Hand an ihrer Wade hinunterwandern und öffne behutsam den Reißverschluss ihres Stiefels. Sie scheint sich zu entspannen und meine Berührung zu genießen. Oder vielleicht ist sie einfach nur froh, den Schuh los zu sein.

Als Nächstes ziehe ich ihr die Socken aus, dann wende ich mich meinem eigenen Schuhwerk zu.

Sobald ich barfuß bin, mustere ich sie und das Bett. Sie sieht so sanft und verletzlich aus. Aber ihr Blick ist intensiv. Es ist, als hätte sie vor, mir nachzugehen, wenn ich davonlaufe.

Ich wünschte mir beinahe, dass ich ihre Gedanken lesen könnte. Obwohl … etwas sagt mir, dass das ziemlich gefährlich wäre.

Gleichzeitig aber wohl auch sehr erleuchtend.

Ihr Gedankengut geht mich überhaupt nichts an. Mit einem geschlagenen Seufzer schlüpfe ich in ihr Bett und stelle umgehend fest, wie hart die Matratze ist. Wenn sie besserer Stimmung wäre, würde ich sie fragen, wie sie es schafft, auf diesem Zementblock zu schlafen.

Aber weil ihr nicht zum Spaßen zumute ist, ziehe ich sie lediglich an mich.

Sie kuschelt sich an meine Brust und legt ihre Beine zwischen meine. Dass sie so etwas mit jemandem macht, den sie kaum kennt, spricht Bände. *Wurdest du schon einmal so gehalten?*, frage ich mich. Das inspiriert eine traurige Frage in meinem Kopf, die aber rasch in aufrichtige Sorge umschlägt. *Wurdest du schon mal angefasst?*

Mir ist klar, dass sie Hades gehört. Und vielleicht Morpheus. Das ist in Ordnung.

Aber der Gedanke daran, dass es jemanden vor uns – ähm, ich meine natürlich *ihnen* – gegeben hat, bringt mich auf.

Sie ist nicht für andere bestimmt.

Ich runzle die Stirn. Wenn ein anderer sie so in den Armen gehalten hat, werde ich ihn umbringen. Es sei denn, es war Alina. Das kann ich verstehen. Aber das war es auch schon. Nur Schwestern. Keine anderen Männer. *Niemals.*

Nur ich darf sie auf diese Weise berühren. Na ja, Morpheus und Hades auch.

Sera atmet scharf aus und ihr Körper scheint mit meinem zu verschmelzen, als würde sie meinen verrückten Gedanken zustimmen.

Verrückt sind sie allemal.

Ich sollte mir nichts daraus machen, ob sie schon von jemand anderem berührt wurde. Sie gehört nicht mir. Nicht so. Und ich sollte auch nicht darüber nachdenken, dass das hier okay ist oder es sich richtig anfühlt.

Sie gehört mir nicht. Sie ist verboten. *Hades wird mich hierfür verdammt noch mal umbringen.*

Ein kleiner Teil von mir – einer, der offensichtlich lebensmüde ist – flüstert, dass es ihm egal ist. Allein sie in den Armen zu halten, ist der Schmerz wert.

Ist es das wirklich?, kontert ein anderer.

Verärgert knirsche ich mit den Zähnen.

Das ist doch lächerlich.

Sie braucht nur etwas Trost. Das ist alles, was ich ihr gebe. Ist schon gut.

Ich schließe die Augen und zwinge mich, meine Gedanken auszublenden. Alles zu vergessen. Und mich stattdessen auf meine Atmung zu konzentrieren.

In zehn Minuten werde ich mich herausschleichen und für Sera kochen. Dann werde ich sie die Richtung unseres

Gesprächs bestimmen lassen und dann werde ich in Tanks Hütte gehen, mich in das kleine Bett legen und schlafen.

Nach den gestrigen Mätzchen von Morpheus blieb mir der Schlaf verwehrt.

Irgendetwas sagt mir, dass das heute Nacht kein Problem darstellen wird.

Ich bin zu erschöpft, um gegen die Müdigkeit anzukämpfen.

Vermutlich hätte ich daran denken sollen, bevor ich mich hingelegt und mich an eine warme, formbare Frau gekuschelt habe.

Ich gähne.

Ich hätte mich auch daran erinnern sollen, dass ich erschöpft war, bevor ich meine Augen schloss.

Ja, es gab so einiges, was ich hätte tun sollen.

Aber ich war noch nie die Art von Fee, die sich daran aufgehängt hat, was er hätte tun sollen.

Fehler passieren tagtäglich. Fehler, wie … neben der Braut des Todes einzuschlafen.

SERA

Ich bin von Gerüchen umgeben. Himmlischen Gerüchen.

Seidige Baumwolle.

Leder und Rauch.

Ein Hauch frischer, eiskalter Luft.

Mmmh. Ich kuschle mich an die Quelle des verlockenden Aromas und atme tief ein. Heilige Feen, es fühlt sich so warm an. Sicher. Hart und doch weich. Wie Muskeln.

Trainierte Muskeln.

Bauchmuskeln, um genau zu sein.

Ich lege die Stirn in Falten und lasse meine Finger über die Erhebungen eines männlichen Körpers wandern.

Träume ich? Die Haut fühlt sich heißer an als üblich. Und sogar noch definierter.

Hades ist immer angespannt und sein Bauch der reinste Spielplatz für meine Hände. Aber dieser Körper fühlt sich etwas anders an. Unter dem Bauchnabel zieht sich kein dünner Pfad aus Härchen hinab, der meine Fingerspitzen dazu verlockt, nach unten zu wandern. Hier spüre ich nur glatte, straffe Haut.

„Sera", knurrt mir eine tiefe Stimme ins Ohr. „Wenn du deine Finger noch tiefer wandern lässt, kann ich für nichts garantieren."

Langsam hebe ich den Kopf vom Kissen – ähm, ich meine, der *männlichen Brust* – und gaffe Maliki an. „Oh!" Ich reiße die Hand zurück und er erschaudert merklich.

Und zwar nicht nur sichtlich, ich spüre das Zittern auch an meinem Bein.

Denn mein Schenkel liegt zwischen seinen.

Ich reiße die Augen auf und versuche, unsere Gliedmaßen zu entwirren.

Er packt mich an der Hüfte, bevor ich über die Kante purzeln kann.

Denn, ja, ich habe mich etwas überschätzt und bin beinahe zu Boden gefallen.

Ich zucke zusammen, dann vergrabe ich mein Gesicht im Kissen.

Das aus Malikis Brust besteht.

„Verdornt", keuche ich.

„Nein, bloß Maliki", entgegnet er. „In einem sehr kratzigen Pullover."

Ich riskiere einen Blick nach oben und stelle fest, dass der erwähnte Pulli an seinen Hals hochgerutscht ist. Denn offensichtlich habe ich es mir auf seiner nackten Brust gemütlich gemacht.

Ich schließe die Augen und rolle mich dieses Mal langsam von ihm weg. Unter mir raschelt Stoff, vermutlich, weil er den Pulli wieder zurechtzupft. Nach einer kurzen Stille öffne ich die Augen wieder, in der Annahme, dass es sicher ist.

Und sehe ihn jetzt ohne Hemd im Bett liegen.

Mit geweiteten Augen starre ich die Muskeln an, bevor ich mich zwinge, in sein Gesicht zu blicken. „Hast du eine Abneigung gegen Oberteile oder so?", platzt mir heraus. „Du scheinst nie welche zu tragen."

Er zieht eine seiner dunklen Augenbrauen hoch. „Ich trage diesen kratzigen Pullover jetzt schon viel länger, als ich zugeben will. Alles nur, weil ich dich nicht aufwecken wollte. Also ja, der Pullover macht mir etwas aus. Erst recht, weil ich fast daran erstickt wäre, weil du versucht hast, ihn mir über den Kopf zu ziehen, während du auf mir geschlafen hast."

Meine Wangen werden ganz warm. „Oh. Ähm … tut mir leid?"

Er greift mit Daumen und Zeigefinger nach meinem Kinn und starrt mich mit eindringlichem Blick an. „Entschuldige dich nie wieder dafür, versucht zu haben, mich auszuziehen, Unruhestifterin. Es macht mir wirklich nichts aus."

Mit dieser unerwarteten Ankündigung lässt er von mir ab und rollt sich mit einer geschmeidigen Bewegung aus dem Bett, um die ich ihn beneide. „Ich mache uns Frühstück. Was hältst du von Crêpes?"

„Frühstück?", wiederhole ich und fühle mich ziemlich doof dabei. Oder verwirrt. Ja, verwirrt ist mir lieber.

„Du hast über zwölf Stunden geschlafen", murmelt er. „Also ja, Frühstück. Crêpes?"

Ich weiß nicht, was Crêpes sind, nicke aber trotzdem. Denn mir knurrt der Magen und ein warmes Kribbeln saust durch meinen Körper. Ich fühle mich etwas durcheinander, also kann Frühstück nichts schaden.

Das wird mir ein paar Minuten allein einräumen, damit ich nachvollziehen kann, was gerade passiert ist.

„Danke", flüstere ich. Eigentlich habe ich mich bei ihm

dafür bedankt, dass er mir einen Augenblick allein gewährt, aber die Worte fühlen sich an, als wären sie für so viel mehr gedacht.

Und dann wird mir klar, dass es auch so ist.

Ich hatte ihn gebeten, ein paar Minuten bei mir zu bleiben, weil mein Verlangen danach, gehalten zu werden, meinen Stolz überwogen hatte.

Meine Seele ist bösartig. Sie hat ein ganzes Reich zerstört. Ich ... ich weiß nicht, wie ich das wiedergutmachen soll.

„Hey", sagt Maliki und greift abermals nach meinem Kinn. Dieses Mal ragt er über mir auf, nachdem er auf meine Seite des Betts gelaufen ist.

Ich starre hoch in seine goldenen Augen und schlucke hart.

„Bedank dich nicht dafür, dass ich dir gegeben habe, was du brauchtest, Sera. Obwohl ich es zu schätzen weiß, will ich nicht, dass du jemals das Gefühl hast, mir etwas zu schulden, okay?"

Endlich gelingt es mir, den Kloß im Hals herunterzuschlucken, aber jetzt fühlt sich mein Mund ganz trocken an. „Okay", krächze ich.

„Braves Mädchen", murmelt er, bevor er mit dem Daumen über meine Unterlippe streicht und eine seltsame Wärme darauf zurücklässt. „Ich muss ein paar Sachen aus Tanks Hütte holen, damit ich hier drüben kochen kann. Warum gönnst du dir in der Zwischenzeit nicht eine Dusche und entspannst ein bisschen?"

Ich nicke, weil ich glaube, nicht mehr sprechen zu können.

Er wirft mir ein schmales Lächeln zu. „Alles wird gut."

Bist du dir da sicher?, liegt mir auf der Zunge. *Denn ich habe das Gefühl, gleich in Flammen aufgehen zu müssen.*

Er drückt mein Kinn sanft, dann lässt er von mir ab. „Ich werde die Dusche für dich aufdrehen", sagt er. „Und dann hole ich nebenan alles, was ich für die Crêpes brauche."

Ich starre seinen muskulösen Rücken an, während er in mein Badezimmer schlendert und genau das macht, was er gesagt hat. Als er nicht zurückkommt, lege ich die Stirn in Falten.

Das Wasser läuft. Ich kann es hören. Warum hat er das Zimmer dann nicht verlassen?

Ich reiße die Augen auf. *Hat er beschlossen, vor mir zu duschen? Und hat dabei die Tür sperrangelweit offen gelassen?*

Aus unerklärlichen Gründen hält mich dieser Gedanke dazu an, aus dem Bett zu schlüpfen.

Ich sollte nicht nachsehen, ja, wirklich. Aber es könnte sein, dass in diesem Augenblick ein nackter Maliki unter der Dusche steht.

Und ich … ich muss feststellen, dass ich das gern sehen würde.

Doch als ich im Badezimmer ankomme, finde ich es verlassen vor.

Er hatte doch gesagt, dass er die Dusche anlassen und dann die Crêpes machen würde.

Er ist durch die Schatten zurück in Tanks Hütte gewandelt, wird mir bewusst, und ich schließe, genervt über meine dämliche Annahme, die Augen. *Wow, Sera. Wow.*

Ich … ich muss mich einfach nur unter den Wasserstrahl stellen, bis ich mein Gehirn wiederfinde.

Also tue ich genau das und gönne mir die wohl längste Dusche meines Lebens. Was etwas heißen will, denn das Wasser hier ist eiskalt.

Als ich mich vom Duschstrahl entferne, ist mir bitterkalt, aber ein Teil von mir erkennt, dass ich es vermutlich verdiene, zu schlottern, wegen dem, was meine Seele in einem vergangenen Leben getan hat.

Ich zucke zusammen. *Warum hast du mich als deinen Wirt ausgewählt?*, will ich fragen. *Warum hast du all diesen Feen wehgetan?*

Ich kralle meine Finger um das Waschbecken und schließe die Augen, das Handtuch lose um meinen Oberkörper geschlungen.

Was passiert, wenn ich eine Omega werde, wie Alina? Diese Frage habe ich mir zuvor schon einmal gestellt und mich gefragt, ob ich die Person, die ich bin, an meine Seele verlieren würde.

Aber wie Morpheus bereits erwähnt hat, ist Alina nach wie vor sie selbst. Vielleicht werde ich auch dieselbe bleiben.

Aber Alina hatte keine Seele mit einer bekannten Identität. Was heißt das nun für mich?

Ich schlucke hart und zwinge mich, ein paar Klamotten zusammenzusuchen, doch ich bin nicht mit dem Herzen bei der Sache, sodass ich eine schwarze kurze Hose hervorziehe und sie mit einem Langarmshirt kombiniere.

Es ist ein seltsamer Aufzug, aber das ist mir egal. Komfort steht jetzt an oberster Stelle, also kommen Jeans nicht infrage. Und das blusenähnliche Oberteil verfügt über einen V-Ausschnitt, der mir das Gefühl gibt, frei atmen zu können.

Maliki lässt seinen Blick an mir hinunterwandern, als ich, das Handtuch in der Hand, die Küche betrete und mein Haar zu trocknen versuche. Er gibt keine Bemerkung ab, also gehe ich davon aus, dass mein Outfit akzeptabel ist.

Stattdessen richtet er seinen Blick wieder auf den Herd – der viel eher brandneu anstelle von repariert aussieht.

Ich weiß nicht, was sein magischer Freund getan hat, aber ich könnte schwören, dass er nach dem Zwischenfall mit Pip meine gesamte Küche aufgemotzt hat.

Ich setze mich an den kleinen Küchentisch und sehe Maliki beim Kochen zu. Er hat sich ein Langarmshirt übergezogen und trägt eine dunkle Hose. Ein paar Wassertropfen perlen in seinem verwuschelten Haar, was darauf hindeutet, dass er ebenfalls geduscht hat.

Selbstverständlich beschwört mein Vorstellungsvermögen ein Bild davon herauf, wie er badet.

Nackt.

Und all die Tattoos klar erkennbar.

Bewegen sie sich, wenn er feucht ist?, frage ich mich und erschaudere dann beim Gedanken daran, wie das aussehen würde.

„Isst du lieber Süßes oder Herzhaftes zum Frühstück?", fragt Maliki und bereitet meiner Fantasie ein jähes Ende.

„Herzhaft", erwidere ich und bestaune ihn dabei. Er ist von Kopf bis Fuß in Schwarz gehüllt und der Stoff schmiegt sich an seinen Körper, betont seine muskulöse Statur.

Ich habe die ganze Nacht lang mit diesem Körper gekuschelt, geht mir durch den Kopf, und ich erzittere. Ich habe noch nie zuvor das Bett mit einem Mann geteilt. Das wollte ich auch nie. Aber die Wärme, die Maliki mir gespendet hat, gefiel mir ziemlich gut.

Und sein Duft auch.

Jetzt atme ich tief ein und sehe ihn fast schon unter den Wimpern blinzelnd an, als die Gerüche in meiner Küche zum Leben erwachen. Ich rieche seinen ledrigen Duft. Ich rieche Früchte. Und etwas Butteriges.

So viele verlockende Aromen.

So viele verlockende Aussichten.

Heilige Fee, was ist bloß mit mir los? Ich habe gerade eine lange, eiskalte Dusche hinter mir und trotzdem ist mir total heiß.

Vielleicht hätte ich anstelle des Langarmshirts ein Tanktop zu den Shorts tragen sollen.

Ich ziehe an meinem tiefen Ausschnitt, weil sich in meiner Brust ein seltsames Kribbeln ausgebreitet hat.

Die vergangenen paar Tage waren ziemlich intensiv.

Verdornt, die vergangenen paar *Jahre* waren ziemlich intensiv.

Ich … ich weiß nur nicht, wie ich das alles ins Lot bringen soll. *Meine Seele ist bösartig.*

Aber es gibt noch so vieles, das ich nicht verstehe.

Morpheus sagte, dass die Omegas verschwunden sind und für tot gehalten werden. Aber er hatte es auf eine Weise formuliert, die darauf hindeutete, dass er nicht an diese Erklärung glaubte. Was durchaus Sinn ergibt. Immerhin ist Alina eine Omega. Und sie ist quicklebendig.

„Wurden die Omegas wiedergeboren?", frage ich, was Malikis Blick zu mir wandern lässt.

„So lautet zumindest die Theorie", antwortet er, was mich die Stirn in Falten legen lässt. „Hades hat Spuren einer Omega-Essenz gefunden. Von seiner Mutter, um genau zu sein. In unserem Heimatreich. Darum hat er mich auch gebeten, das Portal zur berüchtigten Nacht der Monster zu öffnen. Er wollte Orcus ein Alibi verschaffen, damit er die alternative Dimension eingehend erforschen konnte."

Maliki wendet sich wieder der Pfanne zu, während ich darüber nachdenke, was er gerade gesagt hat. „Das bedeutet, dass die Omegas … am Leben sein könnten, richtig?" Ich weiß nicht, ob ‚am Leben' der richtige Begriff ist. *Vielleicht* … „Ich meine, vielleicht haben sie doch überlebt?"

„Hades hat sie nie für tot gehalten. Er hat immer

geglaubt, dass sie irgendwo versteckt werden. Darum jagt er sie auch schon so lange." Er gibt etwas auf einen Teller und stellt ihn beiseite. „Aber dass es Alina gibt, und dich, deutet darauf hin, dass die Seelen in neuen Lebensformen in alternativen Dimensionen versteckt wurden."

Er wiederholt die Bewegung mit einem zweiten Teller, dann macht er den Herd aus und dreht sich zu mir um.

„Also, ja, wie es scheint, wurden zumindest einige von ihnen wiedergeboren. Leider gibt es nur zwei Seelen, die die Wahrheit kennen. Eine ist derzeit in der Büchse der Pandora gefangen und weigert sich, den Mund aufzumachen. Und die andere …"

„Ist Persephone", flüstere ich und beende den Satz an seiner Stelle.

Er nickt.

„Aber Alina erinnert sich nicht an ein vergangenes Leben", meine ich. „Sie versteht, was es heißt, eine Omega zu sein, aber an exakte Begebenheiten erinnert sie sich nicht." Oder zumindest hat sie mir das so erklärt. „Liegt das daran, dass sie keine spezifische Seele in sich getragen hat?"

Maliki läuft mit zwei Tellern in den Händen zum Tisch, stellt einen davon vor mich hin und den anderen an seinen Platz. Anstatt sich hinzusetzen, begibt er sich aber zurück in die Küche und bereitet Kaffee zu. Weil die Maschine, die er benutzt, nicht mir gehört, gehe ich davon aus, dass er sie von Tanks Hütte rübergebracht hat.

„Ich bin mir nicht sicher", erwidert Maliki und gießt Kaffee in eine Tasse. Heute fragt er nicht, ob ich auch einen will, und bringt mir stattdessen ein Glas Fruchtsaft. „Frisch gepresster Orangensaft. Sag Bescheid, wenn er zu sauer ist." Er setzt sich vor mich hin und nippt an seinem Kaffee, ehe er erwidert: „Hades ist der Meinung, dass du dich an alles erinnerst."

Ja, das merke ich, denke ich. Laut sage ich jedoch nur: „Tue ich aber nicht."

„Ich weiß", murmelt Maliki. „Aber die Tatsache, dass er glaubt, du würdest dich erinnern, deutet darauf hin, dass du diese Erinnerungen eines Tages zurückerlangen wirst."

Mir krümmt sich angesichts der logischen Schlussfolgerung der Magen. „Ich will mich nicht erinnern." Die Worte sind eher für mich gedacht als für ihn.

Aber im nächsten Augenblick nehme ich die Aussage auch schon wieder zurück.

„Tatsächlich … nein. Ich will mich erinnern. Denn dann könnte ich vielleicht irgendwie helfen." Es … es ist ein komplett verrückter Gedanke. Aber jetzt, wo er mir gekommen ist, bezweifle ich, dass ich ihn je wieder loslassen kann.

Persephone verdient es, für den Rest ihres Lebens an einem Dorn zu verrotten.

Aber wenn ich irgendwie geradebiegen kann, was sie getan hat …

Ist das wirklich meine Aufgabe?, wundere ich mich mit gerunzelter Stirn. *Das vielleicht nicht, aber wenn ich helfen kann …*

Ich schlucke hart.

Wenn ich dabei helfen kann, diese Omegas zu finden, werde ich das tun.

Dabei geht es mir nicht darum, für die Sünden meiner Seele geradezustehen, sondern darum, dass ich das Richtige tun möchte. „Wie kann ich versuchen, mich zu erinnern?"

„Wenn du mich fragst …", erwidert Maliki. Sein Tonfall und auch sein Ausdruck sagen mir, dass mir der Vorschlag nicht gefallen wird. „Indem du die Omega in dir annimmst."

Ich starre ihn an. „Ja, schon klar, okay. Und wie stelle ich das noch gleich an?" Es ist ja nicht so, als hätte ich die vergangenen dreizehn Monate darauf gewartet, dass sich etwas in mir tut. Angesichts meiner Verbindung zu Alina und der Tatsache, dass ein Alpha mich zwei Jahre lang festgehalten und behauptet hatte, ich wäre ihre Tochter …

Ich reiße die Augen auf.

„Demeter."

Maliki sieht mich mit hochgezogener Augenbraue an. „Was soll mit ihr sein?"

„Sie hat behauptet, sie wäre meine Mutter." Das wusste ich bereits. Aber mir … mir ist gerade etwas anderes klar geworden. Etwas, woran ich mich schon viel früher hätte erinnern sollen, aber alles fühlt sich so verschwommen an. „Sie hat mich Persephone genannt."

„Ja …" Er zieht das Wort in die Länge, als könnte er mir nicht folgen. Oder vielleicht versteht er nicht, warum das für mich überraschend ist.

„Die Zeit, die ich bei ihr verbracht habe, fühlt sich an wie ein Traum. Ich hadere damit, genau zu benennen, was wirklich passiert ist. Aber sie sitzt in der Büchse der Pandora … meine angebliche Mutter."

Er nickt. „Soweit ich verstanden habe, ja. Alpha Ares bewacht sie."

„Und wer ist Ares?"

„Eine weitere Mythosfee", antwortet Maliki vage. „Wie Morpheus schon sagte: Alphas passen auf ihre eigenen Welten auf. Ares' Welt ist die Büchse der Pandora."

„Oh." Der Gedanke daran, ein gefängnisähnliches Universum anzuführen, lässt mich die Nase krausziehen.

Aber ich schätze, das Land der Toten ist auch nicht viel besser.

Zugegeben … mir gefällt das Reich des Jenseits. Viele

der Feen hier sind tödliche Wesen, aber sie scheinen alle ziemlich nett zu sein. Manchmal etwas zu nett.

Kopfschüttelnd versuche ich, mich auf das Essen zu konzentrieren, weil ich meinem Körper dringend etwas Energie zuführen und über alles nachdenken muss.

Meine Erinnerungen. Meine Träume. Meine … meine Realität?

Alles scheint eine verschachtelte Mischung aus Wahrheit und Fiktion.

Hat Demeter mich im Garten Persephone genannt? Oder stammt diese Erinnerung aus einem anderen Leben?

Ich kann mich nicht entsinnen, höre ihre Stimme den Namen aber jetzt klar in meinem Kopf sagen.

Ich schließe die Augen und zwinge mich, mich auf die Geschmacksnoten zu konzentrieren, die sich auf meiner Zunge ausbreiten. Jetzt verstehe ich, warum Maliki gefragt hat, ob ich lieber ein süßes oder herzhaftes Frühstück hätte. Mein Crêpe ist mit Käse und einer Art gepökeltem Fleisch gefüllt. Ich spähe durch meine Wimpern auf seinen Teller und stelle fest, dass aus seinem Früchte quellen.

„Magst du was abhaben?", fragt er mit sanfter Stimme.

„Ja", gebe ich zu.

Er schneidet ein Stück ab, spießt es auf der Gabel auf und streckt es mir hin.

Anstatt ihm das Besteck abzunehmen, lehne ich mich lediglich zu ihm und nehme den Bissen direkt in den Mund.

In seinen goldenen Augen steht ein brennender Ausdruck, während er mir zusieht, und eine unbekannte Emotion überschattet seine Züge.

Ich schlucke gemächlich und stoße ein Stöhnen aus, als der Geschmack sich auf meiner Zunge bemerkbar macht. „Wow", meine ich überrascht. „Normalerweise mag ich nichts Süßes zum Frühstück, aber das schmeckt echt gut."

„Ich weiß", antwortet er, arrogant wie immer.

An meinen Mundwinkeln zupft ein Lächeln. Für gewöhnlich stehe ich nicht auf arrogante Typen, aber zu Maliki passt die Haltung irgendwie.

Er bietet mir kommentarlos einen weiteren Happen an, den ich dankend annehme.

Dann wende ich mich wieder meinem Teller zu und wir beide essen in Stille.

Als die Teller leer sind, stehe ich auf, um den Abwasch zu erledigen, aber Maliki scheucht mich zurück auf meinen Stuhl und übernimmt wieder in der Küche. Anstatt über alles, was ich erfahren habe, nachzudenken, sehe ich ihm zu und folge seinen flüssigen Bewegungen mit meinem Blick.

Es gelingt mir, mehrheitlich alles andere auszublenden.

Zumindest, bis ein Schatten zu meiner Linken aufzieht.

Ein Schatten, der sich langsam in eine ominöse, greifbare Präsenz verwandelt.

Hades.

Er sieht mich an. Seine kalten, dunklen Augen vermitteln so viel mehr und lassen mir den Atem stocken.

Denn jetzt sehe ich seinen Hass.

Und nicht nur das. Ich kann ihn sogar nachvollziehen.

Er hat allen Grund, mir den Tod zu wünschen. Persephone hat ihn seiner Macht wegen benutzt und dabei so viele andere verletzt.

Ganz ehrlich, ich kann mich glücklich schätzen, dass er mich nicht mit Demeter in der Büchse der Pandora eingeschlossen hat.

Vermutlich verdient meine Seele genau das.

Warum hat er das nicht getan?, frage ich mich und mustere ihn mit gerunzelter Stirn. „Warum um alles in den Reichen willst du mich heiraten?", frage ich ihn, so perplex über sein Verlangen, dass ich jegliche Formalitäten oder

Begrüßungen außen vorlasse. Stattdessen füge ich rundheraus an: „Meine Seele verdient keine Feier. Sie verdient es, bestraft zu werden. Warum willst du mich zu deiner Braut machen? Warum willst du mich an deiner Seite?"

HADES

DIE WORTE MEINER GEFÄHRTIN KOMMEN SO UNVERHOFFT, dass ich einen Augenblick lang stumm dastehe und sie anstarre.

Dann sage ich das Erstbeste, was mir einfällt. „Ich will dich nicht an meiner Seite, Liebste. Ich will, dass du zu meinen Füßen kniest." *Bevorzugt, während mein Knoten in deinem Hals steckt*, ergänze ich beinahe, schaffe es aber, mich davon abzuhalten, weil Maliki einen Topf ins Waschbecken schleudert.

„Ich respektiere dich. Wirklich", sagt Maliki langsam und mit ebener Stimme. „Aber wenn du noch einmal so mit Sera sprichst, werde ich dir verdammt noch mal eine reinhauen."

Ich ziehe eine Augenbraue hoch. „Zunächst einmal ist es sehr sterblich von dir, diese lächerliche Floskel zu benutzen. Vielleicht solltest du die Meuchelmörder-

Streifen sein lassen, sie sind nicht als Bildungsmaterial gedacht. Und außerdem … wie ich mit meiner Gefährtin spreche, geht dich gar nichts an."

„Doch, tut es, weil du mich damit beauftragt hast, sie zu beschützen", kontert er, ehe er nach einem Geschirrtuch greift und die Hände daran abtrocknet. „Es geht mich auch etwas an, weil du mich damit beauftragt hast, dafür zu sorgen, dass sie dich heiratet. Und du erschwerst mir meine Arbeit um ein Vielfaches."

Er kommt auf mich zu. Er ist fast gleich groß wie ich.

Aber mein Blick verweilt auf meiner Ehefrau.

Ihre Augen sind nach Malikis letzter Aussage weit aufgerissen. „Du versuchst, mich davon zu überzeugen, ihn zu heiraten?", fragt sie mit … na ja, ich bin mir nicht ganz sicher, wie ich den Tonfall deuten soll. Sie hört sich überrascht, aber auch etwas aufgebracht an. „Ich verstehe nic…" Sie verstummt und lässt die Schultern sinken. „Oh."

Irgendwie sieht sie jetzt ziemlich geschlagen aus und ich habe keine Ahnung, warum.

Diese unterwürfige Seite von ihr – die ich zum ersten Mal zu Gesicht bekommen habe, nachdem sie von unserem Heimatreich zurückgekehrt war und sich auch jetzt wieder zeigt – sieht der Persephone, die ich kenne, einiges ähnlicher. Nur erinnere ich mich nicht daran, sie jemals traurig gesehen zu haben.

Es gefällt mir nicht.

„Warum bist du aufgebracht?", will ich wissen, damit ich es wiedergutmachen kann.

Sie schnaubt bloß.

„Das ist keine Antwort, Persephone. Sag mir, was dich beschäftigt, damit ich das Problem lösen kann."

Der Blick, den sie mir zuwirft, ist zu gleichen Teilen verwirrt und verärgert. „Wie bitte?"

Maliki stellt sich zwischen uns, sodass ich sie nicht mehr sehen kann, was mich aufbringt.

Mit düsterem Ausdruck sagt er: „Ich weiß, dass ich vorgeschlagen habe, dass du mit Sera reden sollst, aber das habe ich damit nicht gemeint. Du solltest anklopfen und dich von ihr hereinbitten lassen, nicht einfach unangekündigt auftauchen. Und den Mist von wegen, dass dir ihre vier Wände offenstehen würden, weil sie dir gehört, kannst du dir sparen. In meiner derzeitigen Stimmung lasse ich das nicht durchgehen."

„Aber sie ist meine Gefährtin."

„Ja, ihre Seele hat sich vor über zweitausend Jahren mit deiner verbunden, aber *Sera*, die *Sterbliche*, gehört nicht dir."

Ich weiche einen Schritt zurück, denn seine Worte treffen mich wie ein Schlag. „Sie sind ein und dieselbe Person."

„Bist du dir da sicher?" Er verschränkt die Arme vor der Brust. „Warum fragt Sera mich dann, wie sie ihre Erinnerungen anzapfen kann? Oh, und würdest du gern wissen, warum sie mich gefragt hat, wie sie das anstellen soll?" Er räumt mir keine Sekunde ein, um zu antworten, bevor er ergänzt: „Weil sie *helfen* will."

„Ich kann für mich selbst sprechen", sagt meine Gefährtin leise.

„Oh, das weiß ich", erwidert Maliki. „Ich versuche bloß, Hades dabei zu helfen, dieses Mal nicht ins Fettnäpfchen zu treten."

„Er ist in einen Napf getreten?", fragt sie verwirrt.

Trotz der Verärgerung, die Maliki verströmt, zupft an seinen Mundwinkeln jetzt ein Lächeln. „Das ist eine Redewendung, Unruhestifterin."

„Ich verstehe sie nicht."

„Das bedeutet, dass er mich davon abhalten will, Dinge

zu sagen, die ich für mich behalten sollte", erkläre ich, mein Blick immer noch auf Maliki gerichtet.

„Du bist auf ihr Spiel hereingefallen, was?" Meine Frage ist offensichtlich an meinen Vollstrecker gerichtet.

Er seufzt und streicht sich mit der Hand übers Gesicht. „Wenn sie ein Spielchen spielt, warum erkundigt sie sich dann danach, wie sie ihre Erinnerungen wiedererwecken kann?"

„Um dir ein falsches Gefühl der Sicherheit zu vermitteln." Genau das hat sie mit ihrer Unschuld und ihren zärtlichen Worten bei mir gemacht. Nichts davon war echt gewesen. Und doch ist mein Herz jetzt auf ewig ihr verschrieben. Es gehört ihr heute noch. „Sie ist gerissen."

„Ich wünschte, das wäre ein Kompliment", murmelt meine Gefährtin. „Aber ich bin nicht annähernd so *gerissen*, wie du glaubst. Ich weiß nicht, was Persephone in einem vergangenen Leben getan hat. Mal abgesehen davon, was Morpheus und Maliki mir gestern erklärt haben. Aber ich bin willens, zu tun, was immer ich tun muss, um die Erinnerungen in mir freizulegen. Wenn du es wirklich für möglich hältst."

Sie ist jetzt aufgestanden und ihr Blondschopf reicht Maliki kaum bis zur Schulter. Sie geht um ihn herum und tritt in Sicht.

Der geschlagene Ausdruck tut mir im Herzen weh. Diese Seite meiner Gefährtin gefällt mir überhaupt nicht. Sie ist neu. Und so anders als die temperamentvollen Emotionen von gestern. Die waren erregend. Das hier … macht mich wütend.

„Maliki hat gesagt, dass ich meine innere Omega annehmen muss. Wie stelle ich das an?" Ihr blankes Starren steht in krassem Widerspruch zu ihrer geschlagenen Haltung.

Es ist eine interessante Gegenüberstellung, über die ich einen Augenblick zu lange nachdenke.

Oder vielleicht sind es ihre Augen, die mich innehalten lassen.

Sie sind so unglaublich blau. So schön.

Früher habe ich Persephones braune Augen für die schönste Farbe aller Reiche gehalten, aber jetzt bin ich hin- und hergerissen, denn diese neuen Iriden sind einfach vorzüglich.

„Ich weiß, dass du glaubst, ich würde mich an alles erinnern und dich hinters Licht führen", fährt sie seufzend fort. „Angesichts der wenigen Informationen, die ich über meine Seele habe, ist deine Vermutung gerechtfertigt und ich werde es dir nicht verübeln. Aber ich brauche Führung, mein … mein Herr. Alina scheint auf natürlichem Wege zu einer Omega geworden zu sein. Ich aber nicht. Kannst du mir sagen, was ich tun soll?"

Dass sie über meinen Titel gestolpert ist, zieht mich noch tiefer in ihren Bann.

Persephone hat mich nie mit *mein Herr* angesprochen. Sie hat mich immer nur *Liebster* genannt. Oder ganz einfach *Hades*.

„Bitte?", ergänzt sie. „Ich verstehe, dass du mich hasst … oder zumindest meine Seele … oder …" Sie räuspert sich. „Es spielt keine Rolle. Aber wenn das alles stimmt, dann muss mir jemand dabei helfen, herauszufinden, wie ich meine innere Omega aktiviere. Kannst du den Hass lange genug beiseitelegen, um das zu tun? Damit ich versuchen kann, die Erinnerungen daran, was wirklich geschehen ist, an die Oberfläche zu holen?"

Ich … ich bin so erstaunt über alles, was sie da sagt, dass ich stumm blinzle, ehe ich zu Maliki blicke. „Was genau habt ihr ihr gesagt?"

„Dass meine Seele dafür verantwortlich ist, was in

deinem Reich passiert ist", sagt sie, bevor Maliki antworten kann. „Und obwohl ich jetzt verstehe, warum du in den vergangenen dreizehn Monaten kein Wort mit mir wechseln wolltest, wüsste ich es zu schätzen, wenn du mich nicht wie Luft behandeln würdest. Und außerdem hätte ich gern eine Antwort auf meine Frage."

In meinem Kopf schwirren Tausende Fragen, angefangen mit: *Wer hat dich denken lassen, dass ich dich hasse?* Aber anstatt sie laut auszusprechen, konzentriere ich mich auf das Verlangen, das meine Gefährtin geäußert hat. „Welche Frage?", will ich wissen, unsicher, worauf sie sich bezieht.

„Warum willst du mich zu deiner Frau nehmen? Meine Seele hat eine Sünde begangen, die ich kaum nachvollziehen kann. Dein Hass ist gerechtfertigt. Aber ich verstehe den Grund für die Bündnisse nicht. Soll es meine Omega inspirieren, sich zu zeigen?"

Ich mustere ihr Gesicht. Ihre Aufrichtigkeit stellt etwas mit mir an.

Ist es möglich …?

Nein. Nein, das kann nicht sein. Sie spielt mit mir.

Aber warum stellt sie dann so unschuldige Fragen?

Und sie sagt immer wieder, dass ich sie hasse. Und das … das tue ich. Aber gleichzeitig liebe ich sie auch. Als meine Ehefrau sollte sie das verstehen.

Als ich nicht antworte, stößt sie ein Schnauben aus und wendet dann ihren Blick ab. „Vergiss es. Ich werde tun, was immer du willst, mein Herr. Ich … ich bitte dich nur darum, mich zu führen. Bitte. Ich will mich erinnern … damit … damit ich helfen kann."

Maliki legt den Arm um sie, was mich zusammenschrecken lässt. „Das ist nicht deine Verantwortung, Sera."

„Das vielleicht nicht", erwidert sie und schaut ihn an –

was mich meine Augen zusammenkneifen lässt. „Aber wenn ich die Erinnerungen anzapfen kann, von denen ihr alle glaubt, ich besäße sie, dann finde ich, ist es die Sache wert, Verantwortung zu übernehmen, oder nicht?"

„Eigentlich nicht, nein. Ich führe Wesen lieber ihrer gerechten Strafe zu – und nicht Unschuldige. Und die Rolle des Märtyrers liegt mir auch nicht. Henker, Meuchelmörder, Vollstrecker ... alles fein, aber Märtyrer? Nein, danke."

Sie schüttelt bloß den Kopf, aber mir entgeht das kaum merkliche Lächeln auf ihren Lippen nicht.

Und Maliki ist der Grund dafür.

Ich kneife die Augen noch fester zusammen.

Ich habe ihm aufgetragen, sie davon zu überzeugen, mich zu heiraten, und allem Anschein nach legt er erstklassige Arbeit dabei hin. Sie scheint nicht nur bereit, zu tun, was immer ich verlange, sie scheint sich zu allem Überfluss in meinen besten Freund zu verlieben.

Hm.

Dieses Spiel ergibt keinen Sinn mehr.

Ich dachte, Persephone könnte versuchen, mich erneut zu benutzen – vielleicht, um ihre Mutter aus der Büchse der Pandora zu befreien. Maliki kann ihr dabei nicht behilflich sein, Morpheus aber schon. Doch ihr verehrender Blick liegt auf Maliki.

Was für ein Ziel verfolgst du, meine Liebste?, frage ich mich. *Wofür wirst du Maliki benutzen? Für seinen Schutz?*

Das wäre lächerlich.

Persephone weiß, dass nur wenige gegen mich antreten und den Kampf gewinnen können.

Und obwohl Maliki heute und auch gestern Abend zwischen uns geraten ist, hat er mich nicht direkt herausgefordert.

Was mich darauf zurückbringt, was Persephone möchte.

„Ich bin keine Märtyrerin", sagt sie zu Maliki. „Oder zumindest versuche ich nicht, eine zu sein. Aber zu wissen, dass meine Seele böse ist … reißt mich hin und her."

„Deine Seele ist nicht bösartig", wende ich ein. Es gefällt mir nicht, den Begriff in Zusammenhang mit meiner Gefährtin zu hören. „In Schieflage geraten, vielleicht, aber ganz bestimmt nicht böse."

Ich weigere mich, das zu glauben.

Persephone hat mich hintergangen. Sie hat mich und unzählige andere verletzt. Aber sie … sie besaß nie bösartige Eigenschaften.

Darum habe ich in den vergangenen zweitausend Jahren nicht bestimmen können, was ihre Absichten waren.

Es ergab damals keinen Sinn und jetzt noch weniger.

Liegt es daran, dass ich dich von Demeter getrennt habe?, will ich fragen.

Ihre Mutter hat Persephone immer bevorzugt. Aber meine Gefährtin sagte oft, dass sie sich vom Einfluss ihrer Mutter unterdrückt fühlte. Sie hatte frei sein wollen.

Darum hatten wir uns verpaart.

Damit ich sie in meinen Palast mitnehmen und ihr ein neues Leben schenken konnte.

Nur ist meine Welt in Tod gehüllt, was es ihr schwierig gemacht hatte, aufzublühen. Und Demeter hatte immer mir die Schuld daran gegeben.

Aus diesem Grund hatten wir eine Abmachung getroffen, die vorsah, dass Persephone jeden Frühling fortging, um die Felder für die zukünftige Erde vorzubereiten.

Sie war immer so erleichtert, wenn sie zu mir zurückkehren konnte.

Wahrheit oder Lüge?, frage ich mich und starre nach wie vor das Wesen an, in dem die Seele meiner Gefährtin steckt. Sie sieht völlig anders aus als meine Persephone. Und benehmen tut sie sich auch komplett anders.

Mein Herr.

Dass sie ihre Seele als bösartig beschreibt.

Wie sie Maliki mit Herzchen in den Augen ansieht.

Ich beiße die Zähne zusammen. „Wenn du es wirklich so meinst und bereit bist, zu tun, was immer nötig ist, dann musst du zu meinem Palast zurückkehren und die Gemächer beziehen, die ich für dich geschaffen habe."

Okay, eigentlich ist nichts davon *nötig*, um ihre Omega zu befreien. Aber es könnte helfen. Die Nähe zu einem Alpha sollte ihren Östrus begünstigen.

Obwohl … sie hat ein Jahr in nächster Nähe zu mir verbracht und nichts ist geschehen.

Vielleicht wird es helfen, in meinen Gemächern unterzukommen.

Die Magie in den Wänden gewährleistet meine Privatsphäre. Vielleicht hat der Zauber etwas zu gut gewirkt und sie von meinem Alpha-Einfluss abgeschirmt.

„Und außerdem werden wir noch einmal heiraten und das Band neu schmieden", fahre ich fort. Das sollte ihre innere Omega erwecken.

Und es wird zumindest meine Vermutungen bestätigen, dass Persephone gelogen hat, seit sie hier angekommen ist.

Oder beweisen, dass sie die Wahrheit gesagt hat und sich an nichts erinnert, flüstert eine leise Stimme in meinem Kopf, während ich dabei zusehe, wie sie den Kloß in ihrem schlanken Hals herunterschluckt.

Diese Stimme gefällt mir nicht, also blende ich das mentale Flüstern aus.

„Und außerdem werden wir zusammen zu Abend

essen", ergänze ich. „Heute Nacht." Ich sehe zu Maliki, dann zurück zu ihr. *„Allein."*

Vielleicht wird die wahre Persephone sich zeigen, wenn sie allein mit mir ist, weil sie niemandem mehr etwas vorspielen muss. Und dann können wir ein offenes und ehrliches Gespräch führen.

„Okay", meint sie mit sanfter Stimme, dann schluckt sie abermals. „Sonst noch etwas, mein Herr?"

Ich kneife meine Augen abermals zusammen. „Ja. Hör auf, mich *mein Herr* zu nennen."

Mit diesen Worten löse ich mich in Luft auf und überlasse Maliki ihren Umzug.

Das ist das Mindeste, was er tun kann, nachdem er meine Frau verführt hat.

Mag sein, dass ich ihn mit diesem Konzept geneckt habe, aber ich habe nicht erwartet, dass er sich über sie rollen und sie in seinem Duft tränken würde.

Ein Knurren des Missfallens und des Verlangens geht durch meine Brust.

Denn einem Teil von mir gefällt ihre Duftmischung. *Wie ein Strauß aus Feuerlilien, der von einem ledernen Band zusammengehalten wird.*

Lächerlich.

Verrückt.

Und so verdammt heiß.

Ich schüttle den Kopf. Wenn Maliki jetzt hier wäre, würde ich mir eine Runde mit ihm liefern, weil mir plötzlich danach ist, auf etwas einzudreschen. Oder auf jemanden.

Das Problem ist, dass ich gerade ihm wehtun will.

Sobald ich mein Büro betrete, bin ich von tanzenden Energieschwaden umgeben. Ich erkenne die Energiespur umgehend.

Ich drehe mich zu meinem Cousin um, als er sagt: „Gern geschehen."

Ich habe nicht die geringste Ahnung, wovon Morpheus spricht.

Und es ist mir verdammt noch mal egal.

Ich erwidere nur: „Du gehst auch" und ramme ihm dann meine Faust ins Gesicht.

MORPHEUS

Mein Kiefer schmerzt wegen Hades' abruptem Schlag und mir vergeht das Grinsen augenblicklich.

Alpha-Aggression ist gefährlich und artet leicht aus.

Als er also versucht, einen weiteren Treffer zu landen, schlinge ich meine Arme um ihn und bringe uns mittels meines Sprühnebels auf ein abgeschiedenes Feld in unserem Heimatreich.

Es ist trostloser als das Ödland des Höllenfeenreichs.

Bis auf verbrannten Erdboden gibt es hier nichts, und genau darum ist das hier der perfekte Ort für das, was Hades vorschwebt.

Er befreit sich von seiner Jacke und lässt sie auf den verkohlten Grund fallen. Ich mache es ihm nach.

Sein Hemd ist als Nächstes dran. Die Knöpfe springen in alle Richtungen, als er es sich vom Leib reißt.

Ich tue es ihm gleich, obwohl ich etwas bedachter

vorgehe und es schaffe, mich auszuziehen, ohne mein Hemd zu zerstören.

Er umkreist mich und in seinen dunklen Augen glitzert kaum zurückgehaltene Kraft. Es überrascht mich, dass seine Flügel nicht in Erscheinung getreten sind. Er trägt das schwarze Federkleid nur selten zur Schau.

Aber Wut ist der Katalysator für seine Bestie. Interessant, dass er diesen Teil von sich zurückhält. Vorerst, zumindest.

Ich folge ihm Schritt für Schritt, und meine Energie bäumt sich synchron mit seiner auf.

Wenn er einen Kampf will, kann er einen haben. Aber er sollte wissen, dass es Konsequenzen haben wird.

Zum Beispiel, dass andere Alphas sich dem Gerangel anschließen werden.

Alphas wie Ares.

Er wird von Gewalt angezogen wie Motten vom Licht, und ich bin mir sicher, dass er derzeit auf einen guten Kampf brennt.

In der Luft breitet sich eine Eiseskälte aus, als Hades seine Fähigkeiten anzapft. Die Totenwelt reagiert auf seinen Ruf und wirft sich auf mich.

Ich wehre ihn mit einem Trugbild einer Sonne ab, deren Strahlen durch den verhangenen Himmel über unseren Köpfen brechen und direkt in Hades' Augen fallen. Er hält eine Hand hoch, um seine Augen vor dem gleißenden Licht zu schützen, was mir gerade genug Zeit einräumt, um mich zu ihm zu sprühen und ihm auf die Nase zu hauen.

Er flucht.

Ich grinse.

Und dann beginnt der wahre Kampf.

Blitzschläge treffen auf den verkohlten Erdboden,

während wir einander rammen und unsere Kräfte mit jedem derben Schlag zunehmen.

Hades trifft meinen Arm, woraufhin ich kurzzeitig das Gefühl darin verliere – als wäre er tot – und ich erwidere den Angriff, indem ich ihn in eine andere Realität schleudere.

Eine, die randvoll mit einer Million dieser Moospflanzen ist, die Maliki so gut gefallen haben.

Aus dem Traum hallt ein Brüllen, während Hades seinen Weg aus der Illusion und zurück in die Realität kämpft, gerade als meine Gliedmaßen sich zu erholen beginnen.

Nur ist er nicht allein, als er wieder auftaucht.

Er bringt die Hunde des Todes mit sich.

Ich seufze schwer. „Willst du das wirklich durchziehen?"

Das Knurren, das aus der dreiköpfigen Kreatur stößt, sagt mir, dass er es sehr wohl durchziehen will.

Also rufe ich Athena mit einem Pfeifen herbei.

Die ist aber bereits auf dem Weg zu mir. Unsere mentale Verbindung verrät mir, dass sie den Ruf gehört hat, noch bevor ich den Gedanken überhaupt zu Ende gedacht hatte.

Howl – oder ist das Mort? – schaut hoch, als meine Eule über unseren Köpfen erscheint. Aus der Schnauze der höllenhundähnlichen Kreatur dringt ein lautes Knurren, das die anderen beiden Köpfe dazu bringt, seinem Blick zu folgen.

Und die Tiere breiten sich auf der weitläufigen Fläche aus.

Ich grinse, doch dann spüre ich, wie mich jemand am Kragen packt. Hades.

„Mistkerl", knurre ich, als mir bewusst wird, dass er unsere Zauberwesen als Ablenkung benutzt hat.

„Warum hast du sie hierhergebracht?", will er wissen.

Ich nehme an, dass er mit ‚sie' Serapina meint. „Um ihr etwas beizubringen", gebe ich zähneknirschend von mir, als er den Versuch startet, mir den Kopf abzureißen. Ich bediene mich meines Sprühnebels und befreie mich aus seinem Griff, verliere dann aber jegliches Gefühl in den Beinen.

Ich schaue nach unten und fluche, als ich die tödliche Falle entdecke, die mir Hades gestellt hat.

Sie ist schlimmer als das Schneckengift an Malikis Schwert.

Das hier … das hier ist der wahre *Tod*.

Eine Grube voller Seelen wie Pip, mit dem Unterschied, dass die hier keine Umhänge tragen.

Und sie mich *alle* berühren.

Ich kann das überleben, aber es schmerzt dennoch wie verrückt.

„Und was musste sie deiner Meinung nach lernen?", haucht mir Hades mit seidiger Stimme ins Ohr, nachdem er hinter mir in die Hocke gegangen ist.

„Alles, du Schwachkopf", zische ich ihm zu. „Sie weiß nichts. Weder über Persephone noch darüber, was es heißt, sich mit einem Alpha zu verpaaren. Über unsere Welt. Sie ist verloren und hat nur ihre Schwester, die ihr Führung bietet. Und sie glaubt, keine Omega zu sein."

Die letzte Aussage gebe ich so wütend von mir, dass ich meinen Tonfall nicht weiter zügeln kann. Es macht mich fuchsteufelswild, dass er es so weit hat kommen lassen.

„Du bist ihr Alpha, hast es aber unterlassen, sie auf unser Leben vorzubereiten", schuldige ich ihn an. Meine Stimme wird wegen des tödlichen Gifts, das durch meine Adern kursiert, ganz heiser. Ich würde mir meinen Sprühregen zunutze machen, wenn ich könnte, aber die elenden Seelen haben diese Fähigkeit blockiert, sobald meine Füße auf den Boden dieser Grube getroffen sind.

Feiner Spielzug, würde ich Hades für gewöhnlich sagen.

Doch im Augenblick ist mir nicht danach, ihn zu loben. Ich bin zu wütend auf ihn, um ihm Komplimente für seine Sparring-Praktiken zu machen.

„Du hast mir nicht zu sagen, was ich für *meine Gefährtin* getan und unterlassen habe", erwidert Hades, dessen Stimme durch seine tödlichen Lakaien hindurchhallt.

„Wenn Serapina deine Gefährtin ist, hast du sie bereits im Stich gelassen", entgegne ich und verabscheue, wie schwach ich mich anhöre. „Sie versteht oder kennt dich nicht im Geringsten, wie der Glaube daran, dass du sie hasst, beweist, obwohl wir beide wissen, dass du deine Omega nie wirklich hassen könntest. Und sie glaubt, dich zu heiraten, wird ihrer Omega-Seite dabei helfen, das Steuer zu übernehmen."

Der letzte Satz lässt mich ein Knurren ausstoßen, denn ich bin immer noch wütend über die Unterhaltung, die ich mitbekommen habe.

Denn ja, ich habe mich im Sprühregen versteckt. Vermutlich hätte ich offenlegen sollen, dass ich da war, aber ich wollte Hades die Gelegenheit einräumen, Serapina anständig zu umwerben.

Leider hatte sein stures Naturell überhandgenommen. Der Verrat von vor zweitausend Jahren hat ihn verletzt. Ich verstehe das. Wir alle sind *verletzt* darüber, was sich zugetragen hat.

Doch sein Schmerz macht ihn blind für das, was jeder andere klar und deutlich sehen kann. Serapina ist *nicht* Persephone. Sie ist ein eigenständiges Wesen. Eine Sterbliche. Eine wunderschöne Sterbliche, die mit einer Chaos behafteten Seele zusammengetan wurde.

Es ist nicht ihre Schuld.

Sie sollte nicht für die Sünden von jemand anderem bestraft werden.

Aber ganz das wunderbare Wesen, das Serapina ist, hat sie ihre innere und äußere Schönheit gezeigt, als sie angeboten hat, zu tun, was immer nötig ist, um die Erinnerungen anzuzapfen, die tief in ihrer Seele vergraben sind.

„Was wirst du in der Bündnisnacht machen, Hades?", frage ich, während alles zusehends dunkler wird. „Weiterhin so tun, als ob es sich bei Serapina um Persephone handelt und dein Knurren daher angebracht ist? Die Omega dazu verleiten, deinen Knoten anzunehmen, obwohl sie nicht einmal weiß, was ein Knoten ist, verdammt?"

„Und woher weißt du *das*?" Das letzte Wort ist mit Wut unterlegt, was mich einen Seufzer ausstoßen lässt.

Denn ich stehe kurz davor, das Bewusstsein zu verlieren.

Und er wird mich vermutlich hier leiden lassen, bis Ares vorbeischaut.

Oder vielleicht wird mich Athena herausziehen. Aber nur, wenn sie vorsichtig ist. Lieber würde ich Tausende Tode sterben, ehe ich zulasse, dass meine kostbare Eule ein Unglück ereilt.

„Weil ich neulich nachts eine beiläufige Bemerkung gemacht habe", sage ich mit kaum hörbarer Stimme. „Sie hat den Begriff als Frage wiederholt."

Ich höre seine Antwort nicht.

Ich bin mir nicht einmal sicher, ob er mir geantwortet hat.

Aber ich habe ihm ohnehin nur eine letzte Sache zu sagen. „Alles, was ich je wollte, war, sie zu teilen, Hades. Ich wollte sie dir nicht wegnehmen. Ich wollte sie nicht für mich allein beanspruchen. Ich wollte sie *teilen*. Leider wirst du das wohl nie verstehen. Nicht einmal für Maliki."

Denn ich weiß, was ihn aufgebracht hat: seine besitzergreifende Eifersucht.

Er hat sie an mir ausgelassen, was in Ordnung ist. Ich weiß mit seinem Zorn umzugehen.

Aber ich habe diesen ewigen Kampf verdammt noch mal satt.

Vielleicht wird er mir endlich zuhören.

Vielleicht auch nicht.

Ich mache einen letzten Atemzug, dann falle ich tiefer und tiefer in die Grube.

Und gebe seinen Lakaien, was sie wollen. *Mein Leben.*

SERA

„Bɪsт du sɪcher, dass es dir gut geht?", fragt Malɪkɪ
mich jetzt schon zum dritten Mal in den letzten dreißig
Minuten.

Und ich …

Ich kann die Frage einfach nicht mehr hören.

Denn … „*Nein*, es geht mir nicht gut. Aber habe ich
eine Wahl?"

„Man hat immer eine Wahl, Sera."

„Ach, wirklich?" Ich lasse die Klamotten auf meinem
Arm auf das Bett fallen und drehe mich zu ihm um. „Was
ist daraus geworden, dass du das hier auf die harte Tour
machen würdest, wenn ich den Antrag des Gottes des
Todes nicht annehme? Wo war meine Wahl damals?"

„Wenn ich mich recht entsinne, hast du dich
entschlossen, ihm zu sagen, dass er gehen soll, wo der Styx
wächst, und wolltest nicht in deine neuen Gemächer
ziehen", erinnert er mich.

„Ich weiß nicht einmal, wo Styx ist", schnauze ich. Aber es stimmt – ich habe ihn abgewiesen.

„Das ist ein berühmt-berüchtigter Fluss im Reich der Mythosfeen, der mittlerweile ausgetrocknet ist. Aber als Erstes habe ich von ihm in der griechischen Mythologie gehört."

Ich blinzle ihn an. „Griechische Mythologie?" Ich schüttle den Kopf, weil ich glaube, es gar nicht wissen zu wollen. „Vergiss es. Worauf ich hinauswill, ist: Nein, es geht mir nicht gut. Und jetzt hör auf, mich zu fragen."

Er sieht mich mit ernster Miene an und nickt mir zu. „Okay, Sera. Wie kann ich dir sonst noch behilflich sein?"

Ich mustere meine Hütte.

Meine Habseligkeiten.

Das Wenige, das ich besitze.

Der Wandschrank ist nicht einmal zu einem Viertel voll. Ich habe nur wenige Klamotten in meinen Schubladen. Die Töpfe und Pfannen und das Geschirr waren alle bereits da.

Schätze, da wäre noch die Pflanze, die ich erst vor Kurzem angesät habe. Aber ich bezweifle, dass ich diesem Hobby von nun an weiter frönen kann.

Nichts hier drin ist von Bedeutung für mich.

Außer Pip.

Und ich habe ihn nicht mehr gesehen, seit er mir diesen Blumentopf geschenkt hat.

„Glaubst du, Hades wird mich Pip mitbringen lassen?", frage ich Maliki betrübter, als ich es je zuvor in meinem Leben war.

Das ist nicht die Sera, die ich sein will, geht mir enttäuscht durch den Kopf. *Schätze, ich werde einfach wieder Serapina sein, bis Persephone übernimmt.*

„Nein, ich glaube nicht, dass der obsessive,

besitzergreifende Gott namens Hades dich eine männliche Fee in den Palast bringen lässt, die bei dir leben soll", meint Maliki nachdenklich. „Wie kommst du überhaupt darauf? Und zum letzten Mal: *Wer zum Teufel ist Pip?*"

Ich starre ihn fassungslos an. „Was für eine männliche Fee?", frage ich und verstehe nicht, wie er auf die Idee gekommen ist. „Und ich habe dir gesagt, dass Pip ein Geist ist."

„Eine Todesfee", erwidert er.

Ich sehe ihn wortlos an. „Was für eine Todesfee?"

„Pip."

„Wie bitte?", meine ich blinzelnd. „Ich stehe im Wald."

„Du nennst Pip immer wieder einen Geist. Du meinst eine Todesfee."

„Ähm, nein, ich meine einen *Geist*. Er ist ungefähr so groß" – ich hebe meine Hand auf Höhe meines Bauchnabels – „und schwebt in einem hübschen blauen Umhang herum, hat feurige, saphirblaue Augen, die im Dunkeln leuchten." Was mich anlässlich unserer ersten Begegnung komplett aus den Dornen hatte fahren lassen. Aber das ist eine Geschichte für ein andermal.

„Ich habe keine Ahnung, wovon du da sprichst", sagt Maliki.

„Na dann sind wir ja schon zu zweit. Also, welche männliche Fee, dachtest du, will ich mit in den Palast bringen?", frage ich, immer noch verwirrt über die Aussage – und über vieles andere.

„Pip."

„Pip ist keine Todesfee", entgegne ich entnervt. „*Er ist ein Geist.* Er bringt mir tote Blumen und versucht erfolglos, für mich zu kochen. Und er hat zwei große Löcher, wo seine Augen sein sollten." Ich zeige auf meine Iriden, damit er weiß, wovon ich spreche. „Oh, und sein Kopf ist ein Totenschädel. Aber seine Nase ist ziemlich süß. Sieht aus wie ein Herz, das auf dem Kopf steht."

Maliki starrt mich an, als hätte ich den Verstand verloren. „Bist du dir sicher, dass es dir gut geht?"

„Heiliger Feensack!", schreie ich und werfe die Arme in die Luft. „Das hatten wir doch schon. *Nein*, es geht mir *nicht* gut. Warum kommst du immer wieder darauf zu sprechen?"

Ich würde am liebsten nebenan gehen und nach dem Topf greifen, damit ich ihm das Ding in sein gut aussehendes Gesicht schleudern kann.

Tatsächlich … werde ich das vielleicht.

Gerade, als ich davonlaufen will, stelle ich fest, dass er mich mit einer seiner Hände festhält und mit der anderen nach meinem Kinn greift.

Mir rutscht das Herz in die Hose, als er mich rückwärts gegen die Wand führt und über mir ragt, während er in meine Augen starrt. „Tut mir leid, dass ich noch einmal gefragt habe", sagt er mit Nachdruck. „Dein Feenfreund Pip verwirrt mich bloß."

„Er ist keine Fee."

„Das sagst du immer wieder", meint er mit gerunzelter Stirn. „Er trägt Totenkopf-Make-up?"

„Nein, es ist ein echter Totenschädel. Weil er ein Geist ist. Er ist *tot*."

Maliki fällt die Kinnlade runter. „Du meinst eine *Seele*."

„Das ist dasselbe wie ein Geist", erwidere ich und versuche, das Kribbeln, das sich wegen seiner Berührung an meiner Kinnlinie ausbreitet, zu ignorieren.

„Ist es nicht. Na ja, doch, ist es, aber eine Seele ist in diesem Königreich etwas komplett anderes. Dabei handelt es sich buchstäblich um eine Seele."

„Auch bekannt als Gespenst", murmle ich.

Er presst seine Stirn an meine und lacht. „Du bist wirklich herzallerliebst, Unruhestifterin."

Mir stockt der Atem. Seine Nähe rüttelt Gefühle in mir wach, die ich noch nie zuvor verspürt habe. Zumindest nicht in der echten Welt.

Nur immer in meinen Träumen.

Aber das Herzklopfen, das ich jetzt verspüre, ist so viel intensiver als alles, was mein Verstand jemals hervorbringen könnte.

Meine Lunge bringt mich dazu, einen Atemzug zu machen – was mich wiederum anhält, die Augen zu schließen.

Denn, heilige Feen, riecht er vielleicht gut!

Ich will nichts lieber tun, als mich in seinem Duft zu verlieren. In seiner Berührung. In seiner *Wärme*.

Realisiert er überhaupt, was er mit mir anstellt? Spürt er es auch?

Ich kann es nicht recht sagen. Er starrt auf mich herab, als versuchte er, sich meine Gesichtsmerkmale einzuprägen. Wir stehen nicht länger Stirn an Stirn, aber immer noch nahe beieinander.

„Verdammt, bist du schön", sagt er mit so sanfter Stimme, dass ich beinahe glaube, mir die Worte bloß eingebildet zu haben.

„Danke", erwidere ich und schlucke hart. „Und danke, dass du für mich …" Ich verstumme, als mir plötzlich wieder einfällt, *warum* er hier ist.

„Es geht mich auch etwas an, weil du mich damit beauftragt hast, dafür zu sorgen, dass sie dich heiratet."

Genau das hat er zu Hades gesagt.

Ich presse meine Hand auf Malikis Brust und stoße ihn sanft von mir weg. „Deswegen warst du so nett zu mir. Weil es zu deinem Job gehört." Ich schüttle den Kopf und gebe ein humorloses Lachen von mir. „Damit du mich überzeugen konntest, Hades zu heiraten."

Heiliger Sternenstaub, ich … ich dachte, dahinter würde mehr stecken.

Er ist eine attraktive Fee. Verdornt, er ist mehr als nur attraktiv. Er ist einer der heißesten Männer, denen ich je begegnet bin.

Und er hat mich die ganze Nacht lang in seinen Armen gehalten.

Es ist nicht weiter verwunderlich, dass ich Interesse an ihm habe. Aber es beruht nicht auf Gegenseitigkeit.

„Tut mir leid", sage ich mit einem weiteren Lachen auf meine Kosten. „Ich … ich weiß nicht einmal, was wir hier machen. Ich bin nur ein Auftrag, der erledigt werden muss. Also … schätze ich, sollten wir … das hier zu einem Abschluss bringen." Denn eigentlich sollte ich meine Sachen packen.

Doch bis auf meinen Blumentopf und Pip besitze ich nichts, das sich mitzunehmen lohnt.

Nicht einmal meine Klamotten will ich einpacken. Alina hat sie mir gegeben.

Tatsächlich gehört nichts hier drinnen mir. Nicht einmal meine eigenen Entscheidungen darf ich fällen.

Ich wurde von meiner Schwester und ihren Gefährten in dieses Königreich gebracht. Zu meinem Schutz. Aber jetzt ahne ich, dass dahinter so viel mehr gesteckt hat.

Orcus muss die Wahrheit über meine Seele kennen. Er ist Hades' Bruder. Bestimmt haben die beiden sich doch unterhalten.

Weiß Alina also auch davon?

Nein. Sie … sie würde es mir doch sagen, richtig?

Es sei denn, sie hat versucht, mich zu beschützen.

„Bäh." Natürlich hat sie mich beschützt. Das macht sie

schon unser ganzes Leben lang. Warum sollte sich jetzt etwas daran ändern?

Diese ganze Unabhängigkeitserfahrung war nur ein idiotisches Experiment.

Und jetzt muss ich dahin zurück, wo ich vor einem Monat war.

Ein sehr verzogener, frustrierter Teil von mir will am liebsten schreien.

Aber wozu?

„Sera", meint Maliki, und etwas an seinem Tonfall deutet darauf hin, dass er meine Aufmerksamkeit schon länger zu erhaschen versucht.

Er berührt auch immer noch mein Kinn, was ich erst jetzt realisiere, weil er mich zwingt, zu ihm zu blicken. Die andere Hand liegt immer noch brandheiß auf meiner Hüfte und er presst mich gegen die Wand.

„Du bist die vertrackteste Aufgabe, die Hades mir je gegeben hat."

Ich zucke zusammen. Die Worte sind ein Schlag ins Gesicht. Das wollte ich ganz bestimmt nicht hören. „Du …"

„Nein, Sera, lass mich ausreden", fährt er fort und lässt dabei seinen Daumen hoch zu meinem Mund wandern und presst ihn auf meine Lippen. „Mir wurde aufgetragen, dich fast ein ganzes Jahr lang zu beschatten. Zunächst war das auch kein Problem. Du warst im Palast und ich habe dich kaum gesehen. Aber sobald du hierhergezogen bist, habe ich jeden einzelnen Tag darauf verwendet, dich kennenzulernen. Was mich wie einen elenden Stalker klingen lässt."

„Es ist …"

„Ich bin noch nicht fertig, Unruhestifterin", murmelt er und fällt mir abermals ins Wort. „Ich habe keinen Auftrag mehr gehasst als diesen."

Wieder zucke ich zusammen und schließe die Augen.

„Weil ich noch von nichts derart in Versuchung geführt wurde wie von dir", fügt er an und legt seine Stirn abermals an meine.

„Ich sollte dich nicht begehren, süßes Rätselchen. Und ich war brav. So verdammt brav. Trotz Hades' Sticheleien habe ich meine Hände bei mir behalten und dich nicht angerührt. Bis …"

Ich sehe unter den Wimpern blinzelnd zu ihm hoch und erhasche den schmerzerfüllten Ausdruck in seinem Gesicht.

„Jetzt, wo ich dich berührt habe, glaube ich, will ich nie wieder damit aufhören", vertraut er mir an. „Also hass mich ruhig, aber ich will, dass du weißt, dass das hier für mich so viel mehr ist als ein Auftrag. Du bist eine verbotene Frucht. Die Frau, die ich nicht begehren darf."

Seine Worte lassen mich erschaudern und entfesseln etwas in mir. „Maliki …"

Er schließt die Augen, die Stirn immer noch an meine gepresst. „Fuck, Sera, deinetwegen frage ich mich, ob von dir zu kosten es wert ist, den Zorn eines besitzergreifenden Gottes zu ernten." Die leise gesprochenen Worte sind kaum mehr als ein Atem auf meinen Lippen. Dann stößt er sich von der Wand ab und dreht sich zu meinem Bett um. Sein Keuchen hallt durch das kleine Zimmer.

Oder vielleicht bin ich das.

Ich … ich habe das Gefühl, einen Marathon gerannt zu sein.

Die Hand auf meine Brust gepresst, versuche ich, mein Herz zu beruhigen, was aber unmöglich ist, weil ich sehen kann, dass Maliki damit hadert, sich zu beherrschen.

Doch seine Bemerkung, ob es das wert ist, Hades' Zorn zu ernten …

Ist es nicht. *Ich* bin es nicht wert. Nicht für Maliki.

Meine Seele …

Ich lasse den Kopf in den Nacken fallen und bin hin- und hergerissen zwischen Schuldgefühlen und Wut. Ich verdiene es nicht, bestraft zu werden. *Ich* habe nichts Falsches getan.

Aber das kann ja gar nicht stimmen. Schließlich ist meine Essenz durch und durch verdorben vom Bösen.

Hades mag etwas anderes gesagt haben, aber wie soll ich ihm glauben?

Persephone hat ein Reich zerstört.

Mein Blick wandert zu Boden.

Mag sein, dass es meine Last zu tragen ist, aber das Schicksal hat uns aus einem Grund zusammengebracht.

Und ich bin entschlossen, herauszufinden, was dieser Grund ist.

Was bedeutet, dass ich meine innere Omega freisetzen muss.

„Wir sollten gehen", sage ich Maliki mit sanfter Stimme. „Das Einzige, was ich mitnehmen will, sind meine Blume und Pip."

Maliki spannt die Schultern sichtlich an. „Ich bin nicht sicher, ob Hades zulassen wird, dass Pip mit dir in den Palast kommt."

Ich kneife die Augen zusammen. „Weißt du was? In Anbetracht aller Umstände weiß ich nicht, ob ich einen feuchten Dreck darauf gebe." Denn ich stehe kurz davor, mein Leben für diesen Alpha praktisch aufzugeben, damit er die Erinnerungen an die Oberfläche holen kann, die tief in meiner Seele vergraben sind.

Wenn ich einen Geisterfreund haben will, kann ich das auch.

Und überhaupt … vielleicht wird Pip mir ins Jenseits folgen, wenn alles vorbei ist.

Was für ein morbider Gedanke, geht mir mit einem Lachen

durch den Kopf. *Heilige Feen, vielleicht habe ich wahrhaftig den Verstand verloren.*

Wenn ihr mich fragt, ist das allein Persephones Schuld. Und Hades'.

Und das Schicksal hat auch seine Finger im Spiel.

„Lass uns Pip suchen", sage ich zu Maliki. „Er darf entscheiden, ob er mitkommen will oder nicht."

HADES

Ich sitze im Dreck, den Blick zum Himmel gerichtet, und warte darauf, dass Morpheus zurück ins Reich der Lebenden tritt.

Mein Zorn ist etwas abgeflaut – noch nicht vollständig verschwunden, aber genug, um klar denken zu können.

Und alles nur wegen eines Knotens.

Mir kommt beinahe ein Lachen über die Lippen, als ich darüber nachdenke, wie verrückt das alles ist.

Aber was Morpheus gesagt hat, stimmt. Jeder, der der Grube des Todes ins Auge blickt, sagt die Wahrheit. Darum ist sie auch so ein effektives Werkzeug für das jüngste Gericht.

„Alles, was ich je wollte, war, sie zu teilen, Hades. Ich wollte sie dir nicht wegnehmen. Ich wollte sie nicht für mich allein beanspruchen. Ich wollte sie teilen. Leider wirst du das wohl nie verstehen. Nicht einmal für Maliki."

Morpheus' letzte Worte gehen mir wiederholt durch den Kopf und ich hadere damit, sie anzunehmen.

Aber ich weiß, dass er es so gemeint hat.

„Wie kann Persephone nicht wissen, was ein Knoten ist?", frage ich seine Leiche. „Ich habe mich schon tausende Male mit dieser Omega verknotet. Glaub mir, *sie weiß, was ein Knoten ist.*"

Trotzdem ist mir die Aufrichtigkeit in seinen Worten nicht entgangen. *„Sie hat den Begriff als Frage wiederholt."*

Ich knurre. „Das hört sich überhaupt nicht nach meiner Persephone an", meine ich zu ihm, obwohl mir klar ist, dass er kein Wort von dem hören kann, was ich sage. „Du musst dich schneller regenerieren, Morpheus. Diese einseitige Unterhaltung langweilt mich."

Mir entgeht die Ironie an der Sache nicht.

Für gewöhnlich kann ich es kaum erwarten, bis er die Klappe hält.

Aber in diesem Augenblick wünsche ich mir nichts mehr, als dass er mir antworten würde.

Ich schüttle den Kopf. „Alles ist so verdreht. Nichts ist richtig. Und Persephone … sie weiß nicht, was ein Knoten ist?" Ich kann es mir nicht verkneifen, die Frage zum wohl dritten oder vierten Mal zu stellen. „Ich verstehe nicht. Sie ist nicht …" Ich verstumme und hadere damit, die logische Schlussfolgerung anzunehmen, die so offensichtlich ist, dass ich sie nicht in Erwägung ziehen will.

Denn ich kann ihr nicht vertrauen.

Aber was, wenn es nicht sie ist? Was, wenn Morpheus und Maliki recht haben? Und Orcus auch?

Sie alle haben gesagt, dass Serapina eine eigenständige Person ist.

Ich wollte es nicht glauben.

Vielleicht ist das der wahre Grund, aus dem ich sie in den vergangenen dreizehn Monaten gemieden habe.

Vielleicht wollte ich nicht, dass mir jemand das Gegenteil beweist.

Ich beiße die Zähne zusammen, weil das ziemlich plausibel ist.

„Bin ich bloß stur?", frage ich mich.

„Pausenlos … verdammt", antwortet eine heisere Stimme neben mir.

„Oh." Ich schaue zu Morpheus. „Gut. Du bist wach. Wir müssen reden."

Die leichenähnliche Version meines Cousins gibt einen Laut von sich, der ein Lachen sein könnte. Oder ein Fluchen. Ich bin nicht ganz sicher. Und es ist mir auch egal.

„Was hast du gemeint mit ‚nicht einmal für Maliki'?", frage ich meinen Cousin. „Schlägst du etwa vor, ich sollte ihn als Vollstrecker teilen?"

Der Blick, den Morpheus mir zuwirft, sagt mir, dass das eine zu komplexe Frage für sein noch sehr benebeltes Hirn ist.

Oder aber er will damit seine Verärgerung ausdrücken.

„Du musst schneller zur Besinnung kommen", sage ich zu ihm. „Ich habe heute Abend eine Verabredung mit meiner Omega und will nicht zu spät kommen."

Ich glaube, er versucht, den Kopf zu schütteln, aber es ist schwierig abzuschätzen.

„Deine Haare sind übrigens weiß", sinniere ich. „Ich frage mich, ob das so bleiben wird oder du es wiederbeleben wirst."

Jetzt sieht mein Cousin aus, als wollte er mich töten.

Ich kann nicht behaupten, dass ich es ihm übelnehme. Mir geht es bei ihm oft nicht anders.

Aber seine Bemerkung über das *Teilen* … beschäftigt mich.

Ich wollte Persephone nie teilen, und das weiß er auch.

Er weigert sich lediglich, es zu akzeptieren. Er ist sogar so weit gegangen, mir die Schuld für ihren Verrat zu geben, und behauptet, es wäre nie dazu gekommen, wenn sie einen Gefährtenzirkel gehabt hätte.

Ich hasse, dass ich mich schon gefragt habe, ob er recht hat.

Und ich hasse auch, dass ich derzeit in Betracht ziehe, mich mit ihm zu verbünden.

„Ich will sie nicht mit dir teilen", murmle ich.

Er verdreht die Augen. „Was für eine Überraschung." Seine Stimme hört sich rau an, was mich einen Seufzer ausstoßen lässt.

„Wann hast du zum letzten Mal gesparrt, Cousin? Ich fürchte, du lässt nach."

Eine unsichtbare Kraft trifft auf meine Kinnlinie und lässt mich rücklings zu Boden gehen.

Ich stoße ein wütendes Knurren aus, als ich das verräterische Reißen meiner Jacke höre.

Ich hätte es besser wissen und sie nicht anziehen sollen, während ich darauf gewartet hatte, dass mein Cousin wieder unter die Lebenden findet.

„Du Arsch", murmle ich und setze mich wieder auf.

Die unsichtbare Faust versucht erneut, mich zu treffen. Dieses Mal greife ich danach und blocke den darauffolgenden Haken von links ab.

Es ist Traumenergie und darum unmöglich zu erkennen. Aber ich kann sie *spüren*.

„*Das reicht jetzt*", sage ich zu Morpheus. „Ich will reden."

„Du hattest monatelang Zeit, mit mir zu reden", erwidert er, jetzt mit seiner üblichen Stimme.

Mein Blick wandert zu der Stelle, an der er gelegen hat, die jetzt aber verlassen ist. Er steht ein paar Meter entfernt, vollständig bekleidet und wie immer in einen gebügelten Anzug gehüllt.

Ich kneife die Augen zusammen. „Hast du ein Trugbild von dir selbst erschaffen?"

Auf seinen Lippen breitet sich bloß ein Lächeln aus.

Ich stoße ein höhnisches Lachen aus. Ich hätte es kommen sehen sollen. Sobald seine Kraft sich regeneriert hatte, hatte er ohne jede Frage dieses gesamte Szenario erschaffen und mich heimlich in eine Illusion gezogen, in der ich mich mit einem falschen Leichnam unterhalten hatte. „Wie lange hörst du schon zu?", will ich geschlagen wissen.

„Lange genug", antwortet er. „Serapina ist nicht Persephone, Hades. Darum weiß sie nicht, was ein Knoten ist. Sie verfügt über keine Erinnerungen. Aber ich weiß, dass dir mein Wort nicht genügt, also habe ich stattdessen einen anderen Vorschlag."

Ich korrigiere ihn um ein Haar, was sein Wort anbelangt. Eigentlich vertraue ich ihm. Sehr, sogar. Mehr, als ich zugeben will.

Anstatt darauf einzugehen, sage ich: „Ich höre."

„Küss sie." Zwei simple Worte, die mich komplett aus der Bahn werfen.

„Wie bitte?"

„Du hast richtig gehört. *Küss sie.* Mir ist klar, dass es eine Weile her ist, aber du erinnerst dich ganz genau daran, wie Persephone in ihrem Nest ist. Also bitte Serapina darum, sie küssen zu dürfen. Dann kannst du bestimmen, ob sie auch nur im Geringsten wie deine Seelenverwandte ist." Er steckt die Hände in die Taschen seiner Anzughose und zuckt mit den Achseln. „Eine Omega kann sich dem Knurren ihres Alphas nicht entziehen. Entweder wird sie darauf reagieren, wie du es von ihr kennst, oder eben nicht."

Ich lege die Stirn in Falten und bin nicht sicher, ob mir der Gedanke gefällt. „Wenn sie wirklich ein eigenständiges Wesen ist, wie ihr alle behauptet, würde das dann nicht dazu führen, dass sie mich noch mehr verachtet, als sie es ohnehin schon tut?" Ich hasse es, diese Frage laut aussprechen zu müssen, aber es ist der Rede wert.

„Ich glaube nicht, dass Serapina dich verachtet, Hades. Sie versteht dich bloß nicht. Noch nicht. Aber sie gibt sich Mühe. Dasselbe kann ich nicht von dir behaupten."

Mit zusammengebissenen Zähnen kneife ich die Augen zusammen. „Ich habe die vergangenen dreizehn Monate darauf verwendet, sie zu beobachten."

„Nein, du hast die vergangenen dreizehn Monate lang darauf gewartet, dass sie läufig wird, damit du einen Grund hattest, dich mit ihr zu verknoten", kontert er.

„Ich habe darauf gewartet, dass dieses Spiel ein Ende findet."

Er nickt. „Ja, und dein ideales Ende findet zwischen ihren Beinen, in ihrem Nest statt. Mit deinem Knoten tief in ihr vergraben."

„Hör auf, über das Nest meiner Gefährtin zu reden."

Er verdreht die Augen. „Gehört sie überhaupt dir, Cousin? Ihre Seele vielleicht schon, aber was ist mit Serapina?", betont er. „Du hast gefragt, ob du dich stur anstellst, und die Antwort lautet Ja, Hades. Ja, tust du. Du stellst dich immer stur an. Und ich habe es viel zu lange durchgehen lassen, aber langsam beginne ich zu glauben, dass ich mich in unserer Kompatibilität geirrt habe."

Das lässt mich ein höhnisches Lachen ausstoßen.

Obwohl ich einige herabwürdigende Dinge über Morpheus sagen könnte, kann ich nicht behaupten, dass wir inkompatibel sind.

Wir sind so gut aufeinander abgestimmt, dass es ätzt.

Eine Tatsache, die ich schon unser ganzes Leben lang verabscheue.

„Vielleicht muss ich meinen eigenen Gefährtenzirkel erschaffen", fährt er fort. „Und weißt du, welche Fee ich als Erstes rekrutieren werde? *Maliki*."

„Versuchst du absichtlich, mich aufzubringen?"

„Nein, Hades. Ich versuche, dir verdammt noch mal etwas Verstand einzubläuen. Denn wenn du die Sache nicht bald löst, werde ich keine andere Wahl haben, als sie ohne dich zu beanspruchen."

Die Welt um mich herum beginnt zu zittern, als er mich mental wegschubst, was mich aus dem Gleichgewicht geraten lässt.

Ich falle, und das Reich um mich herum verdunkelt sich. Ich weiß nicht mehr, was echt und was Fiktion ist.

Und plötzlich liege ich, das Gesicht ins Kissen gedrückt, im Bett.

Ich blinzle die mir bekannte Matratze an und mir pocht der Schädel, als wäre ich unter Tausenden Säulen begraben.

Vielleicht bin ich das auch.

Bei Morpheus kann man nie wissen, was echt ist und was nicht.

Aber was er gesagt hat … das war echt. Alles davon stimmte. Und auch wenn er sie mit ruhigem Tonfall ausgesprochen hatte, waren es dennoch Drohungen gewesen.

Knurrend raffe ich mich vom Bett auf und sehe mich um.

Ich habe keine Ahnung, wie lange ich schon hier bin oder wie ich hier gelandet bin. Wie ich Morpheus kenne, hat er mich mit einer Art Schlafbann belegt.

Ächzend rolle ich mich von der Matratze. „Wenn ich deinetwegen meine Verabredung mit meiner Ehefrau verpasst habe, werde ich dich aufspüren und noch mal töten, Cousin."

Ich könnte schwören, dass ich ihn daraufhin lachen höre.

Aber vermutlich bilde ich mir das bloß ein.

„Arsch", murmle ich.

Dann begebe ich mich ins Badezimmer. Denn ob ich nun zu spät bin oder nicht, ich muss mir die Überreste eines ruinierten Reichs von meinem Körper waschen.

Dann werde ich nach meiner Ehefrau suchen.

Und darüber nachdenken, was Morpheus gesagt hat: Sie zu küssen.

SERA

„Pip!", flüstere ich frustriert, weil er nirgends zu finden ist.

Maliki steht mit skeptischer Miene ganz in der Nähe. „Und du bist dir sicher, dass diese Seele echt ist?"

„Und du bist dir sicher, dass ich eine Omega bin?", schieße ich zurück.

An seinen Mundwinkeln zupft ein Lächeln. „Touché, süßes Rätselchen. Führe deine Suche nach deinem Schoßgeistchen fort."

Zähneknirschend versuche ich es erneut.

Nichts.

„Komm schon, Pip", sage ich entnervt. „Sie zwingen mich, umzuziehen, und ich will mich wenigstens noch von dir verabschieden."

„*Zwingen* ist ein sehr starker Begriff, und außerdem unzutreffend", bemerkt Maliki.

Ich funkle ihn an. „Ich habe nichts in meinem Leben entschieden, Maliki. Alles war bereits entschieden, alles nur wegen einer bösen Seele. Wenn ich also sagen will, dass ich gezwungen werde, etwas zu tun, kannst du deinen Arsch darauf verwetten, dass es stimmt."

Seine Belustigung schwächelt etwas. „Sera ..."

Mit hochgezogener Augenbraue warte ich darauf, dass er seinen Gedankengang zu Ende führt, doch er verstummt. Bis auf meinen Namen sagt er nichts – den aber mit entschuldigendem Tonfall, der sein Mitgefühl ausdrückt. „Bitte bemitleide mich nicht."

„Tue ich doch gar nicht."

„Doch, tust du", entgegne ich. „Das Leben ist nie fair. Diese Tatsache habe ich schon vor sehr langer Zeit angenommen."

Der mitfühlende Ausdruck in seinen goldenen Augen wird noch stärker, und ich muss meinen Blick abwenden.

Und als ich das tue, erhasche ich einen Blick auf einen verschwommenen Farbtupfer in meinem Schlafzimmer.

„Pip!" Ich renne auf die Tür zu, spähe ins Zimmer und sehe ihn, die Hände hinter dem Rücken verschränkt und mit gesenktem Haupt, neben meinem Bett schweben.

Auf meinem Kissen liegt eine tote Blume.

„Wo warst du?", will ich wissen.

Er schwebt nervös im Zimmer herum, und der Blick in seinen feurigen, runden Augen wandert hoch, als Maliki sich neben mich in die Tür stellt. Pip rauscht augenblicklich an die Wand zurück, und sein Mantel raschelt auf eine Art, die mich denken lässt, er zittert.

„Was ist das da auf deinem Bett?", will Maliki wissen. „Und wo ist deine kleine Seele?"

Ich runzle die Stirn. „Er schwebt direkt hier." Ich zeige auf Pip, der mich jetzt mit weit aufgerissenen Augen anstarrt, als könnte er nicht fassen, dass ich auf ihn gezeigt habe. „Was ist los, Pip?" Er beginnt zu schlottern und sieht mich traurig an. „Hey", sage ich, jetzt mit sanfterer

Stimme, und gehe auf ihn zu. „Was ist denn los? Was soll der entgeisterte Ausdruck?"

Maliki lacht. „Netter Wortwitz."

„Schhh", meine ich zum wenig hilfreichen Meuchelmörder und konzentriere mich auf Pip. „Kannst du mir schreiben?"

Pip schüttelt den Kopf und sieht uns abwechselnd an.

Ich runzle die Stirn. „Ich verstehe nicht. Du schreibst mir sonst immer."

„Er will nicht, dass ich ihn sehe", meint Maliki. „Vorausgesetzt, er ist wirklich eine echte Seele, die ein Versteckspiel im Zwischenreich treibt."

Mein Blick wandert zu Maliki. „Was?"

„Ich kann ihn nicht sehen", verdeutlicht er. „Aber du sagst, er ist hier, richtig?"

„Ja." Ich sehe zu Pip, der mich wiederholt ansieht, als hätte ich ihn verraten. „Du willst nicht, dass Maliki um deine Anwesenheit weiß?"

Pip nickt jetzt mit etwas verärgertem Ausdruck, als wäre er wütend, dass ich seinen genialen Plan durchkreuzt habe.

„Warum nicht?"

„Weil er glaubt, ich würde ihn zurück zu dem Hof der Seelen eskortieren", antwortet Maliki. „Habe ich recht?"

Pip neigt den Kopf leicht zur Seite, dann nickt er abermals.

„Maliki wird nichts dergleichen tun", verspreche ich Pip. „Das werde ich nicht zulassen."

Der Meuchelmörder lacht. Sehr hilfreich.

„Oder?", sage ich mit finsterem Blick.

Maliki hebt seine Hände und gibt sich geschlagen. „Wenn du sagst, dass diese Seele dein Haustier ist, werde ich ihn dir nicht wegnehmen."

Pip verschränkt die Arme vor der Brust und scheint Maliki nicht zu glauben.

„Er ist nicht mein Haustier", murmle ich. „Pip ist mein Freund."

Jetzt strahlt meine kleine Seele und der Saum seines Umhangs beginnt im Wind zu schaukeln, als er zu tanzen beginnt.

„Und als mein Freund hätte ich gern, dass du mit mir zum Palast kommst", sage ich zu Pip. „Um bei mir zu bleiben."

„Als Haustier", ergänzt Maliki leise.

Ich werfe ihm einen weiteren finsteren Blick zu. „Du bist keine Hilfe."

Er hebt seine Hände erneut hoch. „Tut mir leid, tut mir leid. Ich werde dich deinen Freund zähmen lassen."

Jetzt kneife ich die Augen noch fester zusammen. „Ich werde *dich* zähmen."

Maliki lacht. „Ich glaube, du hast bereits damit begonnen, Rätselchen."

Ich bin nicht ganz sicher, worauf er hinauswill, weshalb ich ihn ausblende und Pip wieder meine ungeteilte Aufmerksamkeit schenke.

„Kannst du bitte aus dem Zwischenreich hervorkommen?"

Pip lässt die Arme sinken, scheint aber immer noch unsicher.

„Wenn du dich lieber verstecken willst, ist das in Ordnung", sage ich zu ihm, weil ich es ihm nachfühlen kann. „Aber wirst du mit mir zum Palast kommen?"

Mein kleiner Freund wogt unentschlossen von links nach rechts, die Antwort unklar.

„Wenn er nicht zustimmt, dann nicht deinetwegen", meint Maliki. „Vermutlich fürchtet er sich davor, dass Hades ihn in die Gruben schickt."

„In die Gruben?", wiederhole ich und Pip beginnt abermals zu schlottern.

„Ein Ort, an dem man verurteilt wird", erklärt Maliki mit düsterer Miene.

Pip beginnt in der Wand zu verschwinden.

„Ich werde nicht zulassen, dass es dazu kommt", versichere ich Pip. „Ich ... ich werde mit Hades sprechen." Die Unsicherheit in meiner Stimme ist selbst für meine Ohren nicht zu überhören und offensichtlich entgeht sie auch Pip nicht. Ich lasse die Schultern hängen. „Ist schon gut, Pip. Ich verstehe, wenn du dich lieber hier verstecken willst. Wenn ich könnte, würde ich bei dir bleiben."

Jetzt schwebt er wieder aus der Wand und kommt, sichtlich unentschlossen, wieder näher. Seine Augen sehen so traurig aus. Aber sein Zittern verrät mir, dass ihn alles, was wir besprechen, zutiefst verängstigt.

„Was, wenn ich verspreche, dir zu helfen?", sagt Maliki, den Blick auf die Tür zu meinem Badezimmer gerichtet.

Ich lege die Stirn in Falten. *Glaubt er etwa, Pip schwebe da drüben?*

„Wenn du weißt, wer ich bin – und davon gehe ich aus, weil du dich versteckst –, dann weißt du, dass mein Angebot echt ist. Hades wird dich nicht anrühren, wenn ich sage, dass du mir gehörst."

Pip scheint ihn zu mustern.

Maliki spricht immer noch in Richtung Badezimmertür.

Ich beiße mir auf die Unterlippe und verkneife mir ein Grinsen, denn irgendwie ist das echt witzig.

Vor allem, weil Pip jetzt noch näher auf ihn zu schwebt. So nahe, dass er direkt neben ihm steht.

„Du hast zehn Sekunden, um eine Entscheidung zu

fällen, verlorene Seele", meint Maliki. „Bring mich nicht dazu, herunterzuzählen."

Pip erhebt seinen Arm, doch Maliki wendet sich von ihm ab.

„Kann sein, dass ich dich nicht sehe, aber spüren kann ich dich."

Pip sieht mit einem Lachen in den Augen zu ihm und versucht es erneut, woraufhin Maliki herumwirbelt.

„Hör auf, dir Späße mit mir zu erlauben, Seele. Ich wollte nett sein."

Ich presse eine Hand auf den Mund, um mich davon abzuhalten, lauthals loszulachen, als Pip es ein weiteres Mal tut und Maliki zum Knurren bringt.

Dann wandert sein Blick zu mir und alles scheint stillzustehen. Der Kampfwille in ihm weicht und er schüttelt den Kopf. „Dein Haustier versucht, dich zum Lachen zu bringen."

„Pip", erinnere ich ihn. „Und ja, das glaube ich auch."

Die Seele im Umhang schwebt an meine Seite und Maliki mustert ihn mit leicht zusammengekniffenen Augen. „Was zum Teufel trägst du denn da?", will er wissen, was mir verrät, dass er Pip jetzt sehen kann.

Pip dreht sich im Kreis und präsentiert ihm seinen Umhang.

Maliki lacht schnaubend. „Das ist doch lächerlich."

Mein kleiner Geist hält inne und stemmt die Hände in die Hüften. Oder zumindest nehme ich das an. Dann beginnt er ein Scharade-Spiel, indem er einen knochigen Finger in meine Richtung streckt, so tut, als würde er mich berühren, und sich dann lautlos auf den Boden fallen lässt.

Kurz darauf hebt er seinen Kopf und sieht Maliki bewusst an, bevor er seinen Umhang wieder über den Finger stülpt.

Maliki starrt ihn entgeistert an. „Ich will verschattet sein. Du bist ein cleveres Seelchen."

Pip verbeugt sich, dann richtet er sich auf und dreht sich im Kreis.

„Ja, du darfst mitkommen", beschließt Maliki und geht dann auf die Tür zu. „Er trägt diesen Umhang übrigens, um dich zu beschützen. Falls du es noch nicht wusstest." Er hält inne und wirft mir einen Blick über die Schulter zu. „Eine einzige Berührung durch seine Knochen, auch nur eine ganz sanfte, würde dich umgehend umbringen. Also bedeckt er sich, für den Fall, dass du ihm zu nahe kommst. Ich glaube, er mag dich."

Mit dieser Aussage läuft er ins Wohnzimmer und greift nach meiner Pflanze.

„Sollen wir?", ruft er mir zu.

Ich schaue nach unten zu Pip, der jetzt wieder fröhlich umhertänzelt.

„Nur fürs Protokoll: Ich mag dich auch", sage ich zu ihm.

Er wirft mir einen Luftkuss zu, dann schwebt er Maliki hinterher.

Zu sehen, wie schnell er über seine Nervosität hinausgewachsen ist, lässt mich irgendwie wünschen, auch eine kleine geisterähnliche Seele zu sein.

Vielleicht würde ich mich dann nicht so sehr vor meiner Rückkehr in den Palast fürchten.

Oder vor dem Abendessen, das mir bevorsteht.

Allein.

Mit Hades.

Wenn ich doch nur eine kleine Seele wäre, sinniere ich. *Stattdessen wurde mir eine böse Seele zugeteilt, die erpicht darauf ist, mein Leben zu ruinieren.*

Juhu.

MALIKI

Trautes Heim, Glück allein.

Nur hat dieser Besuch hier nichts mit Glücksgefühlen zu tun, weil Sera gezwungen wird, hier zu sein, und ihr kleines Seelenhaustier sich nervös umsieht.

Verstyxt, wie konnte das alles so schnell aus dem Ruder laufen?

Damit meine ich nicht einmal, dass wir hierhergekommen sind – dieser Teil ergibt wenigstens Sinn. Sera hätte den Palast gar nie verlassen sollen.

Nein, ich denke dabei an, was auch immer das zwischen Sera und mir ist.

Ich habe sie vorhin beinahe geküsst.

Verdammt, ich habe beinahe viel mehr getan, als sie zu küssen. Ich wollte sie verschlingen. Als sie gesagt hat, sie wäre meine *Aufgabe*, hatte ich ihr zeigen wollen, wie ich mit meinen Angelegenheiten für gewöhnlich umgehe.

265

Da war dieses unbeugsame Verlangen, das zu zähmen mir physische Schmerzen bereitet hat.

Scheiß drauf. Ich muss diesen Auftrag ausführen und mich dann irgendwohin teleportieren, um mir den Kopf zu waschen.

Nur … kann ich das nicht.

Denn allein der Gedanke daran, Sera allein und sie sich Hades entgegenstellen zu lassen, bringt mich dazu, etwas zerstören zu wollen.

Er war ein kolossaler Arsch zu ihr. Ich habe ihn bisher noch nie mit Frauen interagieren sehen und war immer davon ausgegangen, dass er das aus Treue zu Persephone vermied. Jetzt vermute ich, es liegt eher daran, dass er keine Ahnung hat, wie man mit Frauen spricht.

Ganz offensichtlich hat er von all den Malen, in denen er mir beim Sex zugesehen hatte, nichts gelernt.

Ich meine, ja, ich bin nicht direkt ein sanftmütiger Liebhaber, aber ich stelle immer sicher, dass meine Bettgefährtinnen befriedigt sind, und das auch emotional, wenn die Frau es braucht.

Verstyxt. Wem mache ich etwas vor? Ich bin nie lange genug geblieben, um zu kuscheln. Doch die Frauen, die ich für gewöhnlich bette, wollen das sowieso nicht.

Sera ist anders.

Die *letzte Nacht* war anders.

Ich bin mit ihr eingeschlafen. Ich … ich habe sie fast ganze zwölf Stunden in den Armen gehalten. Und es hat sich so verdammt richtig angefühlt.

Und sie gegen die Wand zu pressen, genauso.

Ich habe alles, was ich über meinen Auftrag gesagt habe, so gemeint. Und dass ich von ihr kosten will, auch.

Verschattet und zugeblutet, ich will sie kosten.

Ich schließe die Augen und verfehle um ein Haar die

nächste Stufe der Prunktreppe, die zum Palast des Todes hochführt.

Ich muss mich konzentrieren und aufhören, an Seras Mund zu denken.

Stattdessen mustere ich ihre anderen Merkmale und ihre Miene. Die meisten Besucher starren die Dekorationen aus Obsidian und feurigen Kerzenleuchtern staunend an, sie aber nicht.

Weil sie das alles schon einmal gesehen hat.

Pip schwebt neben ihr, immer noch nervös, aber wachsam, und seine beschützerischen Blicke erinnern mich ein bisschen an einen Wachhund.

Wie konnte mir dieses Ding entgehen?, frage ich mich.

Er muss sich in der Zwischenwelt versteckt haben, wann immer ich in der Nähe war.

Aber jetzt hat er eine greifbare Gestalt und beschützt Sera ganz offensichtlich.

Ein Verbündeter, beschließe ich.

Dann erinnere ich mich daran, wie er beinahe ihre Küche niedergebrannt hat. Plötzlich ergeben all die Bemerkungen zu Pip Sinn.

Okay, er ist also ein Verbündeter mit einem Hang zum Chaos.

Damit kann ich arbeiten.

Ich muss nur Hades davon überzeugen, dass er Sera ihn behalten lässt.

Das wird bestimmt toll. Vermutlich werde ich ihm im Gegenzug etwas versprechen müssen.

Na gut.

Pip macht Sera ganz offensichtlich glücklich. Das ist mir mehr wert als den Gefallen, den ich Hades deswegen schulden werde.

Sobald wir oben an der Treppe angekommen sind, versucht sie, links abzubiegen, um auf ihr altes Zimmer zuzugehen. „Andere Richtung", sage ich, was sie innehalten lässt.

Sie wirft mir einen verwirrten Blick zu.

„Deine neuen Gemächer befinden sich in Hades' Flügel", erkläre ich.

Sie schluckt hart. „Oh."

„Wenn es dir ein Trost ist: Meine Gemächer befinden sich auch in diesem Teil des Palasts", beruhige ich sie.

Seras Miene hellt sich etwas auf, was mir warm ums Herz werden lässt. Es gefällt ihr, dass ich in ihrer Nähe sein werde. Ich darf es nicht laut zugeben, aber mir geht es genauso.

Nur heißt das auch, dass ich in der Nähe sein werde, wenn sie bei Hades ist.

Und das ... das lässt mir einen kalten Schauer über den Rücken laufen.

Fuck.

Sie gehört mir nicht. Das weiß ich. Ich *wusste* es. Ich will auch gar keine Gefährtin. Es verträgt sich weder mit meinem Lebensstil noch mit meinem Beruf.

Aber etwas an Sera bringt mich dazu, etwas Neues zu wollen.

Dieses Verlangen darf ich nicht erforschen. Ich will es nicht einmal definieren. Also ersticke ich den Instinkt, zu erforschen, zu dem mein Verlangen mich führt, in der Wurzel und konzentriere mich darauf, Sera herumzuführen.

„Der Flur ist mit einem Zauber belegt, der ungeladene Gäste in einen anderen Teil des Palasts bringt." Ich sehe sie an. „Hades ist sehr wählerisch, wen er in seine Privatgemächer einlädt."

Sie nickt. „Mit einem Teil der Magie im Palast bin ich vertraut, aber nur mit dem, was Alina und ihre Gefährten mir erzählt haben."

„Die Zauber, von denen sie dir vermutlich erzählt haben, beschränken sich auf Orcus' Flügel. Hades' Gemächer sind etwas ganz anderes. Überall lauern magische Dekorationen und tödliche Konsequenzen, wenn jemand versucht, den König zu sabotieren."

Ich ergänze nicht, dass das alles auf Vertrauensproblemen beruht. Ich glaube, das hat sie bereits verstanden – und kennt auch den Grund für die erwähnten Vertrauensprobleme.

„Das heißt, Pip könnte möglicherweise nicht durchgelassen werden", ergänze ich mit Blick zum kleinen Geist. „Wenn wir getrennt werden, werde ich mit Hades reden und es wieder hinbiegen, okay?"

Die Seele sieht mich mit geweiteten Flammen in den hohlen Augen an.

„Vertrau mir", ergänze ich, woraufhin Sera uns beide abwechselnd ansieht.

Als Pip nickt, zieht ein Lächeln auf Seras Lippen auf.

Ich bleibe beinahe stehen, um sie anzustarren. Denn, verdammt, ist sie schön.

Das wusste ich schon, seit ich sie zum ersten Mal gesehen habe. Doch die Anziehung fühlt sich jetzt stärker an. *Echter.*

Ich hätte sie nicht gegen diese Wand pressen sollen.

Das spielt mit meinem Verstand.

Ich schüttle mich in Gedanken und fahre mit der Führung fort, bis wir bei einigen ganz besonderen Säulen ankommen. Auf den ersten Blick ist nichts an ihnen sonderlich anders – der gesamte Flur ist mit Totenkopfschädel-Säulen gesäumt –, aber hier lebt der Zauber. Ich erkenne ihn, weil ich eine sehr lange Zeit hier gelebt habe.

Ich gebe mein Wissen an Sera weiter, damit sie ihn einfacher findet, bis sie sich den Weg eingeprägt hat. „Es sind genau neun Säulen von der Treppe", sage ich. „Diese Nummer hat keine besondere Bedeutung, bis auf die Tatsache, dass ich immer bis neun gezählt habe, wenn ich in mein Zimmer zurückgekehrt bin. Denn hier ist die Trennlinie."

Sie zieht die Nase kraus. „Muss ich etwas Spezielles machen, damit ich auf den richtigen Weg komme?"

Ich schüttle den Kopf. „Nein, du hast bereits aufgrund deiner Aura Zutritt." Eigentlich funktioniert es nicht wirklich so, aber eine bessere Erklärung habe ich nicht. „Sobald du an diesen Säulen vorbeigehst, befindest du dich automatisch in Hades' Flügel."

Sie legt die Stirn in Falten. „Dann spielt es also keine Rolle, dass es die neunten Säulen sind, richtig?"

Ich neige meinen Kopf zur Seite und denke nach. „Nein, es … ist trotzdem wichtig."

„Warum?"

„Weil das Erste, was dich auf der anderen Seite erwartet, dich vermutlich mit einem Knurren begrüßen wird und drei Köpfe hat."

Sie reißt die Augen auf. „*Wie bitte?!*"

„Ist schon gut. Sie werden dir nichts antun. Versuch einfach, nicht wegzurennen, okay? Vor allem Howl liebt es, anderen hinterherzujagen."

„Howl?", wiederholt sie ungläubig.

Ich nicke bloß, dann trete ich durch den Zauber und seufze, als Ossa mich anknurrt. „Es ist auch schön, dich zu sehen, Prinzessin", flöte ich.

Sie fletscht die Zähne.

Währenddessen jaulen Howl und Mort aufgeregt und zwingen ihren riesigen Körper, direkt auf mich zuzurennen.

Doch als Sera zaudernd über die Schwelle tritt, halten sie abrupt inne.

Seras Augen werden ganz rund, als sie das dreiköpfige Biest sieht. Sie schnellt zurück und verschwindet.

Ich folge ihr durch die Barriere und sehe Pip nervös an ihrer Seite warten.

Es fühlt sich seltsam an, durch die Schranke zu gehen, die vielleicht eher als *Schleier* zu bezeichnen ist, aber ich tue es trotzdem, damit ich Sera hören und sehen kann. „Sie werden dir nichts tun", wiederhole ich mit sanfter Stimme. „Sie sind sozusagen Hades' Zauberwesen. Und er kann dir nicht wehtun, also werden sie das auch nicht."

Sie blickt mich misstrauisch an. „Was zum Dorn ist das für ein Ding?"

Die Erwähnung von *Dornen* bringt mich zum Grinsen. Sie ist so niedlich.

„Ein Hund", erwidere ich.

„Das ist *kein* Hund. Das ist eine Wolfsbestie!"

Ich zucke mit den Schultern. „Okay, so kann man es auch nennen. Aber wenigstens weißt du jetzt, wo die Zerberus-Legenden herkommen."

Sie blinzelt mich an. „Zerberus-Legenden?"

„Oh. In euren rückwärtsgewandten Schulen hat man euch wohl nichts über griechische Mythologie beigebracht", seufze ich. „Hör zu, komm … einfach mit mir. Sie werden an dir hochspringen und Ossa wird vermutlich versuchen, mir den Kopf abzubeißen, aber alles wird gut. Schau mir zu und lerne."

Sie legt die Stirn in Falten. „Du willst, dass ich dabei zusehe, wie eine Bestie dir den Kopf abbeißt?"

„Ich habe *versuchen* gesagt. Ein sehr wichtiges Wort in diesem Satz. Jetzt hör auf, ein Feigling zu sein, und komm mit." Ich mache einen Schritt über die Schwelle und warte.

Sera stößt ein trotziges kleines Schnauben aus, dann

murmelt sie: „Feigling? Weißt du was? Ich werde ihnen sehr gern dabei zusehen, wie sie dich umbringen."

Ihre Gegenbemerkung bringt mich zum Lachen, dann breite ich meine Arme aus – in fester Erwartung, von Howl und Mort überrannt zu werden.

Aber sie springen nicht an mir hoch.

Stattdessen sitzen sie geduldig da, ihre drei Köpfe alle in Seras Richtung geneigt. Sie starrt sie schockiert an, als versuchte sie, zu ermitteln, ob sie kämpfen oder flüchten sollte. „Renn nicht davon", warne ich sie erneut.

„Du hast leicht reden", murmelt sie.

Ossa neigt den Kopf zur Seite.

„Tu es nicht", erwidere ich mit scharfem Tonfall und blicke zum Unruhestifter des Trios.

Selbstverständlich ignoriert sie mich.

Aber sie knurrt Sera nicht an. Sie … Ich runzle die Stirn. *Ist das ein wölfisches Grinsen?* Ich schaue staunend zu und mir fällt alles aus dem Gesicht, als Ossas Zunge aus ihrem jetzt offenen Mund rollt.

Howl jault sie fröhlich an, woraufhin Ossa ihn anknurrt, als wollte sie sagen: „Halt die Klappe!" Er senkt seinen Kopf und sie lächelt Sera abermals an.

Sera starrt die dreiköpfige Kreatur mit gerunzelter Stirn an. „Sie versuchen gar nicht, dir den Kopf abzureißen."

„Nein, sie … verhalten sich seltsam ruhig." Ich glaube, ich habe sie noch nie für jemanden so still dasitzen sehen, außer für Hades. Und für gewöhnlich muss er ihnen einen scharfen Befehl erteilen, um es zu bewerkstelligen.

Ich erkenne Bewegung aus meinem Augenwinkel heraus und drehe mich zu Pip um, der zögernd über die Schwelle schwebt.

Ossa beugt umgehend ihren Kopf in seine Richtung und knurrt, woraufhin Sera zum Ursprung ihrer

Verärgerung blickt. Als sie Pip entdeckt, stellt sie sich umgehend vor die Seele und berührt seinen Umhang um ein Haar mit der Schulter.

Er weicht so schnell in die Wand zurück, dass Howl und Mort aufbegehren und ihm misstrauisch hinterherstarren.

Aber es war nicht der dreiköpfige Wolfshund, vor dem Pip zu flüchten versuchte – er wollte verhindern, Sera zu nahe zu kommen.

Ohne jeden Zweifel ein Verbündeter, denke ich und sehe ihm lächelnd dabei zu, wie er eine sichere Distanz zu seiner Sterblichen wahrt. Offensichtlich hat er Übung darin, sicherzustellen, dass er sie nicht versehentlich berührt.

„Bitte greift ihn nicht an", sagt Sera mit sanfter Stimme, als Ossa ein weiteres Knurren ausstößt. „Und, ähm, bitte verschont mich auch."

Ossa starrt sie mit verwirrtem Ausdruck an. Dann rollt ihre Zunge wieder aus dem Mund und sie beginnt zu hecheln.

Ich blinzle. „So habe ich sie noch nie gesehen."

Als sie meine Stimme hört, ist Ossa wieder ganz die Alte und knurrt mich an, blickt dann umgehend zurück zu Sera … und hechelt abermals.

Howl und Mort tauschen einen Blick aus, schauen zu Ossa und machen es ihr dann nach, sodass jetzt alle drei Köpfe aussehen wie süße Hündchen, was, wie ich weiß, eine Farce ist.

Pip späht hinter Sera hervor und schwebt dann zögerlich näher.

Erst jetzt dämmert mir, dass die kleine Seele kein Problem damit hatte, die Schwelle zu überqueren.

Ich will verschattet sein, denke ich.

Die Magie ist darauf programmiert, nur spezifische Personen und ihre Zauberwesen durchzulassen, was ich weiß, weil Fleur durch die Flure fliegen kann – wegen ihrer Verbindung zu mir.

Dass Pip umgehend Zutritt gegeben wurde, bedeutet, dass er in irgendeiner Weise an Sera gebunden ist.

Ich nehme mir vor, Hades davon zu erzählen. Ein Grund mehr, ihr zu erlauben, die kleine Seele hierzubehalten.

Es sei denn, eine Seele zu sein, erlaubt ihm, Schranken zu durchdringen. Aber das bezweifle ich. Andernfalls würden wir überall in diesem Teil des Palasts herumstreunende Seelen haben. Hades zieht sie wegen seiner Verbindungen zur Welt der Toten wahrlich an.

Ich räuspere mich und frage: „Sollen wir unseren Rundgang fortsetzen?"

Ossa knurrt, was mich den Kopf schütteln lässt.

„Das hatten wir doch schon, du kleine Bestie. Ich habe keine Angst vor dir."

Sie knurrt abermals.

Ich verdrehe die Augen. „Es ist auch schön, dich wiederzusehen."

Ossa stößt ein Schnauben aus.

„Versteht sie dich?", fragt Sera unsicher.

„Jepp", flöte ich. „Alle drei, um genau zu sein, aber Ossa ist die Rudelanführerin. Und zufälligerweise hasst sie mich."

Das alphaähnliche Weibchen bellt mich an und bestätigt damit meine Aussage.

„Mort und Howl lieben mich."

Die beiden Köpfe drehen sich in meine Richtung und werfen mir ein zahniges Grinsen zu, dann wandern ihre Blicke aber auf direktem Wege zurück zu Sera.

Pip umkreist die Bestie, während sie beschäftigt ist, mit schief gelegtem Kopf. Als Ossa Notiz von ihm nimmt, schnüffelt sie in der Luft, blendet ihn aber ansonsten aus.

Weil Sera sie gebeten hat, ihn nicht anzugreifen, wird mir staunend bewusst. *Sie hat Hades' Schoßhündchen gezähmt, allein indem sie die Schranke durchquert hat.*

Ich pruste um ein Haar laut los, bin aber zu eingenommen vom Anblick, der sich mir bietet, um meine Belustigung zur Schau zu tragen.

Stattdessen gehe ich am sitzenden Biest vorbei und grinse, als Ossa meine Anwesenheit nicht einmal anerkennt. Normalerweise wäre ich mittlerweile bereits in Morts und Howls Sabber gebadet und hätte mindestens eine Bisswunde von Ossa.

Aber mein Pulli – den ich mir gekrallt habe, bevor wir losgegangen sind – und meine Jeans sind intakt.

Ausgezeichnet.

Ich laufe den Flur entlang, während Sera einen großen Bogen um das dreiköpfige Geschöpf macht und mir folgt.

Als ich zurückblicke, sehe ich, wie sie einen nervösen Blick über die Schulter wirft, während die Hunde plötzlich wachsam hinter ihr herlaufen.

Sie beschützen sie, denke ich, immer noch ganz erstaunt über die neueste Entwicklung. Ihr Verhalten und Pips Fähigkeit, durch den Schutzzauber zu schlüpfen, hauen mich um. *Hades wird das so was von hassen.*

Was die Situation umso spaßiger macht.

Anders als Sera verdient Hades keine Glückseligkeit. Er soll verdammt noch mal kriechen.

Und ich habe fest vor, ihm das zu sagen, wenn ich ihn das nächste Mal sehe.

SERA

DIESE SEITE DES PALASTS FÜHLT SICH ANDERS AN. KÄLTER. Abgeschiedener. *Tödlich.*

Und das nicht nur wegen der riesigen Wolfskreatur, die mir den schwach beleuchteten Flur hinabfolgt.

Ich werfe einen weiteren Blick zurück zur Bestie und stelle fest, dass ihre Köpfe alle in andere Richtungen geneigt sind und sie jeden Zentimeter des Flurs mustern.

Ossa, Mort und Howl.

Jeder von ihnen trägt ein Halsband, wie jeder andere Hund es auch tun würde. Nur teilen sie sich einen Körper.

Es ist nervenzermürbend.

Aber irgendwie auch unglaublich.

Wer kontrolliert die Beine?, frage ich mich, als Ossa eine Säule mit noch mehr Totenschädeln anstarrt. Sie sehen aus wie uralte Pfeiler, bestehen aber aus Gebeinen. Ich will daran glauben, dass sie nur zu Dekorationszwecken da sind, aber ich fürchte, dass es sich dabei um echte Knochen handelt.

Solche Dekorationen gab es in meinen vormaligen Gemächern im Palast nicht. Aber die dunklen Farben und der gotische Stil sind dieselben.

Reaper hat mir diesen Begriff beigebracht und mir gesagt, dass Gotik sein Lieblingsbaustil ist.

Ich habe es nicht recht verstanden, bis er mir Bilder von anderen Bauarten auf einem Bildschirm zu zeigen begann. Er schien großen Gefallen daran zu finden, Alina und mir Dinge über die ‚echte Welt der Sterblichen‘ beizubringen.

Je mehr ich lernte, desto öfter fragte ich mich, wie es wohl wäre, ihr einen Besuch abzustatten.

Ich frage mich auch heute noch, wage es aber nicht, zu hoffen, dass es mir je erlaubt sein wird, es zu sehen.

Nein, mein Schicksal als Braut des Todes ist jetzt so gut wie besiegelt.

Eine Tatsache, die mir ziemlich klar scheint, sobald ich zurück zu …

„Aua!", murmle ich, als ich gegen eine Wand pralle.

Nein, Moment mal, das ist keine Wand.

Das ist *Maliki*.

Kopfschüttelnd richte ich meinen Blick wieder nach vorn und sehe ihn mich belustigt anstarren.

Erst dann realisiere ich, dass er eine Hand an meine Hüfte gelegt hat, um meinen Fall zu bremsen, als ich in ihn gerannt bin.

Und er hat nicht losgelassen.

Wenn überhaupt, zieht er mich näher zu sich. „Alles klar bei dir?", fragt er mit sanftem Tonfall und einem schmalen Lächeln auf den Lippen. „Oder tickst du immer noch aus?"

„Ich ticke nicht aus", kontere ich und funkle ihn an. „Sehe ich so aus, als ob es mir nicht gut ginge?"

„Hm", summt er. „Nein, du siehst mehr als bloß gut

aus." Er zwinkert mir zu, dann lässt er mich los und ich starre ihm fassungslos hinterher.

Was war *das* denn?

Das hörte sich an wie etwas, das eine Fee in der Bar zu mir sagen würde.

Aber bei Maliki hört es sich so viel heißer an. Sein Kompliment nimmt mich ein wie eine Welle und sendet ein Kribbeln in all meine Nervenenden.

Und jetzt denke ich wieder daran, wie er mich gegen die Wand gepresst hat.

An den Beinahe-Kuss.

Sein Geständnis.

Trotz der Hitze, die sich in meinen Wangen ausbreitet, erschaudere ich und versinke beinahe im Erdboden.

Er lenkt mich aber ab, indem er sagt: „Das hier ist dein Zimmer."

Ich schlucke und blicke auf die unauffällige schwarze Tür, die von Totenschädeln gesäumt wird. „Sieht sehr einladend aus." Das ist ein Witz, den er ganz offensichtlich versteht, weil er zu prusten beginnt.

„Wir sind hier im Königreich des Jenseits, Unruhestifterin. Und du bist die Braut des Todes."

Mit dieser Ankündigung greift er nach der Skeletthand, dreht sie herum wie einen Knauf und stößt die schwere Tür auf.

Ich presse die Lippen aufeinander. „Ich glaube, mir sind die Türknäufe meiner vergangenen beiden Unterkünfte lieber."

„Hades hat seinen Flügel selbst gestaltet", lautet Malikis Erklärung.

Er braucht gar nichts weiter zu sagen. Die groteske Einrichtung ergibt durch und durch Sinn. „Ich kann es kaum erwarten, zu erfahren, wie es drinnen aussieht."

Maliki lacht abermals und geht dann ins Zimmer, ehe

er einen Schritt beiseite macht, sodass ich hineinblicken kann.

Ich beiße auf meine Wange, mache vorsichtig einen Schritt ins Zimmer – in der festen Erwartung, ein Bett aus Knochen zu entdecken.

Zu meiner Überraschung finde ich aber ein farbenfroh gestaltetes Zimmer vor.

Die Tür schließt sich auf magische Weise hinter mir und hält den dreiköpfigen Wolf davon ab, mir zu folgen. Obwohl … irgendwie bin ich mir ziemlich sicher, dass die Bestie sowieso nicht durch die Tür passt.

Ganz anders Pip, der durch die Wand eintritt und sich das Zimmer ansieht, während ich die Blumenwände anstarre.

Blüten, Ranken und Blätter sind in die steinige Textur eingearbeitet und lassen meine Gesichtszüge entgleisen. Die Pflanzen sind nicht echt, so viel ist mir selbst von hier aus klar. Aber die Details sind trotzdem bemerkenswert.

„Wow", keuche ich und mustere das interessante Bild, das sich mir bietet. „Ich erkenne nicht einmal, was sie sein sollen, aber sie sind echt hübsch."

Ich gehe auf eine leuchtorangefarbene Blume zu, die mich an eine orientalische Lilie erinnert.

„Sie ist wunderschön", flüstere ich und streiche über die samtig weiche Blume.

Maliki sagt nichts, doch als ich mich umdrehe, sehe ich ihn, wie er eine mir bekannte Pflanze auf dem Tisch umdreht.

Es ist die Blume aus meiner Hütte.

Er hat sie sich auf dem Weg nach draußen gegriffen. Dann, als er uns durch die Schatten hierhergebracht hatte, war sie verschwunden.

Ein Teil von mir will fragen, wie sie in meinen Gemächern gelandet ist, aber als ich mich umsehe, wird mir klar, dass das nicht das Einzige ist, was wie durch Zauberhand seinen Weg hierhergefunden hat.

Mit einer leisen Vorahnung begebe ich mich ins Badezimmer und erstarre, als ich feststelle, dass der Raum größer ist als mein gesamtes Zuhause im Weiler. Darin befinden sich zwei Waschbecken – eines auf jeder Seite –, eine riesige Dusche und eine Wanne, die aussieht, als wäre sie dafür gemacht, die Wolfskreatur zu baden.

Heiliger Feenstaub, denke ich keuchend und berühre den obsidianschwarzen Marmor, als ich am nächstgelegenen Waschbecken vorbeigehe. Die Ausstattungen sind aus Gold und Silber und ich muss zugeben, dass ich etwas erschrocken über all den Prunk bin.

Am beeindruckendsten ist aber die Glaswand der Dusche. „Sieht aus wie ein Regenwald draußen", staune ich laut und mustere die sich bewegende Illusion. „Es sieht wirklich aus, als würde man direkt in den Wald starren."

Maliki schließt sich mir an, stemmt die Hüfte gegen den Türrahmen und verschränkt die Arme. „Meine ist nur eine schwarze Schieferwand", sagt er. „Aber mir ist es lieber so."

Ich lächle. „Das überrascht mich nicht im Geringsten."

Ich lasse ihn stehen und gehe auf den Wandschrank zu, den ich seit meiner Ankunft hier inspizieren wollte, und finde all meine Habseligkeiten, die ich in der Hütte untergebracht hatte, in einem Bruchteil des ganzen Raums. Der Rest ist voll mit Kleidern und anderen Sachen. Ein Outfit hängt etwas abseits und trägt eine Notiz.

Mit zusammengekniffenen Augen laufe ich darauf zu – was länger dauert, als es sollte, weil das hier bloß ein Wandschrank ist, aber der Raum ist *riesig* – und ziehe das Stück Papier vom dunkelroten Kleid.

Wenn du mir die Ehre erweisen würdest, mit mir zu Abend zu essen,
fände ich es schön, wenn du das hier tragen würdest …
Hades

ICH LEGE die Stirn in Falten. Er hatte es sich anhören lassen, als wäre mit ihm zu Abend zu essen ein Muss, aber diese Notiz deutet fast schon darauf hin, dass ich eine Wahl habe.

Die habe ich aber nicht.

Ich weiß es einfach.

Genau deshalb lache ich schnaubend, zerknülle den doofen Brief und schmeiße ihn zu Boden, wo er neben einem Paar silberfarbener Stöckelschuhe landet.

Ich funkle die Treter an. „War ja klar, dass er mich zwingt, Absätze zu tragen."

Sie sind eine ganz spezielle Art der Folter, vor allem jene, die vorn spitz zulaufen und zehn Zentimeter Absatz haben.

Ich verdrehe die Augen. *Na gut. Wie auch immer.* Ich werde das elende Outfit tragen, wenn es ihm gefällt. Schätze, das ist das Mindeste, was ich tun kann.

„Sera?", fragt Maliki direkt hinter mir. Er sieht um mich herum und blickt mit hochgezogener Augenbraue auf das Kleid.

„Du musst nichts von dem tun, was er dir aufträgt, weißt du. Du kannst ihm auch sagen, dass er sich verziehen soll."

„Sagt der Mann, der angeheuert wurde, mich davon zu überzeugen, Hades zu heiraten", erwidere ich mit hochgezogener Augenbraue.

Maliki seufzt. „Er hat mich nicht *angeheuert*. Er hat mich

nur mit der Aufgabe betraut. Aber ganz wie du kann ich seine Bitten auch ablehnen."

„Hast du ihm je eine Bitte abgeschlagen?", frage ich neugierig. „Hast du je einen Auftrag ausgeschlagen?"

Ein Kopfschütteln. „Nein, habe ich nicht. Aber er hat mir auch noch keinen Auftrag erteilt, dem ich nicht zugestimmt habe … bis jetzt."

Jetzt ziehe ich die Augenbraue etwas höher. „Du stimmst der derzeitigen Aufgabe nicht zu?" Die Frage kommt mir bedächtig über die Lippen und die Luft scheint plötzlich zum Schneiden dick.

„Ich finde es nicht richtig, dich davon zu überzeugen, etwas zu tun, das du nicht tun willst", erwidert er und macht einen Schritt auf mich zu. „Und mit dieser Situation gehe ich auch nicht eins. Ich weiß, dass du dich jetzt, wo du erfahren hast, was Persephone getan hat, in der Verantwortung fühlst." Er kommt noch näher und legt seine Hand an meine Wange. „Aber du bist nicht Persephone."

Oh, wie sehr ich mir wünschte, es wäre so.

Aber das stimmt nicht.

Und es gibt einen simplen Weg, zu erklären, warum nicht. Also frage ich ihn: „Kann ein Wesen ohne Seele überleben?"

Er starrt auf mich hinunter, seine Brust leicht an meine gedrückt, nachdem er die Distanz zwischen uns geschlossen hat.

„Sollte ein unschuldiges Wesen für die Sünden eines vergangenen Lebens verantwortlich gemacht werden?", kontert er, und sein Blick landet auf meinem Mund. „Sollte ein ewiges Band zwischen Seelen potenzielle Ansprüche auf sämtliche zukünftige Wiedergeburten beeinflussen? Selbst wenn klar ist, dass die erwähnte

Wiedergeburt nicht nur unbeansprucht, sondern auch unberührt ist?"

Ich blinzle ihn an. Seine leise gesprochenen Worte scheinen mich zu umgarnen und eine unbekannte Energie mich zu küssen. „Sobald eine Seele einem Wesen zugeteilt wurde, existiert das Konzept von Entscheidungsfreiheit überhaupt noch? Oder schreibt das Schicksal alles vor?"

Er legt seine Stirn an meine. „Ich weigere mich, zu glauben, dass das Schicksal so grausam ist", flüstert er. „Du hast es nicht verdient, für Persephones Sünden zu büßen, Serapina. Und ich werde sicherstellen, dass du das nicht wirst."

Ich weiche zurück und schaue ihn an. „Was willst du damit sagen?"

Doch er schüttelt bloß den Kopf und beißt die Zähne zusammen. „All deine Sachen aus der Hütte sollten hier sein. Wenn etwas vergessen wurde, lass es mich wissen, dann hole ich es höchstpersönlich."

Verwirrt über den abrupten Themenwechsel und seine plötzliche Distanziertheit lege ich die Stirn in Falten. „Maliki …"

„Ich komme bald wieder, um nach dir zu sehen", sagt er, ohne mich anzusehen. „Und ich werde dafür sorgen, dass man dir etwas zu essen schickt."

Mit diesen Worten verschwindet er und ich starre meinen Wandschrank mit einer Mischung aus Fassungslosigkeit und Verärgerung an.

Und etwas frustriert bin ich auch.

Denn eine Sekunde lang glaubte ich, er würde mich vielleicht küssen.

Ich streiche mir mit dem Daumen über die Unterlippe und male mir in Gedanken aus, wie es sich hätte anfühlen können. Und plötzlich stelle ich fest, dass ich mich nach etwas sehne, was ich nicht begehren sollte.

Ein wahrer erster Kuss.
Nicht im Traum.
Sondern im echten Leben.
Mit Maliki.

MALIKI

Iᴄʜ ᴡᴀɴᴅʟᴇ ᴅᴜʀᴄʜ ᴅɪᴇ Sᴄʜᴀᴛᴛᴇɴ ɪɴ ᴍᴇɪɴ Zɪᴍᴍᴇʀ, ɪᴍ Wissen, dass Hades mich bereits erwartet.

Denn er hat mich verdammt noch mal herbeordert.

Es war, als würde in meinem Kopf eine Türklingel bimmeln, gerade als ich in Erwägung gezogen hatte, mein Leben gegen einen Kuss einzutauschen.

„Spionierst du mir jetzt schon nach?", frage ich Hades, als ich mich materialisiere. Denn sein Ruf war ohne jede Frage perfekt geplant. „Du hast mir doch gesagt, ich solle sie verführen. Schon vergessen?"

Er starrt mich an, während er in meinem liebsten Ruhesessel sitzt. Die Hand hat er auf Fleur gelegt, die es sich in seinem Schoß bequem gemacht hat. Sie sieht mich mit ihren großen blauen Augen an und macht sich scheinbar nichts daraus, dass wir uns fast einen Monat lang nicht gesehen haben.

Nein.

Sie ist zu beschäftigt damit, Hades' Hand auf ihrem Nacken zu genießen.

Verräterin, denke ich zu meinem Zauberwesen.

Zugegeben, vermutlich ist sie wütend, weil ich verschwunden bin. Aber sie wird derzeit vom Grund für meine Abwesenheit gestreichelt.

Ironischerweise war es auch er, der sie während meiner Abwesenheit gefüttert hat. Vermutlich sieht sie die Situation also mit anderen Augen, auch wenn eine mentale Verbindung zwischen uns besteht.

Uns beide verbindet ein seltsames Band, das über die vergangenen zweihundert Jahre hinweg geschmiedet wurde, seit ich sie vor einer psychotischen Mitternachtsfee gerettet habe.

Sie ist also *technisch gesehen* nicht mein Zauberwesen. Sie ist ein heraufbeschworenes, unsterbliches Tier. Und ich habe ihren vormaligen Meister eingesperrt.

Die Sache ist kompliziert, okay?

Und unerheblich für die derzeitige Situation. „Was willst du, Hades?"

Er sagt kein Wort und sein nachdenklicher Blick gibt nichts preis. „Na ja, jetzt will ich wissen, worauf du mit deiner Erinnerung daran, dass du sie verführen solltest, hinauswillst. Wobei habe ich dich gestört?"

Ich starre ihn an. „Echt jetzt? Willst du jetzt wirklich dasitzen und so tun, als hättest du nicht den leisesten Schimmer, wie kurz davor ich gestanden habe, Sera zu küssen?"

Er zieht die Augenbrauen hoch. „Ich vertraue dir blind, Maliki. Also nein, ich habe dich nicht belauert. Und nein, ich war mir nicht im Klaren darüber, dass du kurz davor gestanden hast, *meine Gefährtin* zu küssen. Aber bitte, erzähl mir mehr."

Den letzten drei Worten schwingen diese Kraft und Besitzgier mit.

Ich beiße die Zähne zusammen.

Er starrt mich unverwandt an.

Kopfschüttelnd lasse ich ihn mit meiner Katze zurück und begebe mich ins Schlafzimmer. Ich bin jetzt nicht in Stimmung für ein Wortgefecht.

Ich brauche eine Dusche.

Bevorzugt eine kalte.

Ich ziehe meinen Pulli aus, befreie mich von den Stiefeln und Socken, dann reiße ich mir die Jeans vom Leib und lasse sie auf dem Boden liegen.

Hades sieht alles davon, nicht zuletzt, dass ich erregt bin. Und es ist mir verdammt noch mal egal. Er hat mich schon unzählige Male nackt gesehen. Verstyxt, er hat mich schon bei vielem gesehen, bei dem ich nackt war.

Elender Voyeur.

Für gewöhnlich mache ich mir nichts daraus. Ich bin exhibitionistisch veranlagt.

Aber was Sera und ich in letzter Zeit haben …, gehört uns allein.

Es ist verwirrend.

Falsch.

Knurrend laufe ich ins Badezimmer und direkt auf die Dusche zu, die dank Bewegungsmelder sofort angeht. Die Temperatur passt sich auch wie durch Zauberhand an meine Stimmung an und wechselt auf brandheiß.

Ich schlage mit der Hand gegen die felsige Wand, die andere führe ich an meinen Schaft. „*Fuck.*" Ich bin fuchsteufelswild und brenne vor Verlangen. Eine gefährliche Kombination.

Meine Schatten schlängeln sich über meine Haut und scheinen auf meine tödlichen Verlangen hin zu summen.

Hinter mir bewegt sich etwas, weshalb meine Nackenhärchen sich aufstellen.

Hades' Schritte sind nicht zu hören, seine Kraft aber ohrenbetäubend laut. Sie ist erdrückend. Ein ganz eigenes Wesen.

„Will sie, dass du sie küsst?", fragt er leise. Seine Frage übertönt das Rauschen des Wassers, weil sie mit dunkler Energie versehen ist.

Ich blende ihn aus und beuge meinen Arm, lehne mich gegen die Wand und massiere mich, während ich an Sera denke. Ihr Mund ist so verdammt perfekt. So voll und rosa. Die Art von Lippen, die jeder Mann um seinen Schwanz geschlungen haben will.

Verstyxt, allein der Gedanke daran lässt mich daran denken, wie sie vor mir kniet.

Ich drücke fester zu und in meiner Brust breitet sich dieses brennende Verlangen nach Erlösung aus.

Aber ich will Hades nicht die Befriedigung geben, mir beim Kommen zuzusehen. Obwohl … er es sehen sollte. Obwohl er bezeugen sollte, was seine Gefährtin mit mir anstellt. Dass er mich foltert, indem er eine verbotene Frucht direkt vor meiner Nase baumeln lässt, während er mich über die brennenden Gruben des Jenseits hält.

Eine falsche Berührung und er wird mich fallen lassen.

Und ich bin jetzt schon fast an dem Punkt angelangt, an dem es mir egal ist.

Ich weiß nicht, wie es dazu kommen konnte.

Moment mal … das stimmt nicht.

Schon monatelang beobachte ich diese Frau, präge mir ihre Gesichtsmerkmale und Sprechmuster ein, beobachte ihre Stärke und sehe, wie sie ihre verletzten Gefühle und Sorgen kaschiert.

Sie ist stark. Temperamentvoll. Und doch so sanft und unschuldig. *So verdammt unschuldig.*

„Sie spielt kein Spiel", gebe ich zähneknirschend von mir.

„Langsam beginne ich mich zu fragen, ob du recht hast", erwidert Hades und erinnert mich damit daran, dass er in meine Privatsphäre eindringt.

Aber ich schätze, es ist ja gar nicht *meine Sphäre*, oder?

Dieser Palast gehört ihm.

Und ich bin mir fast sicher, dass er glaubt, ich würde ihm auch gehören.

Erst jetzt blicke ich zu ihm und sehe ihn gegen meinen Tresen gelehnt dastehen, die langen Beine ausgestreckt und an den Knöcheln übereinandergeschlagen, die Hände in den Hosentaschen.

Er sieht mich mit hochgezogener Augenbraue an. „Überrascht?"

Ich bin nicht sicher, was er damit meint. Überrascht, dass er hier ist? Nein. Überrascht, dass er sich fragt, ob das, was ich gesagt habe, stimmt? „Ja."

Er grinst. „Ich auch."

Ich lasse die Hand, die gegen die Wand gestemmt ist, sinken und drehe mich, die andere Faust immer noch um meinen Schwanz geschlungen, vollständig zu ihm um.

Zwar fällt es ihm auf, er bemerkt aber nichts. „Was willst du, Hades?"

„Im Augenblick oder ganz allgemein?"

„Beides", erwidere ich und weiß, dass meine Antwort nicht von Belang ist. Er wird nur mir sagen, was er teilen möchte.

Er sucht meinen Blick und starrt mich an. „Ich will, dass du meine Fragen zu meiner Gefährtin beantwortest, weil ich darüber nachdenke, dich zu bitten, sie zu küssen."

Ich spanne den Rücken an. „Wirst du mir auch

auftragen, sie zu ficken?", verlange ich zu wissen, weil ich mit seinen Vorlieben bestens vertraut bin.

Er legt die Stirn in Falten. „Ich sagte *küssen*, nicht ficken."

Ich funkle ihn an. „Also lässt du mich sie küssen, aber nicht ficken?"

Er beißt die Zähne zusammen. „Versuchst du absichtlich, mich zu provozieren, Maliki?"

Schnaubend wende ich mich wieder meiner Dusche zu. Ich habe die Nase voll von dieser Unterhaltung. Er sagt etwas, das ich absichtlich überhöre, während ich meine Haare befeuchte und ihm dann bewusst den Rücken zuwende, ehe ich Shampoo in meine Kopfhaut einmassiere.

Sein Blick brennt sich praktisch in meinen Körper, während ich nach einem Seifenstück greife und mich wasche – alles, ohne ihn eines Blickes zu würdigen.

Trotzdem kann ich spüren, dass er mich begutachtet.

So war es schon immer. Er hat mich schon immer mit dieser gewissen Neugier betrachtet, die fast an erotisch grenzt. Aber in Wirklichkeit beurteilt er mich. Als wollte er sichergehen, dass ich sexuell kompetent genug bin für seine Zwecke.

Ich habe Ewigkeiten darauf gewartet, dass er mehr tut als *zuzusehen*.

Nicht, weil ich von ihm berührt oder gefickt werden will. Daran hege ich kein Interesse.

Nein, mein Verlangen war immer schon, zu *teilen*.

Ich will ihn in einer Frau spüren, während ich sie nehme. Ich will seine Kraft erfahren, während wir eine Frau auf ganz neue Höhen bringen.

Das ist, worauf ich abfahre.

Ich mag Lust.

Lust zu verschaffen. Verschafft zu bekommen. *Sie zu teilen.*

Und ich weiß, dass er meisterhaft im Bett wäre.

Also habe ich Jahrtausende damit zugebracht, ihm zu beweisen, dass ich mithalten kann. Dass ich auch weiß, wie man im Schlafzimmer den Ton angibt.

Aber er hat immer nur *zugesehen*. Und jetzt will er nur weiter zusehen?

„Nein", sage ich zu ihm, nachdem ich die Seife abgewaschen habe. „Nein, ich werde sie nicht für dich ficken." Ich greife nach einem Handtuch und reibe mich damit trocken. „Wenn du willst, dass ich sie anfasse, wirst du es auch tun müssen."

„Ich habe *küssen* gesagt", betont er zähneknirschend. „Und ich glaube nicht, dass sie von mir berührt werden will."

„Und wessen Schuld ist das?", frage ich ihn, weil ich dieses niemals endende Thema langsam echt satt habe.

Ich lasse ihn im Badezimmer stehen, begebe mich in den Wandschrank und mache mir nichts daraus, dass meine Haare immer noch klatschnass sind.

Natürlich folgt Hades mir. „Wie wird es dir gehen, wenn du herausfindest, dass alles bloß eine Lüge ist? Dass Persephone ein Spiel spielt und dich manipuliert?"

Ich schnappe mir eine Jogginghose und drehe mich zu ihm um. „Sie ist nicht Persephone. Und du kannst Sera nicht für die Sünden deiner Seelenverwandten bestrafen."

Er beißt die Zähne zusammen. „Dann antworte mir hypothetisch, Maliki. Wie würdest du dich fühlen, wenn du herausfinden würdest, dass sie nur eine hinterhältige Omega mit einem Hang dazu ist, ihren Liebhaber zu hintergehen?"

„Ich kann mir gut vorstellen, dass ich fuchsteufelswild wäre", gebe ich zu. „Weshalb ich dich schon über tausend

Jahre lang unterstützt habe. Kann sein, dass ich deinen Zorn nicht vollends verstehe, aber ich respektiere ihn, Hades. Und deswegen bitte ich dich, auf mich zu hören, wenn ich dir sage, dass Sera ein unschuldiges Wesen ist, das mit einer nicht so unschuldigen Seele zusammengetan wurde. Das ist nicht ihre Schuld. Also hör bitte auf, zu versuchen, sie dafür zu bestrafen."

Er legt die Stirn in Falten. „Ich bestrafe sie nicht."

Ich werfe ihm einen eindringlichen Blick zu. „Ich war gerade in ihrem Zimmer. Du hast es mit unechtem Grün ausgestattet. Noch liebt sie es, aber ich weiß, was du damit zu bezwecken versuchst. Du willst, dass sie das Leben vermisst und realisiert, dass hier alles tot ist. Genau wie dein Herz."

Okay, der letzte Satz war ein Schlag unter die Gürtellinie.

Aber ich habe miese Laune, okay? Mein Schwanz ist immer noch hart. Ich habe kein sexuelles Ventil. Und etwas sagt mir, dass Hades mir folgen wird, wenn ich durch die Schatten an einen anderen Ort wandle.

„Die Unterkünfte tun nichts zur Sache", meint er.

Ich verschränke die Arme vor der Brust. An meiner Haut perlt immer noch Wasser. Die Jogginghose, die ich in der Hand halte, wird vermutlich feucht werden.

Macht nichts. Ich werde mir einfach ein frisches Paar holen.

„Sei ehrlich, Hades. Worum geht es hier wirklich? Denn für einen Gott, der vorgibt, Spielchen zu hassen, fühlt es sich definitiv an, als spielten wir hier gerade eines." Er fordert mich praktisch heraus, seine Gefährtin zu berühren. Das ist nicht nur gefährlich, sondern komplett dämlich.

Er ist ein Alpha.

Ich bin eine Fee, wenn auch eine einzigartige. Aber

gegen seinen Zorn komme ich nicht an, und das weiß er auch. Warum fordert er mich also heraus?

„Morpheus glaubt, ich sollte … Serapina küssen."

Ich ziehe die Augenbrauen hoch. Nicht nur wegen seiner Aussage, sondern weil er *Serapina* gesagt hat. Ich glaube, bisher habe ich ihn sie ausschließlich Persephone nennen hören.

Er fährt sich mit den Fingern durch den Haarschopf und beginnt, auf und ab zu gehen. „Seine Beweggründe für seine Empfehlung ergeben leider Sinn", fährt er fort.

„Ja, es ist immer unschön, einen Grund zu haben, seine Gefährtin zu küssen", meine ich ausdruckslos.

Er sieht mich mit seinen dunklen Augen an, in deren Tiefen Verärgerung schlummert.

Doch er blendet meine Bemerkung aus und fährt fort: „Er meint, dass ein einfacher Kuss beweisen könnte, dass die Sterbliche nicht über die Gedanken meiner Gefährtin verfügt. Wenn sie wie Persephone reagiert, habe ich einen Beweis dafür, dass sie lügt. Und wenn nicht …"

„Dann wirst du endlich einsehen, dass sie *nicht* Persephone ist", beende ich an seiner Stelle, beeindruckt über Morpheus' Vorschlag.

Ich versuche schon monatelang, zu Hades durchzudringen.

Vielleicht hätte ich Morpheus um eine Rückmeldung bitten sollen, da er offensichtlich glaubt, dass Sera die Wahrheit sagt und sich an nichts erinnert.

Für mich erscheint es logisch. Sera hat ihre innere Omega noch nicht einmal angenommen. Wie könnte sie sich dann überhaupt an die Erinnerungen der besagten Omega entsinnen?

Hades ist der Meinung, dass sie ihre Instinkte irgendwie unterdrückt hat. Oder, was viel wahrscheinlicher ist, ihre Mutter hat ihre innere Omega irgendwie versteckt.

Ich glaube immer noch, dass Letzteres stimmen könnte.

Aber wenn ihr mich fragt, weiß Sera nichts davon.

„Omegas können dem Ruf eines Alphas oder seinem Charme nicht widerstehen", meint Hades, während er nach wie vor auf- und abgeht. „Mit einem Kuss werde ich ihre Reaktionen ziemlich schnell an die Oberfläche holen können. Und, was noch wichtiger ist: Es wird ihr schwerfallen, ihre Reaktion zu zügeln. Was bedeutet, dass sie zumindest theoretisch zu überwältigt von ihrer Lust sein wird, um etwas vorzugaukeln."

Ich nicke. „Gemäß dem, was du mir über Omegas erzählt hast, ergibt das Sinn." Es fällt ihnen schwer, ihr Verlangen zu zähmen, wenn sie angeheizt sind. Vor allem während ihrer Läufigkeit.

Darum hat Hades auch darauf gewartet, dass sie ihren Östrus erreicht. Er wollte, dass sie ihren Verstand verliert, damit sie seine Fragen ehrlich beantworten müsste.

Natürlich konnte er sie auch einfach über eine Todesgrube halten. Eine Idee, der ich vor einem Jahr noch zugestimmt hätte.

Aber nicht heute.

Ich würde ihn hineinschubsen, wenn er versuchen würde, Sera so etwas anzutun.

Aber dass er sie küsst? Ja, das geht in Ordnung für mich. Verstyxt, es würde mir sogar gefallen, ihm dabei zuzusehen, wie er sich mit ihr verknotet.

Aber grausam zu ihr zu sein, da ziehe ich die Grenze.

„Das Problem ist nur, dass sie, glaube ich, nicht von mir geküsst werden will", sagt Hades und hält direkt vor mir inne. „Also werde ich dich jetzt noch einmal fragen: Will meine Gefährtin dich küssen?"

MORPHEUS

Iᴄʜ ᴘғᴇɪғᴇ Pɪᴘ ᴢᴜ, ᴅᴀᴍɪᴛ ᴇʀ sɪᴄʜ ᴀᴜғ Sᴇʀᴀᴘɪɴᴀs Bᴀʟᴋᴏɴ mit mir trifft.

Der Balkon ist riesig und beherbergt einen Brunnen mit blutrotem Wasser sowie zwei Gärten aus Stein. Schätze, von außen sieht es nett aus. Aber mir entgeht die darunterliegende Bedeutung nicht. Und deshalb gefällt mir Hades' Deko nicht besonders.

Leider hält mich der Schrankenzauber, den Hades gesprochen hat, davon ab, Serapinas Suite zu betreten. Er umfasst aber nicht die Terrasse auf dem Dach.

Könnte ich sie in einem Notfall durchbrechen? Klar, aber es wäre mir lieber, meinen Cousin derzeit im Dunkeln tappen zu lassen, was meine Absichten angeht.

Er kann ohne jeden Zweifel spüren, dass ich in seiner Nähe bin. Aber die vielen Besuche im vergangenen Jahr werden ihn sich wundern lassen, ob es sich dabei um einen

Neuankömmling oder bloß um eine verweilende Präsenz handelt.

Bis er dahinterkommt, bin ich längst über alle Berge.

Pip schwebt durch das Glas und dreht sich aufgeregt herum, als er mich sieht.

Ich halte ihm den Beutel hin, den ich ihm mitgebracht habe, und stelle ihn auf dem Balkonboden ab. „Kannst du die hier an Serapina …?"

Die Tür öffnet sich, bevor ich den Satz zu Ende führen kann, und dann schauen zwei hübsche blaue Augen in meine. Sie blinzelt, zieht die Mundwinkel nach unten und tritt heraus auf die Terrasse aus schwarzem Marmor. Die beiden Monde am Himmelszelt leuchten auf sie herab und tauchen ihr Haar in ein goldenes Schimmern.

„Ähm, hallo", sagt sie zögerlich, und ihr Blick wandert auf den Gegenstand in meiner Hand.

„Hi." Ich stelle die Tasche auf den Boden. „Da drinnen ist eine Lampe, die du für deine Pflanze brauchst", erkläre ich. „Ich wollte sie Pip übergeben."

„Das sehe ich", murmelt sie und blickt mich und die verhüllte Seele abwechselnd an. „Ähm, danke."

„Gern geschehen", erwidere ich.

Sie wirft mir ein scheues Lächeln zu.

Als sie nichts hinzufügt, frage ich: „Und … bist du bereits eingezogen?"

Sie schnaubt lachend und schüttelt den Kopf. „Ja, durch die Hand von bizarrer Magie bin ich das offensichtlich." Sie zieht die Nase kraus. „Ich habe Maliki gesagt, dass ich nur meine Pflanze und Pip will, aber irgendwie hat er es trotzdem geschafft, alles hierherzubringen."

„Tatsächlich glaube ich, dass Hades dabei behilflich war", informiere ich sie mit sanfter Stimme. „Ich habe ihn vor einiger Zeit deine Hütte verlassen sehen. Er hatte die Hände voll mit Kleidungsstücken."

Sera starrt mich an. „Was?"

Ich zucke mit den Schultern. „Omegas hängen für gewöhnlich sehr an ihren Kleidungsstücken. Du weißt schon, wegen des Nestbaus."

Ihre Augen treten aus den Höhlen. „Er glaubt, ich würde ein Nest bauen?"

„Na ja, sobald deine Omega-Instinkte einsetzen." Ich sehe sie mit gerunzelter Stirn an. „Du glaubst nicht daran, dass du dich nach einem Nest sehnen wirst?"

„Ich ..." Sie blinzelt. „Daran habe ich gar nicht gedacht."

„Aber du weißt, was ein Nest ist?", hake ich nach.

Sie presst die Lippen aufeinander und ihr Blick wandert zum Königreich des Jenseits zu unseren Füßen. „Alina hat mir nur ganz wenig darüber erzählt. Dass sie ein Bett für sie und ihre Gefährten herrichtet. Und sie hat gesagt, dass es instinktiv passiert, aber das war auch schon alles."

Ich nicke verständnisvoll. „Der Nestbau ist eine sehr private Angelegenheit für eine Omega und ihren Zirkel. Vermutlich wusste sie nicht, wie viel sie teilen sollte. Auch für sie dürfte die Erfahrung einzigartig sein, denn jede Omega betreibt Nestbau auf ihre Art."

Oder offensichtlich bauen manche Omegas gar kein Nest, denke ich, etwas erstaunt über diese Entwicklung.

„Willst du deine persönlichen Gegenstände nie geheim halten?", frage ich sie neugierig. „Vor allem dein Bett?"

Sie zuckt mit den Schultern. „Mir hat bis zur Hütte noch nie etwas gehört und ich konnte nicht lange dortbleiben."

„Vermisst du sie? Willst du lieber wieder zurück? Vielleicht deine Laken holen?" Denn mir ist aufgefallen, dass Hades ihre Bettwäsche zurückgelassen hat. Vielleicht, weil sie nach Serapina und Maliki riecht – ein Duft, der mich neugierig gemacht hat, was die beiden in diesem Bett getrieben haben.

Serapina runzelt die Stirn. „Ich vermisse, wofür mein Zuhause steht: Freiheit. Aber jetzt verstehe ich, dass ich nie frei sein werde. Wie kann ich frei sein, wenn meine Seele so böse ist?"

Ich weiche einen Schritt zurück, denn ihre Frage trifft mich mitten ins Herz. „Deine Seele ist nicht böse, Serapina Everheart. Sag das nie wieder."

Sie kneift die Augen zusammen. „Meine Seele hat ein gesamtes Reich zerstört. War das nicht der springende Punkt der gestrigen Lektion?"

„Der Punkt war, unsere Geschichte mit dir zu teilen und dir mehr über Mythosfeen beizubringen", erwidere ich, während ich wieder einen Schritt auf sie zumache. „Ich wollte damit nicht falsche Einschätzungen in Bezug auf deine Seele anstellen."

„Okay, wie würdest du ihre Taten dann beschreiben?", kontert sie, als ich nur noch einen Meter von ihr entfernt stehe.

Ich starre tief in ihre hübschen Augen und sehne mich danach, nach ihrem Hals zu greifen.

Böse ist so ein schreckliches Wort. So unfair. So *grausam*.

Aber ich schätze, es war das Wenige, das sie weiß, was sie zu dieser Annahme geführt hat.

„Ich würde Persephones Taten als unbekannt bezeichnen", sage ich aufrichtig zu ihr. „Hades glaubt, dass sie ihn hintergangen hat. Ich glaube, dass sie von ihrer Mutter manipuliert wurde, weil er seine Gefährtin nicht angemessen beschützt hat."

Ich sage ihr das nicht, um ihn in einem schlechten Licht zu zeichnen. Das ist die Wahrheit.

„Hades wollte nie einen Gefährtenzirkel, weil er sich geweigert hat, seine Persephone zu teilen. Aber es gibt einen Grund, aus dem Mythosfeen-Alphas einen Zirkel um ihre Omegas formen – um sie zu beschützen." Ich gebe dem Verlangen nach, sie zu berühren, und greife nach einer Haarsträhne, um sie hinter ihr Ohr zu klemmen.

Sie erschaudert, was mich entzückt.

Also lasse ich meine Hand verweilen und streiche mit den Fingerknöcheln über ihre zarte Kinnlinie, bevor ich ergänze: „Omegas sind unsere Göttinnen. Sie schaffen Leben. Sie bringen Licht in unsere Welt. Und sie sind buchstäblich die Sterne unseres Universums. Aber nicht alle Alphas glaubten daran, dass unsere Göttinnen verehrt gehörten. Einige wollten sie stattdessen versklaven."

Es ist eine traurige Geschichte.

Aber sie muss die Wahrheit erfahren, um Demeter zu verstehen. Und vielleicht hilft ihr das auch dabei, Persephone zu verstehen.

„Komm, entspannen wir uns ein bisschen, und ich setze unsere Lektion fort. Wenn du mir die Ehre erweist?"

Serapina zieht mich mit ihren blauen Augen in Bann und ich warte ihre Entscheidung ab. Denn ich werde diese Frau niemals zu etwas zwingen, das sie nicht will. Aber ich werde tun, was immer nötig ist, um ihre Zuneigung zu gewinnen.

„Okay", sagt sie. „Aber nur, weil ich mehr erfahren will."

Ich lächle. „Selbstverständlich."

Ich lasse meine Hand sinken, greife dann nach ihrer und ziehe sie sanft hinüber zu einer Sitzbank im künstlichen Garten. Er ist eine grausame Nachbildung von einem von Persephones Lieblingsorten in unserem Heimatreich. Denn die Pflanzen hier bestehen alle aus Stein.

Sie sind tot.

Kalt.

Eingefroren an Ort und Stelle, unter einem Mond, der sie mit schwachem gelbem Schein erleuchtet, anstatt sie in leuchtende Pastellfarben zu hüllen.

Serapina sieht die Schöpfung trotzdem völlig fasziniert an, und ihr Blick wandert hinüber zu den Statuen aus Feuerlilien.

Deshalb weiß ich, dass sie nicht mit Persephones Erinnerungen verbunden ist.

Wäre sie es, würden jetzt Tränen und nicht etwa ein Leuchten in ihren Augen stehen.

Ich habe Persephone in diesem Garten gesehen. Nicht aus der Nähe, sondern von Weitem, und ich weiß, wie sehr sie diese Blumen geliebt hat. Sie hat sich jeden Tag um sie gekümmert und sie mit Leben überschüttet, während ich mich gerade so außer Reichweite im Sprühregen versteckt hatte.

Ich hatte sie wegen Hades' Vorbehalten nicht anrühren dürfen.

Klar, ich hätte eingreifen können. Ich hätte ihn zwingen können, zu teilen.

Aber es hätte Persephone das Herz gebrochen, wenn ihre Alphas sich um ihre Seele gestritten hätten.

Und so habe ich sie in Ruhe gelassen, auch wenn mein Herz dabei in tausend Stücke zerbrochen ist.

Ich schlucke leer und schaue zum Himmel, kämpfe gegen den Drang an, ein Knurren auszustoßen, während die Erinnerungen hochkochen. Meine Wut. Meine Angst. Mein *Schmerz*.

Ich wusste, was mich im Reich der Mythosfeen erwartete, und Hades genauso. Aber er hätte nie gedacht, dass jemand anderes seine berüchtigten Mauern niederreißen würde.

Natürlich behielt er recht. Niemand hat seine Grenzen je überquert. *Weil der Feind bereits hinter den Toren war.*

Ich strecke meinen Arm aus und lege ihn hinter die Bank um Serapina, während Pip durch die Blumen tanzt und mich damit ein bisschen an einen Welpen erinnert, der seine Zeit im Freien genießt. Es ist so unschuldig, dass ich beinahe grinsen muss.

Aber nichts an dem, was ich ihr sagen muss, ist witzig.

„Um die Vergangenheit zu verstehen, müssen wir die Dynamiken erneut durchgehen. Alphas sind die Beschützer und daher stärker als der Rest. Wir sind mächtig, richtig?"

Sie nickt. „Das habe ich gesehen."

Ich lächle. „Du hast noch gar nichts von unserer Macht gesehen, aber das liegt daran, dass du eine Omega bist und Alphas wissen, dass sie ihre Energie um deinesgleichen zügeln müssen. Ich will euch nicht zerbrechlich nennen, weil das eine unzutreffende Beschreibung wäre, aber ihr seid kleiner und sanftmütiger als meine Brüder."

Das sollte ziemlich offensichtlich sein, da sie dreißig Zentimeter kleiner ist als ich und einen Bruchteil von mir wiegt.

„Es spielt keine Rolle, ob die Omega weiblich oder männlich ist: Sie alle verfügen im Vergleich zu einem Alpha über einen zierlichen Körperbau", erkläre ich. „Und leider sind einige Alphas der Meinung, dass Kraft mit Überlegenheit einhergeht. Darum glauben sie, dass sie sich nehmen können, was immer sie wollen, und alle anderen zwingen können, sie zu verehren und im Gegenzug am Leben gelassen zu werden."

Darum zerstörte sich das Reich der Mythosfeen selbst.

Weil keine Omegas da waren, die die Alphas unserer Welt hätten besänftigen können, wurden viele zu wilden

Versionen ihres früheren Ichs und schlossen sich dann den anderen an, die das Gefühl hatten, dominieren zu müssen.

Sie haben Camps gegründet, in denen Betas dienen, um zu überleben.

Andere haben Brachland geschaffen.

Und wieder andere – wie Hades und ich – haben sich andere Königreiche gesucht.

Doch bevor ich ihr das erklären kann, muss ich zuerst den eigentlichen Gesprächspunkt anschneiden.

„Einige der Alphas, die an ihre angeborene Überlegenheit glaubten, beschlossen, dass sie sich Omegas nehmen und besitzen konnten, und haben ihre Gefährten sozusagen zu Sklaven gemacht."

Serapina reißt die Augen auf, und ihr Unbehagen lässt ein Schnurren in meiner Brust erwachen.

Es ist eine intuitive Reaktion. Ich will sie nur beruhigen.

Ich räuspere mich und sage dann: „Tut mir leid, das ist eine natürliche Reaktion auf deine Bedrängnis."

„Ist schon gut", erwidert sie und lehnt sich zu mir. „Das … macht mir nichts aus. Aber ich finde es interessant, dass du sprechen und gleichzeitig diesen Laut von dir geben kannst."

An meinen Mundwinkeln zupft ein Lächeln. „Hast du noch nie eine Katze miauen gehört, während sie schnurrt?"

„Nur ein- oder zweimal", gibt sie zu, dann wandert ihr Blick zu Pip, der von der Terrasse springt. „Was machst du …?"

Die Seele rauscht direkt wieder hoch und schlägt einen Salto in der Luft.

„Ich glaube, ihm ist deine Bedrängnis auch aufgefallen", meine ich belustigt. „Er versucht, dich zum Schmunzeln zu bringen."

Sie blinzelt Pip an, dann schaut sie zurück zu mir. „Es ist nicht meine Absicht, zu reagieren, es ist nur der Gedanke daran, eine Sklavin zu sein ...“

Ich nicke. „Das kann ich gut verstehen, kleine Träumerin. Viele Alphas stimmten dieser Gesinnung nicht zu, aber leider gab es genug, die es taten. Es führte zu vielen Konflikten unter unserer Art und auch zu einigen Kämpfen. Omegas wurden ihren Gefährten weggenommen, gezwungen, sich fortzupflanzen und ...“ Ich verstumme, weil ich nicht weiter ins Detail gehen möchte.

Alles, was sie wissen und verstehen muss, ist, dass es eine stürmische Zeit war.

„Tut mir leid, wenn ich mich wiederhole, aber es ist wichtig, sich darauf zu besinnen, dass Alphas sich nur mit Omegas und umgekehrt fortpflanzen können. Außerdem zeugen Alphas und Omegas immer nur Alphas und Omegas.“

Ich mustere ihr Gesicht und gehe sicher, dass sie mir folgen kann, bevor ich weiterfahre.

„Betas sind also sozusagen eine andere Art von Mythosfeen, die mit anderen Omegas und Alphas sexuell kompatibel sind, aber sie können keinen Knoten in sich aufnehmen. Heißt also, sie können keine Nachkommen zeugen“, erkläre ich.

Das hier ist wichtig.

Denn es ist eine Einleitung zu dem, was ich ihr über Demeter sagen will.

Aber ich kann Seras Miene entnehmen, dass sie irgendwo hängengeblieben ist, und ich glaube, ganz genau zu wissen, was sie verwirrt hat. „Was, ähm, ist ein Knoten?“

Ich muss mich zusammenreißen, um nicht zu grinsen, als ich die wunderschöne Frage höre. „Damit verbindet sich ein Alpha mit seiner Omega ... während des Geschlechtsverkehrs."

Sie reißt die Augen auf.

„Kein Grund zur Sorge", murmle ich. „Omegas lieben es, wenn man sich mit ihnen verknotet. Mir wurde gesagt, dass es eine unglaublich lustvolle Angelegenheit ist, vor allem, weil es den Höhepunkt mehrere Minuten lang andauern lässt. Oder, wenn man einen richtig guten Alpha hat, sogar stundenlang."

Pip schwebt vorbei und macht einen weiteren Salto, aber Serapina ist zu beschäftigt damit, mich anzugaffen.

Ich muss mein Lachen mit einem Husten überdecken, weil ich nicht will, dass sie sich unwohl fühlt. Aber ihre Reaktion ist wirklich niedlich.

Ihre Wangen sind knallrot und die Lippen leicht geöffnet.

Mein Schnurren nimmt an Kraft zu, vorwiegend weil ich ihre Reaktion genieße und sie belohnen will. Es beruhigt sie aber gleichzeitig auch.

„Okay, na ja, wie ich schon sagte ... Es ist wichtig zu verstehen, wie Alphas und Omegas sich miteinander verbinden, weil du dann auch schließen kannst, dass alle Omegas einen Alpha-Elternteil und einen Omega-Elternteil haben. Dasselbe gilt für Alphas. Aber die Omegas sind der wichtige Teil."

„Okay", flüstert sie, immer noch mit hochroten Wangen, und schaut nicht allzu subtil auf meinen Schoß, dann direkt zurück in mein Gesicht.

Fragst du dich, wie ein Knoten aussieht, kleine Träumerin?, will ich sie fragen.

Aber ich will sie nicht necken.

Noch nicht, jedenfalls.

Stattdessen erkläre ich ihr, warum ich sicherstellen will, dass sie den wichtigen Unterschied kennt.

Denn einige Alphas waren nicht erfreut über die Schicksale ihrer Omega-Kinder.

Und Demeter war eine der lautesten Stimmen.

Als ich Sera das offenbare, erblasst sie etwas. „Hat sie geglaubt, Persephone wäre gegen ihren Willen beansprucht worden?", fragt sie.

„Ganz genau", erwidere ich. „So war es aber nicht. Persephone liebte Hades. Das habe ich mit eigenen Augen bezeugt. Aber Demeter hat der Zuneigung zwischen den beiden nicht getraut. Sie hat *keinem* Alpha in der Nähe einer Omega über den Weg getraut. Ich glaube, man darf sagen, dass sie den Verstand etwas verloren hat."

Das ist eine Untertreibung.

Demeter war vollkommen verrückt.

Genau das machte sie so gefährlich.

„Ich erzähle dir das alles, damit du verstehst, dass jede Geschichte viele Facetten hat, und obwohl Hades glauben mag, von Persephone hintergangen worden zu sein, stimme ich dem nicht zu. Ich glaube, Demeter hat sie genötigt. Ich kann es nicht beweisen, aber ich würde es gern versuchen."

Serapina mustert mich. „Indem du ihre Erinnerungen anzapfst."

Ich zucke mit der Schulter. „Vielleicht. Eine andere Option wäre, Demeter zum Reden zu bewegen. Aber ganz egal, welche Methode wir wählen, ich will, dass du weißt, dass deine Seele nicht böse ist. Selbst wenn Persephone ihrer Mutter geholfen hat, bezweifle ich, dass es ihre Absicht war, den Omegas Schaden zuzufügen. Ich glaube, sie wollte sie retten."

„Vor den Alphas, die sie versklavt haben", meint sie.

Ich nicke. „Ja. Und vielleicht ist etwas schiefgelaufen. Oder vielleicht hat Demeter sie ausgetrickst und sie diesem Schicksal zugeführt. Ganz egal, was geschehen ist, ich weiß, dass Persephones Seele nicht böse ist. Und außerdem weiß ich, dass *du* nicht böse bist. Und du verdienst es auch nicht, für die Sünden zu büßen, die jemand anderes begangen hat."

Sie schluckt hart und in ihren Augen stehen Tränen. „Warum hat das Schicksal uns dann zusammengeführt?"

„Weil das Schicksal wusste, dass du mit dem, was auch immer uns erwartet, zurechtkommen wirst", erwidere ich postwendend. „Du bist stark, Serapina. Und mutig bist du auch. Und du hast Mitgefühl." Allesamt Fähigkeiten, die ich in den Monaten, in denen ich sie beobachtet habe, erkannt habe. Jedes unserer Treffen hat diese Eigenschaften bestätigt.

Serapina ist eine wunderbare Frau.

Und sie wird eine unglaubliche Omega sein.

Ich lehne mich zu ihr und drücke ihr einen sanften Kuss auf die Stirn. „Ich glaube, das reicht für heute", flüstere ich. „Und außerdem hast du später, wie ich höre, eine Verabredung mit Hades."

Sie erschaudert, als ich zurückweiche. „Ja. Er hat mir ein Kleid dagelassen."

„Ist es sexy?", frage ich.

Sie legt die Stirn in Falten. „Wie bitte?"

„Ist es ein sexy Kleid?", wiederhole ich.

„Ich … ich schätze schon."

Ich lächle. „Gut." Wieder lehne ich mich zu ihr und tippe ihr auf die Nase. „Lass ihn flehen, Omega. Denn der Gott des Todes verdient es, kriechen zu müssen."

Mit diesen Worten richte ich mich auf, während sie mich anstarrt, ehe ich zurück zur Tasche laufe, die ich auf dem Terrassenboden stehen gelassen habe.

„Pip?", rufe ich erneut.

Die kleine Seele rauscht auf mich zu und steht in strammer Haltung da.

„Kannst du das hier bitte neben ihre Pflanze stellen?"

Er salutiert scherzhaft und nimmt die Henkel vorsichtig in die Hände – die er, wie ich es ihm gezeigt habe, mit Stoff verhüllt –, und verschwindet in Serapinas neuen Gemächern.

Mit einem letzten Blick zu meiner Intendierten sage ich: „Wenn du je mit mir sprechen willst, träum einfach von mir. Ich werde für dich da sein, Schätzchen. Immer."

SERA

Iᴄʜ ꜱᴛᴀʀʀᴇ ᴍɪᴄʜ ɪᴍ ʙᴏᴅᴇɴʟᴀɴɢᴇɴ Sᴘɪᴇɢᴇʟ ᴍᴇɪɴᴇꜱ Wandschranks an.

Vor ungefähr einer Stunde habe ich eine Notiz erhalten, die mich darüber in Kenntnis gesetzt hat, dass Hades binnen sechzig Minuten hier sein würde, um mich zum Abendessen zu begleiten. Ich weiß nicht, wer sie geschrieben hat, nur, dass sie kurz nachdem Morpheus gegangen war, aufgetaucht ist. Sie hatte neben meinem Topf und der Geschenktüte, die Pip hereingetragen hatte, gelegen.

Nachdem die Lampe für die Pflanze aufgestellt war, ging ich duschen und bereitete mich auf das Abendessen vor.

Und jetzt frage ich mich, ob Morpheus' Idee, Hades flehen zu lassen, gut oder schlecht ist.

Denn dieses Kleid ist … ganz schön offenherzig. Ich glaube, ich habe noch nie etwas so Gewagtes getragen. Das Kleid verfügt über einen offenen Rücken und der V-

Ausschnitt trägt meine Oberweite mehr zur Schau, als ich gewohnt bin.

Und der Schlitz, der sich an meinem linken Bein hochzieht … Jepp, sich hinzusetzen, wird eine gefährliche Angelegenheit werden.

Und dann sind da noch die Schuhe, die ich jetzt in der Hand halte. Die werden mich vermutlich auf die Nase fallen lassen.

Ich kaue auf meiner Unterlippe herum und denke darüber nach, mich umzuziehen. Im Wandschrank gibt es so einige Optionen. Es gibt keinen Grund, dieses spezifische Kleid zu tragen, oder?

Dass Hades es für mich ausgesucht hat, sollte mich eigentlich dazu bringen, es *nicht* tragen zu wollen. Aber Morpheus' Aussagen haben etwas in mir angetrieben, das mich dazu bewegt hat, das Kleid zumindest einmal anzuprobieren.

Und jetzt bereue ich es.

„Jepp, ich werde mich umziehen", sage ich meinem Spiegelbild.

„Warum? Passt das Kleid nicht?", fragt eine tiefe Stimme, was mich einen Satz machen und direkt gegen eine harte, männliche Brust prallen lässt.

Ich wirble herum und starre Hades, der seinen großen Körper in meinen Wandschrank gezwängt hat, entgegen. „Woher …?", sprudelt es aus mir heraus. „Wie …?" Ich räuspere mich. „Schon mal etwas von Anklopfen gehört?"

Er sieht mich mit gerunzelter Stirn an. „Habe ich doch."

„Was?"

„Ich habe angeklopft, und als ich keine Antwort bekam, wollte ich nach dir sehen." Er blickt über seine Schulter. „Na ja, zuerst habe ich Bekanntschaft mit Pip gemacht. *Dann* habe ich nach dir gesehen."

Ich reiße die Augen auf und lasse die Schuhe mit einem lauten Dröhnen zu Boden fallen, das meinem rasenden Puls ähnelt. „*Pip.*“ Mit klopfendem Herzen rausche ich an Hades vorbei. „Pip!“

Er schwebt herbei, die blauen Augen weit aufgerissen. Und sieht sich nach der Ursache für meine Sorge um.

„Dir geht es gut“, flüstere ich und falle erleichtert auf die Knie. „Oh, bei den Feen, du … du bist immer noch hier.“

Mein kleiner Freund kommt langsam näher und beugt sich nach vorn.

Wenn ich ihn umarmen könnte, würde ich es jetzt tun.

„Ich dachte, du wärst verloren“, sage ich zu ihm und erinnere mich daran, was Maliki über diese Gruben gesagt hat. „Ich würde mir nie vergeben, wenn dir … meinetwegen etwas zustieße.“

„Warum würde ihm etwas zustoßen?“, fragt Hades mit leicht beleidigtem Tonfall. „Bedroht jemand dein Zauberwesen?“

Blinzelnd schaue ich zu Pip, dann langsam zurück zu Hades. „Mein Zauberwesen?“

„Ja. Oder zumindest bedeutet er dir etwas. Darum haben meine Schutzzauber ihn auch eingelassen. Ihr seid miteinander verbunden“, meint er achselzuckend. „*Zauberwesen* ist vorerst der beste Begriff. Aber jetzt erzähl mir, warum du geglaubt hast, er wäre verloren.“

Ich starre ihn an und schlucke hart. „Ich … Du hast gesagt, du hättest Bekanntschaft mit ihm gemacht, und ich dachte, dass du ihm vielleicht etwas angetan hättest.“ Heiliger Feenstaub, ich höre mich lächerlich an. Wie ein Schwächling.

Ich hasse es.

Ich will nicht demütig wirken.

Aber ich fühle mich so verloren.

Morpheus hat einiges ins rechte Licht gerückt. Vielleicht hatte Persephone gute Absichten und sie ist nicht so bösartig, wie ich bisher geglaubt habe. Trotzdem hat sie so viel Schmerz herbeigeführt.

Und diese Fehler können nur wiedergutgemacht werden, wenn man sich daran erinnert, was sich wirklich zugetragen hat.

Das heißt, ich muss meine Omega-Seele annehmen.

Ich wünschte mir nur, ich wüsste, wie das geht. Und ich wünschte mir auch, dass ich wüsste, wie ich Hades davon abbringen kann, mich zu hassen.

Denn Hades treibt sich in meinen Träumen herum …

Ich lasse die Schultern sinken. Mir ist im Augenblick nicht einmal danach, die beiden miteinander zu vergleichen.

Die echte Welt ist überhaupt nicht so wie meine Fantasiewelt.

Pip schwebt davon, als Hades auf mich zukommt. Ich kann ihn zwar nicht hören, aber spüren. Vermutlich kann das jeder, weil seine Aura von so viel Dunkelheit und Zorn durchzogen ist.

„Serapina", murmelt er und geht vor mir in die Hocke.

Ich schrecke zusammen, und meinen echten Namen von seinen Lippen zu hören, hält mich dazu an, zu ihm hochzublicken.

„Ich würde einer Kreatur, die mit meiner Seelenverwandten verbunden ist, nie etwas anhaben", sagt er. „Sobald ich ihn die Schutzzauber habe passieren spüren, habe ich ihn angenommen. Aber selbst wenn die Schutzschranken ihm den Zutritt verwehrt hätten, hätte ich sie neu verzaubert, damit er eintreten kann, weil Maliki mir gesagt hat, dass du persönlich darum gebeten hast, dass Pip hier sein darf."

Jedes Wort ist bewusst gewählt und sein geduldiger

Tonfall anders als alles, was ich von ihm bisher gehört habe. Es macht mich sprachlos.

Ich weiß nicht, wie ich diese Seite von Hades interpretieren soll. *Warum ist er so nett zu mir?*

„Und so sehr ich es liebe, wenn eine Omega sich vor mich hinkniet, ist das jetzt weder der richtige Ort noch der richtige Zeitpunkt." Hades streckt seine Hand aus. „Steh bitte auf."

Ich zittere am ganzen Leib, als ich die Bitte höre, und der seidige Tonfall berührt mich auf eine mir unbekannte Art. Bevor ich weiß, wie mir geschieht, strecke ich ihm meine Hand entgegen, als wäre mein Körper geschaffen worden, um seinem zu gehorchen.

Er zieht mich auf die Beine und seine Kraft scheint allein durch diese Berührung in meine Haut zu dringen. Ich erschaudere und schließe beinahe die Augen, während ein elektrischer Stromschlag durch meine Adern rauscht.

Heiliger Feenstaub, so etwas habe ich noch nie gespürt.

Mir kommen fast die Tränen, als die Empfindung verblasst und er seine Hand an seine Seite sinken lässt.

„Wie würde es dir gefallen, stattdessen hier zu Abend zu essen?" Er deutet auf den Esstisch, der einiges größer ist als jener in meiner Hütte im Weiler. „Wir können Maliki auch einladen."

„Ich ..." Ich schließe beinahe frustriert die Augen, weil meine Stimme sich so heiser anhört.

Morpheus sagt, dass Omegas Göttinnen sind. Dasselbe habe ich Orcus über Alina sagen hören.

Wie werde ich also zu einer?

Vor dem Gott des Todes nicht unterwürfig zu sein, wäre ein guter Anfang, sage ich mir.

Aber heute Abend habe ich keinen guten Start hingelegt.

Ich schüttle in Gedanken den Kopf und zwinge mich,

Hades in die dunklen Augen zu sehen. „Wir können gern hier essen. Und wenn Maliki Hunger hat, lade ihn gern ein."

Hades nickt.

Und verschwindet dann.

Ich stoße einen heftigen Atem aus und fasse mir an den Kopf. „Du machst das wirklich großartig, Sera", tadle ich mich. „Einfach genial."

Ich wirble herum, kehre dann zu meinem Wandschrank zurück und hole etwas Bequemeres hervor.

Doch dann erinnere ich mich daran, was Hades getragen hat. *Einen Anzug.*

Schwarz.

Sexy.

Zähneknirschend sehe ich mich nach meinen Schuhen um und hebe sie auf.

Pip schaut mir zu, wie ich zurück in den Wohnbereich gehe, und neigt neugierig den Kopf zur Seite, als ich mich hinsetze und versuche, die Riemen zu ordnen.

Natürlich kehrt Hades zurück, während ich versuche, die lächerlichen Hacken anzuziehen. Sein Blick wandert interessiert an mir herab. „Das Essen ist bald da. Und Maliki auch."

Ich nicke, tue so, als wäre mir das egal, und versuche, die Riemchen an meinem rechten Fuß anzuziehen.

Als ich glaube, sie seien fest genug angezogen, widme ich mich dem linken Schuh, doch der wird mir von Hades abgenommen, ehe er vor mir auf ein Knie geht. Er stellt den Schuh auf den Boden und greift nach dem Fuß, der bereits im Schuh steckt, legt ihn auf seinen Oberschenkel und mustert ihn.

Mein Herz setzt einen Schlag aus, als er den Schuh löst und ihn dann vorsichtig in einem anderen Winkel anzieht, der sich viel besser anfühlt.

Ich schlucke hart, als er mein Bein wieder sinken lässt, dann nach meinem anderen Knöchel greift und ihn auf sein muskulöses Bein zieht.

Das hier fühlt sich … ganz schön intim an.

„Ich verstehe nicht, warum du das hier machst", flüstere ich.

Er sieht zu mir hoch und mir wird klar, dass wir in dieser Position gleich groß sind – wenn er auf einem Knie ist und ich auf dem Sofa sitze. „Wir sind Seelenverwandte, Serapina. Das bedeutet, dass ich mich um dich kümmern soll. Und in letzter Zeit habe ich diese Pflicht versäumt."

Jetzt hat er mich schon zweimal mit Sera angesprochen, anstatt mich Persephone zu nennen.

Bedeutet das, er beginnt, mir zu glauben? Versteht er, dass ich nichts über ihre Vergangenheit weiß?

Er mustert meinen Ausdruck einen Augenblick lang, bevor er sich wieder seiner Aufgabe widmet. Gerade als er den Verschluss angezogen hat, wandelt Maliki in einem Anzug, der aussieht wie Hades', durch die Schatten zu uns.

Heilige Feen. Ich bin mir ziemlich sicher, dass ich gerade meine Zunge verschluckt habe.

Ich … ich weiß nicht, was ich tun oder sagen soll.

Zum Glück erspart es mir Hades, mich zu Wort melden zu müssen, denn er stellt meinen Fuß wieder ab und erhebt sich. „Danke, dass du gekommen bist, Maliki."

„Du hast Popcorn in Aussicht gestellt", erwidert Maliki. „Ich liebe Popcorn."

Hades schnaubt lachend. „Wir beide wissen, dass du nicht wegen *Popcorn* hier bist."

Maliki grinst bloß, dann sieht er um Hades herum zu mir.

Sein Grinsen verblasst umgehend, als er mein Kleid mustert. „Verschattet und blutgetränkt, Sera …"

Ich presse die Lippen aufeinander und sehe an mir

herunter. Es überrascht mich nicht im Geringsten, dass der Schlitz an meine Hüfte hochgerutscht ist. Nur weil ich mich auf dem Sofa gewunden habe, während ich versuchte, die Schuhe anzuziehen. Und eine meiner Brüste ist auch halbwegs aus dem Kleid gerutscht.

„Zu meiner Verteidigung: Ich habe mir das Kleid nicht selbst ausgesucht", murmle ich und rapple mich auf. „Hades …"

Als ich nach vorn stolpere, stoße ich ein Kreischen aus. Die Absätze sind höher als gedacht. Ich wedle mit den Armen und bereite mich auf eine harte Landung vor, werde aber stattdessen von einem Mann aufgefangen und herumgewirbelt, bevor ich ihm versehentlich ins Gesicht schlage.

Das hier läuft wirklich hervorragend, geht mir durch den Kopf. *Ich habe mich nie anmutiger gefühlt.*

Der sarkastische Gedanke lässt mich zusammenzucken, und ich erschlaffe in Hades' Armen. Er hält mich von hinten, seine Lippen nahe an meinem Ohr. „Warum setzt du dich nicht wieder hin, damit ich dir die Schuhe ausziehen kann, hm?"

„Du kannst das Kleid gleich mit ausziehen", knurre ich.

Dann, als mir bewusst wird, was ich da eben gesagt habe, erstarre ich.

„Das war nicht so gemeint", ergänze ich hastig und versuche, mich von ihm zu lösen, doch sein Griff ist zu stark.

„Beruhige dich", sagt er zu mir, und aus seiner Brust strömt plötzlich ein Laut, den ich mittlerweile sehr gut kenne.

Ein Schnurren.

Es ist aber anders als Morpheus'. Sein Laut gleicht einem tiefen Summen, das einen in den Schlaf wiegt.

Hades' Schnurren ist eher ein tiefes Knurren, das mir umgehend den Kampfwillen nimmt.

Ich will nichts lieber tun, als mich an ihn zu kuscheln und mich an seiner Brust zu reiben.

Denn wow.

Wow.

Was für ein verlockender Widerhall, der mich umgehend beruhigt, während Hades mich auf das Sofa setzt.

Als er wieder auf ein Knie sinkt, erwache ich aus meiner Trance und sage: „Nein, ich will die Schuhe anbehalten."

Denn jetzt fühlen sie sich wie eine Herausforderung an.

Gerade eben konnte ich nicht in ihnen stehen … also werde ich es noch einmal versuchen.

Und obwohl ich jeden einzelnen Moment in ihnen hassen könnte, bin ich entschlossen, es durchzuziehen. Einen Teil meiner Würde zurückzugewinnen. *Sera zu sein.*

Hades sieht mich an. „In Ordnung." Er erhebt sich und streckt mir eine Hand hin. „Willst du es noch einmal versuchen?"

Ich ziehe kurz in Betracht, seine Hand wegzuschlagen, aber das fühlt sich irgendwie kindisch an. Stattdessen nehme ich seine Hilfe an und konzentriere mich darauf, das Gleichgewicht zu halten. Dann richte ich mein Kleid.

So viel dazu, sexy auszusehen, denke ich und schnaube, weil das alles so dämlich ist.

Sobald ich fertig bin, schaue ich zu Hades hoch. „Wie sehe ich aus?"

Mit Augen so dunkel wie die Nacht erwidert er: „Wie eine Göttin."

SERA

Ich kneife mich, überzeugt davon, dass das alles nur ein Traum ist. Das hier fühlt sich viel zu sehr nach einer meiner nächtlichen Fantasien an, um echt zu sein.

„Wie eine Göttin."

Heilige Feen, ich wünschte, es wäre so.

Trotzdem nehme ich das Kompliment mit einem Lächeln entgegen. Als ich gefragt habe, wie ich aussehe, habe ich eine Bestätigung dafür erwartet, das Kleid richtig angezogen zu haben.

Doch seine Antwort überrascht mich. Jetzt bin ich völlig sprachlos.

„Maliki?", sagt Hades. „Mache meiner Gattin ein Kompliment."

Der befehlshaberische Tonfall, der der Aussage mitschwingt, bringt mein Blut zum Brodeln. Und dass er die Forderung so besitzergreifend von sich gegeben hat, auch.

Meine Gattin.

Ein Teil von mir will darauf hinweisen, dass wir noch nicht verheiratet sind.

Aber ein stärkerer Teil von mir will Malikis Antwort hören.

Er macht einen Schritt nach vorn und stellt sich neben Maliki. In seinen goldfarbenen Augen schwirrt Interesse, und er mustert mich genüsslich von Kopf bis Fuß. „*Göttin* ist eine passende Beschreibung", murmelt er. „Du bist unsere ganz eigene Aphrodite, süßes Rätselchen."

Das lässt mich die Stirn krausziehen. Ich habe nicht die leiseste Ahnung, wer oder was Aphrodite ist.

„Sie ist die griechische Göttin der Liebe", erklärt er mir, vermutlich, weil ihm mein verwirrter Ausdruck nicht entgangen ist. „Ich habe keinen Zweifel daran, dass der Mythos über sie von einer Omega wie dir inspiriert wurde."

„War Aphrodite nicht auch die Göttin der Lust?", fragt Hades mit beiläufigem Tonfall.

„Schönheit, Lust und *Sex*", murmelt Maliki. „Aber Letzteres könnte man auch mit Venus in Verbindung bringen. Das Kompliment bleibt aber bestehen."

Hades nickt. „Es passt."

Ich erschaudere, und ihre Worte erhitzen das Blut in meinen Adern noch mehr. Sie unterhalten sich miteinander, als würde ich nicht direkt vor ihnen stehen.

„Und jetzt führe meine Gattin an den Tisch und hilf ihr, sich hinzusetzen", verlangt Hades. „Ich werde Lyon dabei helfen, das Essen aufzutragen."

Er verschwindet, bevor einer von uns etwas darauf erwidern kann, und sein frischer Duft ist der einzige Hinweis darauf, dass er gerade noch hier war.

Maliki stellt sich mit einem Grinsen neben mich. „Bist du etwas überwältigt, Unruhestifterin?"

Ich schlucke hart und nicke. „Ein bisschen."

Er streckt seine Hand aus und streift eine Haarsträhne hinter mein Ohr, dann streicht er mit den Fingerspitzen an meiner Kinnlinie entlang. „Keine Angst, ich bin nach wie vor dein Beschützer. Keiner kann dir etwas anhaben, nicht einmal Hades."

„Hat er dich nicht angeheuert?", frage ich misstrauisch. „Kann er dich nicht einfach zurückpfeifen, wenn du versuchst, ihn davon abzuhalten, mir wehzutun?"

„Hades hat mich nicht angeheuert", erinnert er mich. „Und er würde dir kein Haar krümmen, Sera", meint er mit ernster Miene. „Ich weiß, dass du mir angesichts der derzeitigen Situation nicht glaubst, aber bald wirst du verstehen, was mich so sicher macht."

Seine ernste Miene verrät mir, dass er wirklich daran glaubt.

Ich wünschte, es ginge mir auch so. Ich wünschte, ich könnte wie Pip sein und anderen ohne Weiteres vertrauen. Vertrauen in andere haben. Hoffnung in mir tragen.

Leider ist mein bester Freund der Pessimismus.

Also erwidere ich knapp: „Wir werden sehen."

Maliki legt seine Hand an meine Wange und lässt seine Finger dann in mein Haar gleiten, ehe er mich in eine unerwartete Umarmung zieht.

„Ich habe dir doch gesagt, dass ich nicht von dir bemitleidet werden will", murmle ich an seine Anzugjacke gelehnt, während er mir den freien Arm um die Taille schlingt, damit er mich an sich drücken kann.

„Ich bemitleide dich nicht, Sera", murmelt er mir ins Ohr. „Ich kann dich bloß nicht mit einem Schnurren beruhigen, also setze ich stattdessen meine Wärme dafür ein."

Seine Worte und dass er mich in seinen Armen hält, bringen mich zum Grinsen. „Mir gefallen deine Umarmungen", gebe ich zu.

„Gut. Weil es mir gefällt, dich in meinen Armen zu halten", flüstert er zurück.

Ich schließe die Augen und genieße seine Stärke. Sie ist anders als Morpheus' Schnurren und Hades' Berührungen. Sie alle beruhigen mich auf ihre eigene Weise, aber Malikis Wärme traue ich am meisten.

Anstatt mir den Kopf darüber zu zerbrechen, warum ich ihm vertraue oder dass seine Taten vielleicht davon inspiriert waren, dass ich eine ihm übertragene Aufgabe bin, lasse ich mich in seine Arme sinken.

Wie vor einigen Tagen, als ich in seinen Armen eingeschlafen bin.

Heilige Feen, war das erst gestern Nacht?

Mein Zeitgefühl ist völlig durcheinander. Ich habe das Gefühl, in den vergangenen Jahren mehrere Leben geführt zu haben.

Maliki vergräbt sein Gesicht in meinem Haar. „Dieses Kleid bringt mich verdammt noch mal um, Sera."

Ich lege die Stirn in Falten. „Wirklich? Inwiefern?"

Er lässt seine Hand an meinen Hals wandern, drückt leicht zu und erforscht mit der anderen Hand meinen nackten Rücken. „Es verleitet mich dazu, etwas anzurühren, das ich nicht anrühren sollte, Unruhestifterin."

Mir fällt die Kinnlade herunter, als mir dämmert, was er damit sagen will. „Oh." Ich habe nicht die geringste Ahnung, wie ich darauf reagieren soll, weil ich … nicht will, dass er aufhört. Was vermutlich falsch ist. Ich bin verlobt mit seinem … seinem Vorgesetzten? Seinem Freund. Offen gesagt, verstehe ich die Dynamik zwischen den beiden nicht.

Heilige Feen, ich verstehe nicht einmal *meine* Beziehung zu Hades.

„Ich würde nichts lieber tun, als jeden einzelnen

Zentimeter deiner nackten Haut zu erforschen." Er fährt mit der Hand an meinem Rückgrat hinab, dahin, wo der Stoff sich um meine Taille schlingt. „Und wie ich weiß, wird das dazu führen, dass ich mehr von deinem Körper entblößen will."

Sein Geständnis lässt mich wohlig erschaudern, weil es eine Fantasie in mir heraufbeschwört.

Hades hat Maliki aufgetragen, dass er mich zum Tisch führen soll. Dass er mich zu meinem Platz führen soll. Und plötzlich will ich stattdessen nichts lieber tun, als im Schlafzimmer zu verschwinden.

Ich brauche nichts zu essen. Ich habe vor einigen Stunden etwas zu mir genommen, als Maliki eine Zwischenmahlzeit auf mein Zimmer geschickt hat.

Tatsächlich habe ich überhaupt gar keinen Hunger.

„Was ich gesagt habe, als ich dich Aphrodite nannte, habe ich so gemeint", ergänzt Maliki, sein Mund wieder an mein Ohr gelehnt. „Sie war eine Verführerin. Die schönste Göttin der Welt. Ein Mythos, natürlich, aber du … du bist so verdammt echt, Sera."

Er drückt mir einen Kuss auf die Schläfe und ich erschaudere.

„Es ist mir schwergefallen, die Finger von dir zu lassen, und ich habe mich entschieden, weiterzuleben, anstatt diesem verbotenen Verlangen nachzugeben", flüstert er. „Langsam erachte ich den Tod für einen kleinen Preis, wenn ich von dir kosten darf."

Mein Bauch spannt sich an und seine Worte richten allerhand Dinge mit mir an. Er redet immer wieder davon, dass es das Risiko wert wäre, zu sterben. „Ich will nicht, dass du stirbst", sage ich zu ihm.

„Dann solltest du vielleicht darüber nachdenken, deinen Gatten um Gnade zu ersuchen", knurrt eine tiefe Stimme hinter mir.

Mir stockt der Atem und sein Tonfall saust durch mich wie eine Welle dominanter Energie.

Maliki streichelt mir unentwegt über den Rücken. „Ich werde mich nicht entschuldigen", sagt er. „Du hast mich hier mit ihr allein gelassen – in einem Kleid, von dem du wusstest, dass es mich in die Knie zwingen würde. Betrachte das hier also als Flehen, *mein Herr*."

Hades stößt ein Summen aus, das durch das Zimmer zu hallen scheint, dann packt er mich von hinten an der Hüfte.

Ich reiße die Augen auf, denn ich spüre seine Wärme an meinem Rücken, und er presst mich zwischen seinen großen, männlichen und Malikis tödlichen Körper.

„Hast du das gehört, Gefährtin?", fragt Hades mit seidiger Stimme und lässt dabei seine andere Hand an mein Kinn wandern, um es zurückzulegen, damit ich ihn ansehe. „Maliki fleht mich an, ihn umzubringen."

Ich schaue Hades schockiert an. „Bitte, tu es nicht", flüstere ich. „Er hat nichts Falsches getan."

„Aha?", meint Hades mit hochgezogener Augenbraue. „Aber er hat jemanden angefasst, der ihm nicht gehört."

Weil ich Hades gehöre.

Oder wohl eher, *meine Seele*.

Aber was ist mit meinem Körper?

„Ich sollte ein Mitspracherecht haben, wer mich anfassen darf", sage ich zu ihm, doch meiner Stimme fehlt die nötige Überzeugungskraft. Aber hey, ich denke hier nur laut. „Du kannst Maliki nicht dafür umbringen, mich umarmt zu haben."

„Kann ich nicht?", fragt Hades. Sein Tonfall deutet darauf hin, dass ich diese Aussage vielleicht überdenken muss.

Aber ich will gar nichts überdenken.

„Mein Körper gehört mir. Ich entscheide, wer ihn anfasst." Na bitte, das hört sich doch schon viel besser an.

„Verstehe." Hades sieht mich mit nichtssagender Miene an. „Und willst du weiter von Maliki berührt werden, *Gattin*?"

Wir sind noch nicht verheiratet, erwidere ich um ein Haar. Der Wagemut kommt von irgendwo tief drinnen. Vielleicht von dem Teil von mir, der frustriert über mein Schicksal ist.

Jede Entscheidung in meinem Leben wurde mir abgenommen.

Der Auswahltag.

Demeters Gärten.

Mein Umzug ins Reich des Jenseits.

Meine Verlobung mit Hades.

Dass Maliki mit meinem Schutz beauftragt wurde.

Aber was ich für Maliki empfinde, ist meine Entscheidung. Er spendet mir Wärme. Freude. *Spaß*.

Und in diesem Augenblick schenkt er mir mit seiner Berührung Trost.

Also antworte ich mit einem entschiedenen „Ja".

Er starrt mich mit glitzernden Augen an. „Gut. Dann sieh ihn als ein Hochzeitsgeschenk an."

Mir fällt alles aus dem Gesicht. *Ein Hochzeitsgeschenk?*, wiederhole ich in Gedanken. *Was soll das denn heißen?*

„Befriedige meine Gattin, Maliki", verlangt Hades. „Dein Leben hängt davon ab, wie sehr sie deine *Berührungen* genießt."

In seinen Augen tanzen schwarze Flammen, als er das sagt. Sein Blick ruht ununterbrochen auf mir, doch die Worte sind an seinen Vollstrecker gerichtet.

Ich schlucke hart und Hades folgt, die Finger um meinen Hals geschlungen, der Bewegung meines Kehlkopfs mit seinem Blick. „Das hier hört auf, wenn du es sagst", erklärt er mit sanfterer Stimme als noch gerade eben. „Sag einfach meinen Namen, dann ist alles aus. Verstanden?"

Nicht wirklich, geht mir durch den Kopf. Vor allem, weil ich nicht verstehe, was *das hier* zu bedeuten hat. Trotzdem nicke ich. Denn es fühlt sich an, als wäre das die richtige Antwort.

„Er wird dir nicht wehtun", ergänzt Hades. „Und ich auch nicht."

Seine Aussage fühlt sich an wie ein Schwur, nur weiß ich nicht, ob ich darauf bauen kann.

Hades mag mir physisch keine Schmerzen bereiten, aber ich habe keinen Zweifel daran, dass er mich mental zerstören wird. Der Hass und die Wut brodeln immer noch ganz klar in seinen Augen, zusammen mit einer anderen Empfindung, die ich nicht benennen kann.

Vielleicht Besitzgier?

Was immer es ist, es schürt das Inferno, das in seinem Blick wütet, der auf meinem Mund ruht. Er streicht mir mit dem Daumen über die Unterlippe, hätte mich aber wohl genauso gut in Flammen stecken können.

Denn meine Haut *brennt* nach der kurzen Berührung. Als hätte er mich als seine markiert, ohne mich je geküsst zu haben.

„Maliki", murmelt er. „Fang an."

„Ich bin nicht deine Marionette", entgegnet Maliki, der seine Hand flach an meinen unteren Rücken presst. Ich bin mir sicher, dass Hades das spüren kann, weil er mich immer noch fest von hinten hält. Seine Miene bestätigt meine Annahme.

„Nein, eine Marionette bist du ganz bestimmt nicht", meint Hades mit leiser Stimme. „Aber wenn du mit meiner Gattin spielen willst, wirst du meine Befehle ausführen."

Maliki gibt ein Summen von sich und sein Griff lässt

etwas nach, bevor er sich von mir entfernt. „Überlass sie mir", sagt Maliki und stellt damit seine eigene Forderung. „Wenn ich deine Gattin befriedigen soll, muss ich ihr in die Augen schauen können."

Auf meiner Haut bricht ein Feuersturm aus.

Deine Gattin befriedigen.

Er meinte doch bestimmt *küssen*, oder?

Das ist eine Form der Befriedigung.

Das hat er vor.

Oder?

„Dein Wunsch ist mir Befehl", erwidert Hades und zieht mein Kinn nach vorn, bis ich Maliki in die Augen schaue, ehe Hades mit den Fingern langsam an meiner Kinnlinie entlangstreift, bis hin zu meinem Ohr, hinter das er meine Haarsträhne klemmt und damit meinen Nacken freilegt.

Heiße Lippen treffen auf meine berührungsempfindliche Haut, direkt über meiner pochenden Halsschlagader.

„Genieße dein Hochzeitsgeschenk, Kleine", sagt er, ehe er von meiner Hüfte ablässt und einen Schritt zurückweicht.

Doch er zieht nicht ab.

Seine Präsenz fühlt sich an wie eine Wand aus intensiver Kraft und ich spüre seinen Blick über meinen nackten Rücken streifen.

„Blende ihn einfach aus und konzentriere dich auf mich, Sera." Malikis Tonfall schwingt ein sanfter Befehlston mit, der mich in seinen Armen beinahe dahinschmelzen lässt.

Das ist alles zu viel.

Und gleichzeitig nicht annähernd genug.

Ich habe keine Ahnung, was er mit mir vorhat. Oder

ob Hades plant, einfach nur dazustehen und … und *zuzusehen.*

Aber der Gedanke lässt mir wieder ganz warm werden.

Nicht, weil es mir unangenehm wäre, sondern weil es mich anheizt.

Heilige Feen, was ist bloß los mit mir?

„Sera", wiederholt Maliki und legt seine Hand an meine Wange. „Erinnere dich daran, was Hades gesagt hat. Sag seinen Namen, dann hört alles auf, okay?"

Was meinst du mit allem?, will ich fragen. *Dass du mich berührst?* Denn das will ich auf jeden Fall weiterführen.

Schätze also, ich werde *Hades' Namen* nie wieder laut sagen.

Das ist in Ordnung.

Ich werde mir ganz einfach etwas von Maliki abschauen und ihn *mein Herr* nennen.

Jepp.

Okay.

Maliki grinst mich an. „Ich glaube, deine Gattin ist lusttrunken."

„Es scheint ganz so", erwidert Hades, ohne den wütenden Tonfall. Wenn überhaupt, hört er sich neugierig an. „Wirst du sie jetzt weiter necken oder sie küssen?"

„Hm", summt Maliki. „Ich weiß es noch nicht. Du weißt, wie sehr mir Vorspiel gefällt."

„Ja, tue ich", meint er. Kurz darauf ist im Hintergrund ein *Plopp* zu hören.

Erschrocken werfe ich einen Blick zurück und sehe Hades eine Flasche in der Hand halten. Sieht aus wie Blutpagner, ein kohlensäurehaltiges Getränk, das einige Feen in der Höhle des Todes mögen. Er schenkt sich ein Glas ein und nippt daran, während er mir ununterbrochen in die Augen sieht.

Erst jetzt wird mir bewusst, dass der Tisch mit Speisen bedeckt ist.

Ich habe keine Ahnung, wann er das alles hereingetragen hat. Und ich bin mir nicht sicher, ob es mir gefällt.

Denn ich habe nach wie vor keinen Hunger.

„Sera", sagt Maliki, dessen Hand an derselben Stelle meines Kinns verweilt, wo Hades' vorhin lag. Er zieht meine Aufmerksamkeit zurück auf sich. „Ich bin es, der dich derzeit berührt. Nicht dein Gefährte. Also will ich deine ungeteilte Aufmerksamkeit. Verstanden?"

Ich schlucke hart und nicke. „Ja."

„Braves Mädchen." Er streicht mir mit seinem Daumen über den Mund und schürt die Flammen, die Hades entzündet hat, ehe er mich, den Arm um den unteren Rücken geschlungen, hochhebt.

Ich ringe nach Atem und meine Hände schnellen wie aus eigenem Antrieb zu seinen Schultern hoch, um mich an ihm abzustützen, als er zu laufen beginnt. „Maliki …"

„Ich habe dich gewarnt und dir gesagt, dass dieses Kleid mich dazu verlocken wird, mehr von deinem Körper freizulegen, Sera", sagt er sicheren Schrittes, obwohl er mir in die Augen sieht. „Ich werde es dir ausziehen."

Ich reiße die Augen auf. „*Wie bitte?*"

Er lächelt bloß. „Das ist nicht der Name deines Ehegatten."

MALIKI

Verstyxt, Seras Unschuld wird mein Ende sein.

Eigentlich sind mir erfahrene Frauen lieber, aber ich finde etwas unglaublich Erotisches an der Möglichkeit, dieser Frau etwas im Bett beizubringen.

Hades folgt mir, während ich sie ins Schlafzimmer trage. Seine Präsenz ist wirkungsvoller als das Dröhnen seiner Schritte, aber ich kann spüren, dass er versucht, sich zu beruhigen – seiner Gefährtin zuliebe.

Seiner Verlobten zuliebe.

Seiner Ehefrau zuliebe.

Die Worte haben für ihn und mich alle dieselbe Bedeutung. Sie gehört *ihm*. Ich respektiere das, bin aber im Begriff, sie auch zu meiner zu machen.

Er wird es bereuen, mir angeboten zu haben, sie zu teilen.

Denn ich bin mir ziemlich sicher, dass ich bald schon abhängig von Serapina Everheart werde. Verstyxt, vermutlich bin ich das bereits, und dabei habe ich sie noch nicht einmal geküsst.

Sie starrt mich mit ihren großen blauen Augen an, während ich Sera auf den Boden neben ihrem Bett stelle. Ein Bett, in dem sie noch keine einzige Nacht verbracht hat. Es ist einiges größer als ihr früheres – ein Umstand, der uns schon bald gelegen kommen wird.

Aber fürs Erste lege ich bloß eine Hand an ihre Wange und schaue ihr tief in die Augen. „Wie ich Hades schon gesagt habe: Ich liebe Vorspiel. Deswegen werde ich dich überall küssen, bevor ich von dir koste."

Ihre Pupillen weiten sich und ihre Finger scheinen sich wie aus eigenem Antrieb in meinen Schultern zu versenken. „Oh", ist alles, was sie antwortet, und das Wort kommt ihr mit einem Keuchen über die Lippen.

Ich gehe davon aus, dass das bedeutet, sie ist mit meinen Absichten einverstanden.

Aber für sie, und *nur für sie*, werde ich ein Gentleman sein und es langsam angehen.

Als Erstes presse ich meine Lippen auf ihre Wange, dann auf ihre Kinnlinie, und beginne langsam, ihren schlanken Hals hinabzuwandern.

Als ich bei ihrer pochenden Halsschlagader ankomme, summe ich zustimmend.

Sie ist erregt.

Genau das, was ich von ihr wollte. *Lust.*

Und nicht, weil Hades mir aufgetragen hat, *seine Gattin zu befriedigen*, sondern weil ich sie befriedigen *will*.

Verschattet, ich will viel mehr tun.

Aber bei dieser Erfahrung geht es um sie. Hades mag glauben, dass es hier darum geht, ihre wahre Natur zu bestätigen, aber das ist nicht mein Ziel. Ich nutze diese Gelegenheit nur zu meinem Vorteil.

Ich will sie.

Und wenn Hades mich sie nur so haben lässt, dann ist es eben so. Ich werde sicherstellen, dass sie jede einzelne Sekunde genießt und für den Rest ihres Lebens an mich denkt. Immer, wenn er sich mit ihr verknotet, werden ihr auch Gedanken an mich durch den Kopf gehen.

Gedanken daran, was ich mit meinem Mund angestellt habe.

Mit meinen Händen.

Mit meiner Zunge.

Das wird meine Belohnung sein. Meine anhaltende Befriedigung.

Vermutlich werde ich mich nach diesem Ereignis für den Rest meines langen Lebens nach ihr sehnen, aber diesen Preis bin ich für einen winzigen Augenblick der Wonne bereit zu bezahlen.

Heute Nacht gehört sie *mir*.

Und ich werde ihr zeigen, was das heißt.

Ich knabbere an ihrem Hals, dann lasse ich meinen Mund wieder hoch zu ihrer Kinnlinie und an ihr Ohr wandern, während ich meine Hände an ihren Seiten hochgleiten lasse. „Du bist so verdammt schön, Sera", sage ich zu ihr. „Ich fantasiere schon wochenlang von dir und frage mich, wie dieser Körper unter meinen Händen aussehen würde. Wie du errötest, wenn du heiß bist. Die Laute, die du vielleicht ausstößt, während ich über deine nackte Haut streiche und dich mit meinem Mund necke."

Sie erschaudert an mich gelehnt. „W… wochenlang?"

„Vielleicht sogar schon länger", gebe ich zu und komme mit meinem Finger beim Träger ihres umwerfenden Kleides an, den ich von ihrer Schulter streife – nur, um herauszufinden, wie sie reagieren wird – und grinse, als sie von einem weiteren Zittern heimgesucht wird. „Du hast all diese Feen abgewiesen, aber mir sagst du jetzt nicht, dass ich verduften soll, oder?"

Sie schüttelt den Kopf. „Nein, ich …" Ihr Kehlkopf wandert nach unten, was darauf hindeutet, dass sie zu schlucken versucht. „Bitte, geh nicht."

Mein Lächeln wird noch breiter. „Ich gehe nirgendwohin, Unruhestifterin." Ich knabbere an ihrem Ohrläppchen, dann lasse ich meinen Mund zurück zu ihrer Schulter wandern und drücke ihr einen Kuss auf die Stelle, wo der Träger eben noch aufgelegen hat. „Was glaubst du, welche Farbe haben ihre Nippel?", frage ich Hades und wundere mich, ob er sich das schon einmal überlegt hat.

Während ich auf seine Antwort warte, gleite ich mit meiner Zunge an ihrem zitternden Schlüsselbein entlang – im Wissen, dass er mir lediglich aufgetragen hat, sie zu küssen. Und dass ich einiges mehr als das tue.

Aber er versucht nicht, mich aufzuhalten.

Er hat mir auch aufgetragen, seine *Ehefrau zu befriedigen*.

Und genau das mache ich hier gerade.

Und außerdem küsse ich sie, wenn wir es genau nehmen, auch.

„Blasse Murbeeren", erwidert er. „Die für genug Sonnenstunden genossen haben, damit sie saftig und süß und so verdammt *köstlich* sind."

Ich hatte noch keine *Murbeeren,* also gehe ich davon aus, dass es sich dabei um eine Frucht aus dem Reich der Mythosfeen handelt.

„Finden wir heraus, ob du recht hast", erwidere ich und stelle seine besitzergreifende Aura und ob Sera mehr will auf die Probe.

Er antwortet nicht.

Und mein süßes, unschuldiges Rätsel erschaudert bloß.

Also ziehe ich den Träger etwas weiter herunter und entblöße ihre Brust, während ich ihr Gesicht nach einem Hinweis auf Unbehagen absuche.

Ihr Atem geht schneller, was ihre bereits wunderschöne Brust noch verzückender anzusehen macht, und ein schönes Rot breitet sich an ihrem Nacken aus.

Mein Blick wandert nach oben und ich stelle fest, dass sie auf meine Hand starrt. Ihr Mund steht offen, als könnte sie nicht glauben, dass ich das hier tue. Aber sie versucht nicht, mich aufzuhalten. Und ihrer Miene zufolge will sie nicht, dass das hier endet.

Also entblöße ich ihre Brust vollends, dann betrachte ich die Farbe ihres Nippels. „Rosarot", murmle ich zustimmend. „Ich wette, sie nehmen einen wunderschönen roten Ton an, wenn man daran saugt."

Wie Kirschen, denke ich und mache einen tiefen Atemzug. *Wie passend.*

Ihr natürlicher Duft roch meiner Meinung nach immer schon süß, aber erst jetzt begreife ich, an welche Frucht sie mich erinnert: an *Kirschen*.

Das Aroma ist wie ein Leuchtfeuer für meine Zunge und bringt mich dazu, noch mehr von ihr kosten zu wollen. Ich lasse von ihrem Träger ab, führe meine Hand an ihre Brust und nehme sanft ihren steifen Nippel in die Finger. „Wunderschön, Sera", lobe ich sie.

Der stockende Atem bestätigt, dass ich das Richtige gesagt habe.

Niemand außer mir hat sie so gesehen. Sie braucht es mir gar nicht zu sagen, ich weiß es einfach. Sie mag diese anzüglichen Feen in der Bar gekonnt abgewiesen haben, aber sie ist durch und durch unberührt.

Ihre Herkunft lässt etwas anderes nicht zu.

Aber sie weiß ihre Unschuld gut zu verstecken.

Weil sie eine Göttin ist.

Deren Gott derzeit hinter mir steht.

Ich fürchte fast schon, dass er mich von seiner Gefährtin wegzerren wird, aber er stellt sich bloß mit einem Drink in der einen Hand, die andere in der Hosentasche, neben mich. „Murbeeren", murmelt er. „Und ich pflichte dir bei. Sie werden einen schönen Rotton annehmen, wenn sie die richtige Aufmerksamkeit erhalten."

Ich blicke zu ihm und sehe ihm in die Augen.

Er fordert mich heraus, ihn an seine Grenzen zu treiben. Ich kann es seiner Miene ansehen. Dem sturmähnlichen Ausdruck, der in seinen Augen lodert.

Er sollte wissen, dass er mich nicht in sein Netz des Wahnsinns ziehen sollte.

Denn ich werde ihm immer folgen. *Aus Spaß.*

Ich blicke in seine Augen und lasse meinen Mund an Seras Brust hinabsinken, dann schließe ich meine Lippen um ihre rosafarbene Spitze und *sauge* daran.

Er bläht die Nasenflügel und seine Erregung ist genauso klar zu spüren wie seine Wut.

Ich berühre seine Gefährtin und er ist hin- und hergerissen, ob er mehr verlangen oder mich umbringen soll. Es ist eine erotische Neigung, die meinen Blick zurück zu Sera wandern lässt, um deren harten Nippel ich meine Zunge kreisen lasse.

Sie stößt ein wunderbares Stöhnen aus, was mich meinen Arm um ihren Rücken schlingen und sie leicht an mich pressen lässt, bevor ich meine Zähne an ihrer empfindlichen Haut verwende.

Ich beiße nicht fest zu – nur genug, damit sie das Brennen spürt, bevor ich sie den Schmerz mit meiner Zunge vergessen lasse. Ihre Hand, die auf meiner Schulter liegt, lässt sie in meine Haare gleiten und drückt mich an ihre Brust, während ich sauge und ihr zeige, was ich mit meinem Mund anstellen kann.

„Maliki", keucht sie.

Verdammt, das macht mich umgehend hart. Wie sie meinen Namen sagt, wenn ich sie berühre.

Kein *Hades*.

Kein *Aufhören*.

Sondern *Maliki*.

Fuck, ja.

Hades stößt ein Summen aus, welches mich daran erinnert, dass er immer noch hier ist. Für gewöhnlich ist er mucksmäuschenstill, wenn ich mich vergnüge. Sitzt in einer Ecke und brütet. Doch dieses Mal steht er direkt neben mir und lässt sich keine Sekunde von dem entgehen, was ich mit seiner Gefährtin anstelle. Ich könnte wetten, dass er sie auch berühren will.

Aber er untersteht sich, nippt stattdessen an seinem Blutpagner, während ich ihre andere Brust freilege und mich an ihrem rosafarbenen Nippel labe.

Sie schmeckt nicht nach Kirschen, sondern nach *Sünde*.

Eine Sünde, der ich nur zu gern verfalle, solange es mir gestattet ist. Denn, verstyxt, diese Frau ist die süßeste Versuchung, von der ich je kosten durfte.

Als ich damit fertig bin, ihre Titten zu verehren, keucht sie und klammert sich, den Kopf lusterfüllt in den Nacken gelegt, an mich.

Mein Blick wandert abermals zu den wunderschönen Nippeln und ich grinse. „Kirschrot."

„Ganz genau", murmelt Hades. Seine Stimme scheint Sera erzittern zu lassen.

Er mag ihr Angst einjagen, aber es gefällt ihr, dass er hier ist. Und sie hat durch und durch genossen, was ich gerade mit ihr angestellt habe.

Es bringt mich dazu, *mehr* tun zu wollen. Mehr zu nehmen. Herauszufinden, wie weit ich Hades treiben kann. Herauszufinden, wie viel Sera mich mit ihr anstellen lässt.

Also ziehe ich ihre Träger an ihren Armen hinab und lege ihren flachen Bauch frei – alles unter dem wachsamen Blick des Gottes des Todes.

Sie trägt keinen BH, weil das Kleid am Rücken offen ist.

Was mich wundern lässt ... „Glaubst du, sie trägt ein Höschen?", frage ich Hades.

Seine Antwort wird mir verraten, ob ich weitermachen ... oder aufhören soll.

Während ich seine Entscheidung abwarte, bestaune ich Seras nackte Oberweite. Das Rot hat sich jetzt ausgebreitet und verleiht ihrer blassen Haut einen verlockenden, rosafarbenen Hauch.

„Ich schätze nicht, weil ich ihr keines bereitgelegt habe", meint Hades. „Zeig mir, ob ich richtig liege."

Ich warte kurz ab, mustere Seras Reaktion auf seine Forderung. Sie neigt ihren Kopf nach vorn und sieht ihn, dann mich an, und ihre Augen werden rund wie Untertassen. „Ich habe dich gewarnt, Rätselchen", sage ich zu ihr. „Ich habe dir gesagt, dass mich dieses Kleid dazu bringen wird, dich zu berühren. Was wiederum dazu führen würde, dass ich mehr von dir entblößen will."

Sie krallt ihre Fingernägel in meine Kopfhaut, als versuchte sie, sich festzuhalten, weil sie sonst fallen würde. Ich richte mich auf und starre zu ihr herab.

„Willst du uns verraten, ob du ein Höschen trägst?", frage ich sie. „Oder willst du, dass ich es selbstständig herausfinde?" Ich ziehe leicht an ihrem Kleid, sodass der Stoff sich an ihren Hüften sammelt.

„Ich ..." Sie blinzelt. „Ich will nicht, dass das hier aufhört."

Auf meinen Lippen breitet sich ein Lächeln aus. „Das

war nicht die Frage, Sera. Es gibt so viel mehr, das ich jenseits deiner Hüfte tun kann." Ich lege eine Hand an ihre Brust und drücke sanft zu, bevor ich sie noch näher zu mir ziehe und meinen Mund über ihrem schweben lasse. „Wenn du also möchtest, dass ich diese Grenze nicht übertrete, ist das in Ordnung."

Ich lasse sie meinen Atem, meine Hitze, *mein Verlangen* spüren.

Das lässt sie erschaudern und sie öffnet ihre Lippen, als wollte sie meine Zunge einladen, sie eingehender zu erforschen.

„Du musst mir nur antworten, Unruhestifterin. Willst du mir verraten, was sich unter deinem Kleid verbirgt? Oder soll ich es selbst herausfinden?", frage ich leise und streiche mit dem Daumen über die nackte Hautstelle an ihren Hüften.

Sie antwortet mit einem sinnlichen Flüstern. „Finde es heraus."

Mein Bauch spannt sich an und ihre Worte zwingen mich beinahe in die Knie.

Verstyxt, diese Frau ist Unschuld und Versuchung zugleich. Als wäre sie dafür geschaffen worden, *gefickt* zu werden.

Und vielleicht wurde sie das auch – immerhin ist sie eine Omega. Hades' Aussagen zufolge sind sie bekannt für ihre Unersättlichkeit. Verschattet, ich hoffe, das stimmt. Ich will Stunden, Tage, *Jahre* damit verbringen, diese Frau zu verehren.

Mein Mund schwebt immer noch über ihrem und ich schiebe den Stoff an ihren Beinen hinab, lasse meinen Daumen die Wahrheit herausfinden. „Kein Höschen. Nur geschmeidige, glatte Haut."

Hades stößt ein Knurren aus, das Sera dazu bringt, sich stöhnend an mich zu klammern. Ihr Körper scheint auf seine Besitzgier zu reagieren. Oder vielleicht ist das bloß die Art, wie ein Alpha mit seiner Omega kommuniziert. Ich weiß es nicht, aber so, wie sie sich daraufhin an mir reibt, gibt mir das Gefühl, dass ich von der Sache profitierte, nicht er.

„Ich kann den Nektar meiner Gattin riechen", sagt Hades mit tiefer, bewusster, *wütender* Stimme. „Ich glaube, sie will, dass du von ihr kostest, Maliki."

„Mmmh, das beruht auf Gegenseitigkeit", erwidere ich, im Wissen, dass ich mit dem Feuer spiele.

Vermutlich wird er mich dafür umbringen, auch wenn er versprochen hat, dass er es nicht tun wird.

Also kann ich genauso gut machen, was ich will, und später für meine Taten bezahlen.

„Ich werde dich jetzt küssen, Sera", sage ich zu ihr. Meine Aussage ist als Warnung gedacht und soll Hades eine Nachricht übermitteln.

Denn er hat mich vorhin gebeten, sie zu *küssen*, und gesagt, er wolle ihre Reaktion sehen.

Und genau das werde ich jetzt tun.

Es ist nicht meine Schuld, dass er nicht klar definiert hat, *wo* ich sie küssen soll.

Er hat auch gesagt, dass ich dafür sorgen soll, dass sie es genießt.

Technisch gesehen, führe ich also bloß seinen Befehl aus. Nur eben auf meine Art.

Ich greife Sera an den Hüften, hebe sie hoch und lasse das Kleid von ihrem Körper gleiten, bevor ich sie auf das Bett lege. „Leg deinen Kopf auf das Kissen, Rätselchen", trage ich ihr auf. „Breite die Beine aus. Ich will deine Muschi sehen."

Sie reißt die Augen auf, was mir sagt, dass sie das Wort noch nie laut ausgesprochen gehört hat. Aber sie kennt es.

Ich bin nicht sicher, ob ich wissen will, woher oder warum es ihr bekannt ist.

In ein paar Minuten spielt das sowieso keine Rolle mehr, weil sie an keinen anderen Mann mehr denken können wird, sobald ich meinen Mund auf ihre Mitte presse.

Leicht zitternd tut sie, was ich ihr aufgetragen habe, und breitet langsam die Beine aus.

„Breiter, Gattin", sagt Hades, der sich an den Fuß des Betts begibt. „Wenn Maliki sich an deiner Muschi ergötzen soll, braucht er mehr Platz."

Fuck.

Sonst schaltet er sich nie so ein.

Er sagt meinen Frauen nie, was sie tun sollen.

Aber das hier ist nicht *meine* Frau.

Sondern *seine*.

Und er will mich ihr als Hochzeitsgeschenk überreichen.

Mir ist klar, wie verrückt das hier ist, aber als Sera sich in Bewegung setzt und Hades' Befehl nachkommt, wird mir bewusst, dass es mir egal ist. Das Einzige, was ich will, ist, sie zu *lecken*.

Ich ziehe meine Jacke aus und lege sie über die Bettkante. Ich muss mich freier bewegen können, weshalb ich auch die Krawatte löse. Und den ersten Knopf meines Hemds sowie jene an meinen Handgelenken öffne ich auch.

Formalitäten sind eine von Hades' Eigenheiten, nicht meine. Aber so, wie Sera mir dabei zusieht, wie ich meine Ärmel hochrolle, lässt mich wundern, ob ich solche Outfits öfter tragen sollte.

Als ich fertig bin, hat ihre Haut einen noch röteren Ton angenommen und ihre süße Muschi tropft geradezu vor Verlangen.

Ich positioniere ein Knie auf der Matratze und nähere mich ihr, doch dann setzt sich Hades neben Sera aufs Bett. Er ist ihr so nahe, dass er sie berühren könnte, doch er streckt bloß die Beine aus und schlägt sie an den Knöcheln übereinander, bevor er einen weiteren Schluck von seinem Getränk nimmt.

Während er zusieht.

Ich habe es immer schon genossen, Zuschauer zu haben. Das ist eine meiner Vorlieben.

Aber das hier ist anders.

Er hat während des Aktes noch nie auf dem Bett gesessen.

Und ich muss feststellen, dass es mir ziemlich gut *gefällt*.

Keine sonderliche Überraschung. Ich habe mich schon seit Ewigkeiten danach gesehnt, eine Frau mit ihm zu teilen.

Vielleicht wird mein Wunsch mit Sera erfüllt.

Vorausgesetzt, er bringt mich nicht dafür um, dass seine Gefährtin auf meinem Gesicht gekommen ist, denke ich.

Aber selbst, wenn … Was für ein wunderbarer Tod, geht mir in der nächsten Sekunde durch den Kopf, als ich mich zwischen Seras ausgebreiteten Beinen hinknie.

„Fuck, Sera, ich habe noch nie eine so willige Muschi gesehen." Ich lasse meinen Finger durch ihre feuchten Schamlippen gleiten, woraufhin sie ihre Augen aufreißt, als könnte sie nicht fassen, dass ich es gewagt habe, sie *da unten* anzufassen. Doch mit dem nächsten Atemzug kommt ihr ein Stöhnen über die Lippen und ihre Sorgen rücken in weite Ferne. „Du bist so feucht, Süße."

„Willkommen beim Sex mit einer Omega", murmelt Hades. „Jetzt hör auf, Zeit zu schinden, und gib meiner Gattin, was sie braucht."

HADES

Ich kann mich nicht entscheiden, ob ich Maliki töten oder ihn ermutigen soll, mehr zu tun.

Er hat meine Gefährtin ausgezogen. Sie ist feucht und keucht willig. *Für ihn.*

Es ist eine aufreizende, erregende Situation.

Ich weiß, wozu er imstande ist. Mir ist klar, dass er sanft mit Serapina umgeht. Weil er sie für unerfahren hält. Für naiv. Für *unschuldig.*

Und bisher bestätigen all ihre Reaktionen das auch.

Physisch sieht sie anders aus. Das habe ich bereits erwartet. Ihre Haut ist blasser als Persephones und ihre Merkmale daher rosafarbener.

Aber da ist noch mehr.

Ihr Stöhnen hört sich anders an. Ihr Keuchen hat einen mir unbekannten Rhythmus. Wie sie von scheu zu mutig übergegangen ist, war einzigartig. Persephone hat sich immer unterworfen, weil ihr die Rolle als Omega

345

intrinsisch angeboren war. Klar, sie verstand sich auch auf die Rolle der Verführerin, aber selbst der wohnte immer eine gewisse scheue Qualität inne. Und sie verließ sich oft auf ihren Nektar, der mich dazu verführte, mich mit ihr zu verknoten.

Gerüche sind ein mächtiges Werkzeug für Alphas und Omegas. Knurrlaute und Maunzen genauso.

Serapina hat kein einziges Mal gemaunzt, nicht einmal, nachdem ich geknurrt habe.

Und sie scheint die Macht ihres natürlichen Dufts zu verkennen.

Die Oase zwischen ihren Beinen ist ein verdammtes Leuchtfeuer, aber sie hat sich nicht präsentiert, wie eine Omega es für gewöhnlich tut. Stattdessen musste man ihr sagen, dass sie die Beine spreizen soll.

Ich mustere ihr Gesicht, während Maliki einen Kuss auf ihren Innenschenkel drückt. Es ist klar, was er will, und er lässt seinen Mund nach oben gleiten.

Ein Teil von mir erwartet, dass Serapina ihre Augen aufschlägt, sobald er auf ihre Mitte trifft, und mich anstarrt.

Aber sie tut es nicht. Stattdessen lässt sie den Kopf schockiert stöhnend in den Nacken fallen, als er sie mit seiner Zunge zu verwöhnen beginnt.

Das unverkennbare Staunen in ihrem Gesicht bringt mich dazu, nach meinem Reißverschluss zu greifen und meine Hose zu richten, denn … *Fuck*. Dieser Ausdruck bringt mich dazu, meinen Schwanz zwischen diese vollen Lippen gleiten lassen und ihren Mund ficken zu wollen, während Maliki ihre Muschi verschlingt.

Es ist ein so intensives Verlangen, dass meine Eier sich tatsächlich anspannen.

Ich habe seit Persephone mit niemandem mehr geschlafen.

Viele Außenseiter gehen davon aus, dass Maliki mein Liebhaber ist, das stimmt nicht. Ich … ich sehe ihm nur gern zu.

Aber das hier ist anders.

Die Lust, die ich verspüre, während er sich an der Muschi meiner Gattin ergötzt, ist mit nichts vergleichbar, was ich mit ihm bisher erlebt habe. Vielleicht sogar, was ich jemals erlebt habe.

Aber Erinnerungen sind trügerisch. Es ist so schwierig, die Gegenwart mit der Vergangenheit zu vergleichen – vor allem, wenn Empfindungen betroffen sind.

Was ich aber weiß, ist, dass das die intensivste Interaktion ist, die ich seit einer ganzen Weile erlebt habe.

Ich bin so verdammt hart, dass mein Knoten *schmerzt*.

Aber ich muss das hier durchziehen, meiner Gefährtin – meiner *Intendierten* – beim Kommen zusehen.

Ich dachte, ein Kuss würde reichen, aber sobald Maliki die Grenzen meiner Toleranz zu erforschen begonnen hatte, hatte ich beschlossen, abzuwarten, wohin das Ganze führen würde.

Denn eine Omega kann keinen Orgasmus vortäuschen.

„Maliki", keucht Serapina und streicht mit den Fingern durch seinen dichten Haarschopf, während sie ihn an ihre feuchte Mitte presst. „Ich … ich fühle mich …" Ihr Gesicht ist knallrot, ganz wie ihre Nippel.

Ich will mich fast zu ihr lehnen und einen davon in den Mund nehmen. *Und zubeißen.* Sie als meine markieren. Sicherstellen, dass Maliki es sieht und es auch weiß.

Aber den lustvollen Augenblick stören will ich auch nicht.

„Schhh", beruhigt Maliki sie. „Genieße einfach die Empfindungen, Rätselchen. Ich werde dich in die Lüfte heben."

Er lässt seine Hand an ihrem Innenschenkel hoch zu ihrer Muschi wandern, dann gleitet er mit den Fingern in sie und schaut mir in die Augen.

Ich beiße die Zähne zusammen. Außer *meinem Schwanz* gehört nichts in *meine Gefährtin.*

Doch das wunderbare Stöhnen, das sie ausstößt, beruhigt mich umgehend.

Fuck, das hier ist komplett verrückt.

Ich sollte Maliki das hier nicht tun lassen. *Sie gehört mir. Sie ist meine Gefährtin. Meine Ehefrau.*

Aber sie *genießt* seine Bemühungen.

Und wenn es jemanden gibt, dem ich mit meiner Seelenverwandten trauen kann, dann meinem besten Freund.

Ich zwinge mich, einen weiteren Schluck von meinem Blutpagner zu nehmen, und registriere kaum, dass das Glas fast schon leer ist.

Das Einzige, wofür ich Augen habe, ist Malikis Zunge, die er um die Klitoris meiner Gefährtin kreisen lässt.

Das Einzige, was ich höre, ist ihr darauffolgendes Wimmern.

Das Einzige, was ich *riechen* kann, ist die mit Nektar getränkte Luft.

Ich richte abermals mein Gemächt und stelle mein Glas beiseite.

Dann versuche ich, mich erneut auf Serapinas wunderschönes, herzförmiges Gesicht zu konzentrieren. Es sieht völlig anders aus als Persephones ovales. Sogar ihre Lippen sind verschieden.

Aber ich spüre die Seele meiner Gefährtin in dieser atemberaubenden Sterblichen.

Es ist ein Zwiespalt, den ich nicht verstehe, und ich frage mich, ob das hier … falsch ist.

Kann ich mich nach einer Frau verzehren, die so

anders als meine Gefährtin ist? Oder darf ich das, weil sie eine wiedergeborene Version meiner Gefährtin ist?

Sind sie ein und dieselbe Person?

Ich balle die Hände zu Fäusten.

Noch immer hege ich diese kleine Hoffnung, dass die Frau lügt. Dass Persephone von Anfang an da war.

Aber als sie sich an Maliki festhält und ihren Unterleib vom Bett hebt, geht diese Hoffnung in Rauch auf.

Mir fällt alles aus dem Gesicht. Wie Serapina ihren Rücken durchdrückt und ihre Titten präsentiert. Wie sie den Namen eines anderen Mannes stöhnt. Wie sie erzittert, als hätte sie jegliche Kontrolle verloren.

Und wie ihre Augen … *geschlossen bleiben.*

Das sagt mir alles, was ich wissen muss.

Persephone liebte es immer, die Sterne zu sehen, wenn sie kam. Deswegen waren … ihre Augen immer offen.

Ich schlucke hart und meine Brust fühlt sich plötzlich ganz eng an.

Ihre Seele ist hier. Ich kann sie spüren. Wahrnehmen. Ich *kenne* sie.

Aber diese Frau, diese Sterbliche … *sie ist nicht meine Persephone.*

Sie ist im Besitz der Seele meiner Gefährtin.

Aber Serapina *ist* nicht meine Gefährtin.

Sie ist nicht meine Ehefrau.

Sie gehört mir nicht.

Was ein echtes Problem darstellt.

Denn dieser Orgasmus, den sie gerade erfahren hat, hat meine Alpha-Sinne zu sich gelockt wie ein Leuchtfeuer. Und es hatte nichts damit zu tun, dass ich im selben Zimmer war.

Ich hätte diese Anziehung über zwanzig Reiche entfernt gespürt.

Eine Omega hat soeben ihre Blüte erreicht.

Es ist ein berüchtigter Ruf, den ich seit über zweitausend Jahren nicht mehr gespürt habe.

Und jeder andere Mythosfeen-Alpha hat ihn gerade auch wahrgenommen.

„Wir bekommen gleich Gesellschaft", sage ich zu Maliki, bevor ich mich aus dem Bett rolle.

Er muss mir meine Bedrängnis anhören, denn er löst seinen Mund von Serapinas Muschi und sieht mich an. „Was für Gesellschaft?", will er mit ernstem Tonfall wissen, während der Nektar meiner Seelenverwandten an seinem Kinn hinunterrinnt.

Ich sehe ihn mit zusammengebissenen Zähnen an. „*Alpha*-Gesellschaft."

Und meine Schutzzauber sind nicht dafür gemacht, gegen ihre Aggression standzuhalten.

Also bleibt uns nur eines übrig.

Wegrennen.

Ich werde von sämtlichen Mythosfeen gejagt. Warum? Weil ich kurz vor meiner ersten Läufigkeit stehe.

Jahrelang war ich ganz einfach Serapina, die Sterbliche. Jetzt bin ich Sera, die Mythosfeen-Omega.

Und offenbar beherbergt meine Seele jahrtausendealte Geheimnisse.

Nicht genug damit, dass ich Erinnerungen freizulegen versuche, die irgendwo tief in meinem Geist begraben sind, ich befinde mich zu allem Überfluss auch auf der Flucht …
Mit drei unwiderstehlichen Feen.

Hades, der Gott des Todes.
Morpheus, der Gott der Träume.

Maliki, der Vollstrecker des Todes.

Ich bin mir ziemlich sicher, dass ihre Anwesenheit dazu
führen wird, dass meine Läufigkeit mich eher früher als
später überwältigen und mich in ein geistloses, angreifbares
Chaos verwandeln wird.

Kann ich darauf vertrauen, dass meine neuen Beschützer
meine Sicherheit gewährleisten?

Oder werde ich mich in einem Nest aus Lügen
wiederfinden?

Ich sollte die Fäden besser bald auflösen.
Denn wild gewordene Alphas sind nicht die Einzigen, die
mich jagen …
Die Wahrheit entfaltet sich.
Und wird uns vielleicht alle zerstören.

Anmerkung der Autorin: *Ein Nest aus Lügen* ist der
zweite Band der Feen-des-Jenseits-Trilogie und endet mit
einem Cliffhanger.

USA Today Bestsellerautorin Lexi C. Foss ist eine Schriftstellerin, verloren in der Welt der Computer. Sie lebt mit ihrem Mann und ihren pelzigen Freunden in North Carolina. Wenn sie nicht gerade schreibt, ist sie mit Sicherheit auf Reisen. Viele der Orte, die sie schon besucht hat, lassen sich in ihren Büchern wiederfinden, einschließlich der mystischen Welt von Hydria, die auf der griechischen Insel Hydra basiert.

Lexi ist ein bisschen verschroben, trinkt viel zu viel Kaffee und schwimmt gern. Tschüss!

Würden Sie gern über Neuerscheinungen informiert werden? Dann tragen Sie sich für ihren Newsletter ein: https://www.lexicfoss.com/deutschen-newsletter

Besuchen Sie Lexi im Netz! https://www.lexicfoss.com/aktuell

E-Mail: lexicfoss@gmail.com